Girls Who Gossip

THERESA ALAN

Girls Who Gossip
As Patricinhas Contra-Atacam

Tradução
Débora Landsberg

Copyright © 2006 by Theresa Alan
Título original: *Girls Who Gossip*

Capa: Carolina Vaz
Ilustração de capa: Stephanie Power

Editoração: DFL

2008
Impresso no Brasil
Printed in Brazil

CIP-Brasil. Catalogação na fonte
Sindicato Nacional dos Editores de Livros, RJ

A276g	Alan, Theresa
	Girls who gossip – As patricinhas contra-atacam/Theresa Alan; tradução Débora Landsberg. – Rio de Janeiro: Bertrand Brasil, 2008. 294p.
	Tradução de: Girls who gossip
	ISBN 978-85-286-1329-2
	1. Romance americano. I. Landsberg, Débora. II. Título.
08-1497	CDD – 813
	CDU – 821.111 (73)-3

Todos os direitos reservados pela:
EDITORA BERTRAND BRASIL LTDA.
Rua Argentina, 171 — 1º andar — São Cristóvão
20921-380 — Rio de Janeiro — RJ
Tel.: (0xx21) 2585-2070 — Fax: (0xx21) 2585-2087

Não é permitida a reprodução total ou parcial desta obra, por quaisquer meios, sem a prévia autorização por escrito da Editora.

Atendemos pelo Reembolso Postal.

Para minha mãe.

Agradecimentos

Obrigada, Sara Jade Alan e Susan Arndt, por terem me ajudado na preparação deste livro. Agradeço também a Burton McLucas, por seu amor e apoio.

Capítulo 1

Em que eu estava pensando?

Quando vejo minha tia Claudia acenando e sorrindo para mim em meio ao tumulto de crianças gritando e empresários correndo com celulares na mão, puxando suas malas, percebo que eu não estava pensando em nada. Se tivesse refletido sobre isso, não estaria aqui agora, passando o verão com minha tia, meu pai e o fantasma da minha mãe.

Um homem de cinqüenta e poucos anos dá um encontrão no meu braço esquerdo e resmunga algo com irritação, e então percebo que parei no meio do portão, bloqueando a passagem. Ajusto minha mochila, puxo minha mala de rodinhas e me aproximo de Claudia. Apesar das companhias aéreas só permitirem bagagem de mão que mal deixam espaço para guardar absorventes e balinhas de menta, consegui não despachar minhas malas. O lugar onde moro em Nova York é pequeno, então deixei boa parte do meu guarda-roupa para trás quando fui estudar lá; ele ficou aqui esperando por mim.

Tia Claudia está vestindo um terninho de seda da melhor qualidade e está com um corte de cabelo incrementado, com luzes, certamente feitas por um especialista. Seus dedos, orelhas e pescoço adornados com jóias refletem e refratam a luz em raios luminosos. As caras unhas sintéticas receberam o estilo à francesinha perfeito. Como uma ex-atriz que está totalmente desempregada há treze anos consegue ficar tão parecida com a Ivana Trump?

Não tinha voltado desde o enterro. Até agora não sei por que estou voltando. Estou vivendo no piloto automático há dois meses, e acho que quando a secretária do meu pai me mandou a passagem de avião para Denver não parei para pensar no que estava fazendo. Agora fico me perguntando por que me ofereci para passar as férias com meu pai, um homem que é essencialmente um estranho para mim, e o primeiro que partiu meu coração. Talvez tenha vindo porque precisava desesperadamente de algo para fazer quando o semestre de aulas acabasse. Qualquer coisa que me distraísse do bombardeio de pensamentos que invadiu minha cabeça, como uma eterna CNN em câmera lenta.

— Que bom te ver! — diz tia Claudia. — Alegre por estar em casa?

Não respondo nada. Simplesmente não consigo achar as palavras. Ela parece tão feliz e isso não entra na minha cabeça. Sua única irmã morreu há dois meses. Ela não deveria estar pelo menos um pouquinho abalada? Olho para ela, como se estivesse tentando entender o que ela está falando, como se eu tivesse esquecido minha própria língua.

— Sei que Denver não é uma cidade tão divertida quanto Nova York, mas seu pai está muito feliz por você ter vindo!

Tento sorrir, mas receio que esteja parecendo uma vítima de um AVC alcoólico. Os saltos de tia Claudia golpeiam o chão de cerâmica de forma ritmada. Que estranho Claudia vir me buscar no aeroporto em vez de mandar a governanta, Maria. Vi Claudia poucas vezes na vida e, ainda assim, aqui está ela me levando de carro do aeroporto para casa, exatamente como minha mãe faria.

— Ele ficou chateado por não poder te buscar no aeroporto. Apareceu uma reunião importante, você sabe como é. — Sei, sim. — Mas com certeza você o verá hoje à noite. A gente vem planejando um jantar maravilhoso. Corri de um lado pro outro a semana inteira, preparando o cardápio e comprando vinhos. Minha amiga, Polly, vai estar lá. Ela trabalha numa revista de variedades daqui de Denver. Ela pode te arrumar um trabalho como crítica de cinema ou algo do tipo. O que você acha?

— Pode ser — respondo, mas não penso assim de fato. No meu atual estado mental, acho que nem um emprego na DreamWorks ou na Miramax eu aceitaria.

— Quer dizer, você pode trabalhar pro seu pai agora nas férias, ou só se divertir, mas eu sei que você gosta de escrever.

Dou de ombros. Como ela sabe? Ah. Mamãe. Mamãe deve ter contado a ela que escrevo críticas de filmes para o jornal do campus.

— E a chave pra se conseguir um bom emprego depois da faculdade é fazer um estágio — continua ela.

Vendo como Claudia sobreviveu à base da caridade de minha mãe e de velhotes ricaços durante a maior parte de sua vida, seu conselho se assemelha a um lobista da indústria do cigarro dando uma palestra sobre saúde e nutrição.

A porta automática se abre ruidosamente e saímos do aeroporto. Claudia continua a falar, mas tenho dificuldade de me concentrar no que diz. Sua voz se mistura ao barulho ambiente e ao ruído surdo das rodinhas de minha mala contra a calçada do estacionamento. Claudia pára em frente a um Lexus prateado e diz:

— É o meu.

A menos que ela tenha conseguido um papel num filme e eu não saiba, ou que tenha ganhado na loteria recentemente, ela só pode ter pego o carro de meu pai emprestado.

Ela abre o porta-malas e jogo minha mochila e minha mala lá dentro.

Fico olhando pela janela durante a viagem de quarenta minutos até minha casa. Claudia tagarela sobre nada em particular. Contemplo o chão acinzentado se movendo, numa espécie de transe.

Na verdade, esse é o único estado em que sei ficar hoje em dia, um atordoamento indistinto perpétuo. Voltei à faculdade depois do enterro para concluir o semestre, principalmente porque eu não sabia o que mais poderia fazer, mas os dias passavam como se envoltos em nuvens. Eu apenas seguia o curso da vida, atravessando a rotina cotidiana como um autômato. O mais estranho é que acho que fui bem nas últimas provas. É incrível como a vida segue, mesmo que você não esteja realmente presente, mesmo que não esteja prestando nenhuma atenção.

Da mesma forma como Claudia, de repente, se alinhavou na malha do dia-a-dia de minha família. Como isso aconteceu? Por que ela ainda está morando com meu pai dois meses depois que minha mãe, a irmã dela, morreu?

Até cerca de um ano atrás, Claudia vivia na Califórnia, mas nunca a víamos. Claudia ligava para minha mãe de tempos em tempos e lhe pedia dinheiro. Várias vezes ouvi por acaso minha mãe ao telefone, convidando Claudia para vir a Denver fazer uma visita ou perguntando se haveria uma época conveniente para que nós fôssemos à Califórnia para vê-la, mas tais visitas nunca se concretizaram. Até que um ano atrás o namorado que Claudia tinha há três anos voltou para a esposa e a expulsou da cobertura em que ela vivia sem pagar aluguel. Sem teto e sem dinheiro, Claudia decidiu que uma visitinha ao Colorado até que não seria má idéia. Ela está aqui desde então.

Não havia notado como a Claudia se infiltrara em cada parte da vida de minha família. A culpa não é totalmente minha. Durante o verão, estava na Europa, e passei o ano inteiro longe, na faculdade. Só vim para casa no feriado de Natal e passei a maior parte do tempo com os amigos. Não prestei muita atenção nela. E, claro, vim para casa para o enterro, mas passei o tempo todo fora de mim. Bebi demais, chorei muito e ainda tenho vagas lembranças de estranhos bem vestidos me dizendo como iam sentir saudades de minha mãe, o quanto ela era maravilhosa, a pena que algo tão terrível assim tivesse acontecido.

Mas agora que estou diante de um verão inteiro com minha tia, agora que ela está me buscando no aeroporto, começo a achar que há algo de errado nessa situação.

Muitos anos atrás, Claudia era uma importante atriz de cinema. Interpretou personagens menores em filmes de baixo orçamento e, quando tinha vinte e quatro anos, bem na época em que minha mãe estava comemorando um ano de casamento com meu pai e me dando à luz, Claudia virou uma celebridade por causa de seu papel em *Tornando-se*. O título tinha duplo sentido: o fato de ela ser atraente, "tornando-se" uma mulher, e também por ser uma mulher recatada e doce que, durante o curso da vida e suas reviravoltas, "tornou-se" uma ladra e assassina violenta. No filme, Claudia inter-

pretava uma mulher que fora brutalmente estuprada, e cujo estuprador foi solto porque a polícia negligenciou alguns dos indícios. Depois de superar uma série de pequenos obstáculos por ser uma pessoa briguenta — enfiando um garfo na mão tateante de um homem, roubando da caixa registradora de um funcionário condescendente, coisas do gênero —, sua personagem afinal decidiu que não podia ficar esperando que a justiça fosse feita, e matou seu agressor. Na época, uma mulher sair por aí matando gente, mesmo homens maus, era algo polêmico. Algumas pessoas argumentaram que ela retratou uma mulher forte, que não ficaria sentada, recusando-se a ser uma vítima passiva, outros diziam que ela estava apenas abraçando a violência masculina e que certamente não era nenhum exemplo a ser seguido. De qualquer forma, Claudia era sempre notícia naquela época, dando entrevistas na TV e estampando capas de revistas.

Eu costumava assistir aos filmes dela quando era criança, e me gabava de ser sua sobrinha para os meus amigos, como se a fama dela, por menor que fosse, a tornasse mais importante que o resto das pessoas, e, portanto, também a mim, por extensão.

Óbvio que quando criança eu não sabia a diferença entre uma estrela de cinema e uma estrela decadente. Até que há alguns anos peguei um número da revista *People* dedicado a descobrir "Onde estão eles agora?", e percebi que a fama de Claudia durara pouco, que ela não conseguiu manter o estrelato após *Tornando-se*. Os três outros filmes em que atuou foram fracassos retumbantes.

Enquanto a carreira dela afundava, mamãe estava sendo lançada rapidamente à mais alta estratosfera da elite abastada. Papai fundou uma empresa junto com seu colega de quarto durante a faculdade, Charles Sinha, um engenheiro, alguns anos depois que se formaram. Chuck projetava os produtos originais e papai levantava o capital e desenvolvia a estratégia e o plano de negócios. Em três anos a empresa já dava lucros, e só fazia crescer. Quando eu estava com nove anos, a Able Technologies já estava na lista das cem maiores empresas do país, com escritórios espalhados por várias partes do mundo. Meu pai já foi capa da *Fortune* e da *BusinessWeek*, e também já apareceu nas páginas da *Time*, da *Newsweek* e da *People*. Papai não tem o tipo de fama que a Angelina Jolie ou o Bill Gates têm, mas quem conhece um pouco o mundo dos negócios e o mercado de ações sabe quem ele é.

Ao chegarmos em casa, Claudia me avisa que tenho uma hora para me arrumar para o jantar.

— Tá. — Subo a longa e curva escadaria com minha mala. Nossa casa é do tipo que enfeita as revistas de decoração sofisticadas. O carpete que cobre o chão do andar de baixo e a escadaria é de um vermelho felpudo e intenso, e todos os móveis são de mogno pesado. O chão do meu quarto é de madeira clara, as paredes são brancas e há toques de verde-claro na roupa de cama, na persiana e nas cortinas. Os móveis são de madeira clara e todas as luminárias são de prata escovada. Meu banheiro é creme, com azulejos de granito creme, uma Jacuzzi creme e um chuveiro todo revestido de vidro. É muito diferente do espaço apertado que divido com Kendra e Lynne em Nova York, entretanto, já estou sentindo saudades do meu apartamentinho. Fecho a porta do meu quarto, largo minhas malas no chão e desmorono na cama, ao lado dos dois únicos bichinhos de pelúcia que me restaram. Antes de ir embora para fazer faculdade, doei todos os meus bichinhos para um orfanato. Tinha tantos que mal havia espaço para mim na minha cama. Eu ficava preocupada se estava dando a eles a mesma quantidade de amor; não queria que nenhum deles se sentisse excluído. Agora vejo que dá-los foi um ímpeto insano. Talvez eu estivesse tentando declarar a minha vontade de me sentir uma adulta. Havia também a questão prática de ter coisas demais e querer me livrar da tralha. Agora, porém, meio que sinto que doei minhas memórias de infância, e não apenas um zoológico de bichinhos de pelúcia de sorrisos amigáveis.

Dos dois ursos que tenho agora, um é todo preto, barato mas fofo, que ganhei no verão passado numa feira, por acertar uma bola de pingue-pongue dentro de um aquariozinho redondo. Foi uma prova triunfal de que todas as horas que contabilizei brincando de jogar bolinhas de papel em copos de cerveja no meu ano de caloura serviram para aprimorar habilidades valiosas.

O outro ursinho é branco, e é tão macio que dá vontade de enterrar o rosto nele. Foi um presente do meu namorado da época do colé-

gio, Dan. Eu acreditava que amava o Dan, mas agora que tenho vinte anos e estou muito mais madura percebo que foi só paixão, e não amor de verdade. Gosto de pensar que sou muito mais sábia a respeito desse tipo de coisa hoje em dia.

Esparramo-me na cama e pego o telefone para ligar para Marni.
— Fala aí — digo.
— Helaina! Você tá na cidade?
— Tô. Tenho um jantar em família esta noite, mas pensei em encontrar você e a Hannah depois. Tenho quase certeza de que vou querer ficar beeem de porre esta noite.
— Você tá... como é que você tá?
— Sei lá. Não sei mesmo. — Emudeci por um instante. — Liga pra Hannah para ver se ela pode, tá? Onde a gente vai se encontrar?
— Não importa. Aonde você tá a fim de ir?
— Você decide.
— Turnsol?
— Beleza, nos vemos lá.
— Fechado. Até mais tarde.

Desligo o telefone e me deito de costas, olhando perdida para a pintura branca pontilhada do teto por alguns minutos, me perguntando por que voltei a Denver e quanto tempo eu suportaria permanecer aqui. Quando Claudia me acorda batendo à porta, estou completamente desorientada. Levo alguns segundos até lembrar onde estou. Olho o relógio. Passara-se uma hora.

Abro a porta.
— Sim?
— Os convidados chegaram.
— Convidados?
— Polly e os enteados dela. Os meninos são da sua idade, talvez um pouquinho mais velhos.

Faço que sim e, obedecendo, começo a descer as escadas.
— Você não vai usar essa roupa, vai? — pergunta Claudia.
— O que tem de errado com a minha roupa? — Meu traje consiste em jeans preto, botas Doc Martens e uma camiseta preta. Estudo cinema, o que você quer que eu vista? Uma parte razoável do meu guarda-roupa é composta de roupas pretas. Se você me vestisse

de cor-de-rosa, eu provavelmente entraria em estado de choque e teria um ataque apoplético.

— É que você está parecendo uma rock star.

— E?

— Você acha que não vale a pena se arrumar pra ver sua família? E meu Deus, o seu cabelo. Há quanto tempo você não dá uma aparada? Posso marcar uma hora com meu cabeleireiro pra você. A sua mãe...

— Eric? O Eric também cortava o meu cabelo. Vou marcar uma hora com ele logo, logo.

— Posso te dar um dinheiro.

— Claudia, meu pai é um dos homens mais ricos dos Estados Unidos, dinheiro não é problema. O problema é que minha mãe morreu há dois meses. Ando meio distraída, não tenho conseguido praticar minha vigilância habitual contra as pontas duplas.

— Você vai pelo menos se trocar? Talvez Polly possa te arrumar um emprego.

— Claudia, dá um tempo, tá?

Ela revira os olhos. Está com um vestido vermelho brilhante com tiras, que revela seu pescoço, ombros, colo e costas. Aos quarenta e quatro anos, ainda é uma mulher incrivelmente bonita. Nesse quesito, ela lembra minha mãe. Ambas sempre foram muito graciosas e elegantes. Sempre desejei ser mais assim; talvez um dia isso brote em mim.

— Você vai gostar dos filhos dela também — acrescenta Claudia. Depois, sussurrando: — Há dois anos que o pai deles faleceu.

Faço uma pausa. Acho que ela quer dizer que eles se identificarão com minha perda. Sei que outras pessoas já passaram por isso, mas no momento parece exclusividade minha.

Enquanto desço a longa e tortuosa escadaria, vejo meu pai, que ainda está vestindo o terno e a gravata que usou no trabalho. Sinto um frio na barriga, como se estivesse prestes a ir a um primeiro encontro com um cara. Há outras pessoas perto dele: uma mulher de cinqüenta e poucos anos e um garoto e uma garota de vinte e poucos. Sinto os olhares voltados para mim, mas é o olhar do meu pai que parece me queimar por dentro.

— Olá — diz ele, me abraçando.

— Oi, pai. — Eu o abraço desajeitada, rija. Seus braços parecem me manter a distância, em vez de me trazer para mais perto.

Dou um passo atrás e Claudia me apresenta à Polly. Polly é tão magra que aparenta fragilidade, como se com um caloroso abraço ela fosse se esfarelar. Ela está usando um perfume de velha que me faz querer ficar longe.

— Prazer em conhecê-la — digo e aperto a mão dela.

— Essa é a enteada dela, Laura, que acabou de concluir um MBA na Wharton — diz Claudia.

Faço que sim com a cabeça. Laura é extremamente magra, cheia de cotovelos e ângulos. Tem um queixo pontudo e um sorriso tenso.

— Mas, em vez de vir trabalhar para mim, ela aceitou outro emprego — papai zomba, desapontado, fazendo que não com a cabeça.

— Eu não te conhecia pessoalmente quando aceitei o emprego na Erikson — explica Laura. — Já consegui meu primeiro projeto internacional. Estou superfeliz. Vou viajar pra São Petersburgo amanhã para ajudar a companhia a preparar o IPO.

— Ela fala alemão e russo fluentemente — acrescenta a madrasta.

— Depois de alguns anos na Erikson, vou ter mais experiência a te oferecer — Laura diz a meu pai.

— E vai poder negociar um salário ainda mais alto — completa papai.

— Com certeza. — Ela sorri.

— Não vamos falar de negócios assim, logo de cara. Nem acabamos de fazer as apresentações — diz Claudia. — Helaina, este é o enteado da Polly, Owen. Ele está fazendo mestrado em literatura-poesia na Universidade de Iowa. Vai passar as férias escrevendo para a revista de Polly. Owen, a Helaina também escreve. Ela faz cinema na Universidade de Nova York.

— É só de brincadeira, nada sério. — Aperto a mão dele.

— É um prazer conhecê-la. — Ele parece ser o único membro da família que come com regularidade. Não é um cara muito grande, deve ter um metro e oitenta, porém tem ombros largos, e as pernas e os braços são grossos e musculosos. Tem cabelos cacheados cor-de-mel e olhos castanho-claros.

— Bom, sirvam-se de queijo e biscoitinhos — gesticula Claudia para o aparador atrás dela. Trata-se de uma elaborada diversidade de queijos exóticos e biscoitos, e há comida demais para apenas nós seis. Pergunto-me por que ela está se dando a esse trabalho todo. Ela está em pé, diante de meu pai, e é aí que vejo o modo como meu pai toca as costas dela. Ele demora-se tempo demais. É íntimo demais para um homem e sua cunhada. É o toque de um amante em outro. Há quanto tempo eles estão dormindo juntos? Começaram antes da morte da mamãe ou depois? O que seria pior?

A mamãe sabia? Meu Deus, se sabia... o sentimento de traição que ela deve ter sofrido. Ela deve ter ficado arrasada.

É possível que o acidente não tenha sido um acidente?

Entretanto, não imagino que minha mãe tivesse sido capaz de cometer suicídio.

É possível que a morte dela tenha sido um assassinato?

Não, não. É claro que não. A dor está me fazendo delirar. É um pensamento ridículo.

Porém... é terrivelmente conveniente para Claudia tirar a minha mãe de seu caminho. As freqüentes ajudas financeiras de mamãe complementavam a renda que Claudia tinha como amante e a auxiliavam durante os difíceis períodos de seca entre um homem e outro. Mas, sem mamãe por perto, Claudia pôde tirar proveito de todos os benefícios financeiros de ser namorada do papai em tempo integral, sem que nada nem ninguém estivesse em seu caminho.

Não sei por quanto tempo estive longe, caída nesse estado de fuga que parece me invadir cada vez mais, mas a primeira coisa que percebo é Claudia diante de mim, segurando uma garrafa de vinho em cada mão.

— Helaina? Helaina? — ela pergunta. Não sei quantas vezes ela chamou meu nome antes que eu a ouvisse.

— O quê?

— Tinto ou branco?

— Tinto, por favor, obrigada. — Papai me dá uma taça de vinho, e Claudia me serve de Merlot. Pego a taça e engulo metade do

vinho em um só gole. Eu não deveria estar sentindo raiva e ódio neste exato momento? Em vez disso, sinto-me oprimida, inerte e cansada, como se estivesse com algo tipo aquele avental que a enfermeira veste em você na hora de tirar um raio X, essa carga pesada em volta do meu coração.

— Helaina? — Claudia novamente interrompe meus pensamentos. — Já te contei que conheci Polly numa reunião das Mulheres Empreendedoras de Denver?

— Não. O que você estava fazendo lá?

Ela ri.

— Eu sou consultora de imagem, você não sabia? Bom, começamos a conversar e ela me contou que dirige uma revista. Perguntei se tinham uma seção de moda, ela disse que não, e eu disse: "Vamos mudar isso", e ela respondeu: "Sabe de uma coisa, acho uma ótima idéia." Então agora escrevo uma coluna sobre moda todo mês. Aqui está o último número. — Ela pega uma revista na mesinha de centro.

— Você escreve? — indago.

— Sou uma mulher de múltiplos talentos.

A revista se chama *Cores Locais*. Folheio as páginas grossas e brilhosas. Há um artigo comparando diferentes country clubs locais; outro sobre uma mulher que construiu uma das firmas de decoração mais bem-sucedidas da região, acompanhado de fotos de algumas das casas palacianas que ela decorou; e o perfil de um chef de um dos restaurantes mais sofisticados de Aspen. Até que chego à página em que há uma foto de Claudia. Há uma biografia embaixo da foto, onde se lê: "Claudia Merrill estrelou grandes sucessos como *Tornando-se*, *Atrás de portas fechadas* e *Saudade*, antes de fundar uma empresa de consultoria, Prima Facie, dedicada a ajudar as pessoas a 'se vestirem para o sucesso e ficarem sempre deslumbrantes!'"

Tento lembrar a definição de *prima facie* puxando a memória de quando decorei todo esse vocabulário para o vestibular — acho que significa algo como "à primeira vista ou impressão".

A manchete é: "Essa tendência é adequada para você?" Há uma foto de uma mulher acima do peso, aparentemente infeliz, vestida com uma blusa que acaba logo abaixo do busto, expondo uma prega de flacidez formando ondas sobre a cintura do jeans. Ao lado, há

uma foto de Britney Spears usando uma roupa similar. A legenda explica: "Nem todas as tendências ficam bem em qualquer mulher!" Ah, sim, jornalismo barra-pesada da melhor qualidade.

— Você mesma criou o nome da empresa? — Foi a única coisa que consegui pensar para dizer.

— Foi seu pai. E não se preocupe, se você for trabalhar pra Polly nessas férias, não precisa ficar encucada de me encontrar no escritório. Viajo muito pra ver desfiles, visitar lojas de departamento, ou trabalho em casa, estudando revistas de moda e lançamentos de tendências.

Trabalha muito em casa — então é por isso que quer tanto me arrumar um emprego nas férias. Ela quer que eu saia do caminho dela.

— Você estaria interessada em trabalhar para a gente? — pergunta Polly. — Temos críticas de filmes em todos os números. Em geral, quem as escreve é a editora, mas sei que ela gostaria de ter alguém pra ajudar. O salário não é lá grandes coisas, mas você vai ganhar experiência e algumas matérias legais para colocar no seu portfólio.

Se eu quisesse, papai compraria uma revista para que eu mesma dirigisse. Porém, pode ser bom ter algo que me mantenha ocupada, algo para ocupar meus pensamentos.

— Sim, claro. Acho que preciso de alguma coisa pra fazer nas férias.

Questiono-me se estou parecendo uma pessoa normal. Estou fazendo um enorme esforço para parecer educada; aprendi isso com mamãe. Mesmo quando ela havia tido uma merda de dia, ou quando estava sentindo-se mal ou cansada, era sempre graciosa e amigável, e sempre tinha um sorriso no rosto.

— Eu sempre adorei filmes. Me lembro que quando eu era pequena esperava ansiosa para ir ao cinema. Todo sábado à tarde...
— Polly começa a me relatar todos os filmes que já viu na vida: o enredo, os atores, suas opiniões pessoais acerca dos pontos altos e baixos de cada um deles. Olho em volta, na esperança de alertar alguma boa alma de que preciso ser salva, mas papai e Claudia estão grudados, sorrindo com intimidade, e Laura e Owen estão imersos em uma conversa, inconscientes do apuro pelo qual estou passando.

Girls Who Gossip

Polly continua a me contar seu histórico cinematográfico pessoal *em tempo real*. Estudei alguns filmes dos quais ela está falando nas minhas aulas, e abro a boca para acrescentar algo à conversa, contudo, não consigo fazer com que as palavras saiam, pois ela continua a falar. Acabo por abrir e fechar minha mandíbula à toa, como um peixe fora d'água.

Depois da passagem de várias décadas (estamos em Polly na faculdade, quando viu a pré-estréia de *Zorba, o grego*, e de como ela achou Anthony Quinn lindo no filme), e de começar a sentir os pés-de-galinha se formando em volta dos meus olhos e os fios grisalhos crescendo em minha cabeça e o formulário para assinar a revista da Associação Americana de Aposentados prestes a chegar à caixa de correio, Maria dá uma espiada da porta da cozinha e anuncia que o jantar está pronto.

— Maravilha — exclama Claudia. Ela gesticula, mostrando-nos as costas da mão, e isso significa que todos devemos segui-la, o que fazemos. Enquanto andamos, eu me dou conta: *estamos seguindo Claudia*, como se esta fosse sua casa. No corredor, passamos por uma tela de mamãe. A pintura é uma delicada natureza-morta de um vaso de frésias. Mamãe a pintou quando eu era apenas um bebê. Se souber para onde olhar, você verá que um espirrinho que dei fez com que as cores escorressem um pouquinho. Amo esse quadro. Amo o fato de que eu estava tão perto da minha mãe quando ela trabalhava nele que meu espirro deixou sua marca tão indelével quanto a pintura cm si.

A mesa está imaculadamente arrumada. Não sei bem se a mesa já esteve tão enfeitada para as festas ou os jantares com os amigos executivos de papai. As louças de porcelana e as taças de cristal foram tiradas do armário. Os guardanapos de tecido vermelhos foram engomados e dobrados num estilo complexo que me lembra o formato velejante, arrebatador da Opera House de Sidnei. Observo Claudia pegando o guardanapo e o desdobrando com precisão, deitando um triângulo exato sobre o colo. A quem ela está tão ávida para impressionar? Ela sempre foi assim? Ela sempre precisou que tudo fosse dessa maneira? Parece que está fazendo um teste para um papel, mas não sei que personagem ela quer interpretar.

Sirvo-me de outra taça de vinho. Há cestas de pães na mesa, e salada de tomate e mussarela de búfala em cada lugar, esperando por nós.

Claudia pega a cesta de pães e a entrega a Polly.

— Gosta de pão francês? Nosso chef, Paul, faz um pão divino.

— Ah, não, obrigada. Nunca como pão. Os carboidratos! — explica Polly.

— Laura?

— Eu também não como pão.

Claudia pega uma fatia de pão e depois Owen também pega. Pego duas fatias e espalho bastante manteiga nelas. Após algumas mordidas, minha garganta se contrai e não consigo mais comer, embora o pão esteja inacreditavelmente bom e ainda quente. Normalmente, devoraria os pães de Paul, mas, desde que minha mãe morreu, não tenho tido muito apetite.

— Repassei todos os meus segredos de dieta para Laura — comenta Polly. — Eu sei que as pessoas dizem que você tem que ser autêntica, mas, se você quiser um marido, a única forma de ser você mesma é ser magra, naturalmente calma e sempre agradável. — Ela oferece um riso nervoso. — Ter cabelos compridos também ajuda e, é claro, usar as roupas e os acessórios certos é essencial. Mesmo que você já seja assim, um esforço extra não faz mal a ninguém. Os homens são uns sortudos. Olhem só o Owen. Ele não faz nenhum exercício e está em ótima forma.

Olho para o outro lado da mesa, em direção a Owen. Ele está sorrindo, sarcástico. Ele tem lábios carnudos e bonitos.

— Eu caminho muito — sugere Owen, dando de ombros.

Faço um gesto com a cabeça e uma expressão facial do tipo "nossa mãe do céu", esperando que ele perceba e penso: como é que pode ter braços tão fortes e atraentes só com caminhadas?

Polly descarta o comentário acenando com a mão.

— Você simplesmente tem uma forma alternativa de levar a vida, como alguém que sai para caminhar quando está chateado. Não é que você saia pra fazer exercício de fato.

Ele olha para mim e diz, confiante:

— Só é exercício quando se sofre.

Sorrio.

— Esta casa é tão bonita. Ellen fez um belo trabalho — observa Polly.

— Ela não tinha mais nada pra fazer mesmo — retruca Claudia, dando de ombros.

Olho para ela apertando meus olhos, mal conseguindo acreditar no que ela havia acabado de falar. Essa mulher realmente tem a audácia de criticar a própria irmã, que está morta?

— Na verdade, minha mãe estava sempre ocupada — replico. — Ela passava muito tempo fazendo trabalho voluntário para instituições de caridade e também era docente no museu de arte.

— Ela era uma mulher maravilhosa — concorda Polly.

Maria, nossa governanta há onze anos, retira os pratos de salada e traz o jantar. Todo mundo é servido de alguma espécie de galinha; Maria me traz um prato cheio de vegetais grelhados, em vez de ave.

— Obrigada — agradeço a ela.

Claudia olha para meu prato, horrorizada.

— Você pediu um jantar especial? Está de dieta ou coisa assim?

— Eu sou vegetariana. Já há uns oito anos. A Maria e o Paul sabem que têm que fazer algo sem carne pra mim. Eles nem precisam perguntar.

Ela me lança um olhar ácido, depois se recompõe rapidamente com um sorriso forçado. O sorriso vem tão veloz que me pergunto se realmente a vi fazendo aquela cara ou se foi só minha imaginação.

— Então, o que você aprende na faculdade de cinema? — indaga Laura.

Uma onda de alívio me invade. Posso falar de cinema o dia inteiro. É uma zona confortável para mim.

— Estudamos filmes, assim como quem faz inglês estuda os romances: as implicações culturais, os temas, os significados, esse tipo de coisa. Também aprendo a parte técnica, como iluminação e uso da câmera. Já brinquei de escrever roteiros. No início, eu achava que queria ser escritora, mas agora decidi que gosto mesmo é de participar de todas as etapas da produção dos filmes. Recentemente, terminei um curta para a aula, e meu professor acha que há chances de ele ser aceito em festivais de cinema nacionais e internacionais.

— Que ótimo — diz Owen.

Dou de ombros.

— Tem só sete minutos, mas levou horas e horas, semanas e mais semanas para ser finalizado. Deu muito trabalho, mas também foi muito divertido.

— Adoraria ver — declara Owen.

— Eu também — papai entra na conversa.

O comentário me pega de surpresa. Eu sequer pensei em mostrá-lo a papai. Meus professores realmente adoraram, mas provavelmente estavam apenas comparando meu curta com o de outros alunos; papai não teria outra base de comparação que não os filmes de grande orçamento.

— Humm — consigo murmurar.

Estou lutando por uma resposta quando Claudia dispara:

— Gosto de pensar que tenho algo a ver com o seu interesse por cinema.

— Talvez — respondo, apesar de não pensar assim. No máximo, Claudia é uma narrativa admonitória contra o mundo errático e imprevisível de Hollywood.

— Acho o cinema um tipo de mídia tão plebeu — comenta Laura.

Decidi que não gosto lá muito de Laura.

— Adoraríamos ver seu filme — declara Claudia. — Não vemos muitos filmes. Em geral, vamos ao teatro. Acabamos de ver *O sucesso a qualquer preço*. É muito bem interpretado. Bateu saudades de atuar no palco.

Laura pergunta sobre a carreira de Claudia, e esta se lança em um monólogo em que cuidadosamente menciona os nomes de muitos figurões que conheceu ao longo dos anos.

Enquanto papai, Laura, Claudia e Polly conversam, Owen me pergunta por que decidi tornar-me vegetariana.

— É meio que uma longa história.

— Não estou com pressa.

— Não é nada profundo, nada mesmo. Eu tinha doze anos e estava assistindo a um filme em IMAX sobre a selva, que acompanhava a vida de uma espécie em vias de extinção, nem me lembro qual era, desde o nascimento até a fase adulta, e do nada ela foi

comida por um leão, e eu comecei a chorar em bicas. Quer dizer, eu sei que o mais forte sobrevive e coisa e tal, mas achei que o leão bem que podia comer um dos arbustos que havia por ali, cheios de fibras e antioxidantes e sei lá o que mais. Eu entendo que para se manter o equilíbrio do ecossistema eles têm que ser predadores e caçar, mas os seres humanos criam animais só pra comer depois; não tem nada a ver com manter o equilíbrio. Eu apenas decidi não fazer parte disso.

— Então por trás da sua aparência estilosa, você é apenas uma menina de coração mole.

— Posso ser durona quando necessário.

— Acredito.

Seu olhar é cativante. Penso em como eu deveria evitar olhar nos olhos dele, mas de alguma forma não consigo.

Depois do jantar, todos se acomodam na sala grande, balançando copos de conhaque. Observo mais do que ouço as conversas ao meu redor, como se estivesse vendo televisão sem som, até que Owen diz:

— Então, vamos ver seu filme hoje? — Ele sugere isso tão alto que todas as outras conversas param abruptamente. Todos olham para mim.

Hesito. Talvez deva dizer que não tenho uma cópia comigo. De fato, tenho algumas que pretendo inscrever em festivais independentes nesse verão.

— Claro, vou pegar. — Corro lá para cima e pego na mala uma cópia.

Quando volto, todos já se mudaram da sala grande para a sala secundária, onde há uma televisão do tamanho de uma pequena tela de cinema. Enquanto eles se acomodam, ponho a fita no videocassete. Temos um DVD, mas mantemos o velho videocassete por minha causa. Papai tem que me ajudar a entender quatro controles remotos diferentes antes que eu consiga fazer o filme começar e o som sair.

O filme é uma comédia parodiando as mulheres que mamãe considerava suas "amigas", aquelas do tipo que freqüentam country clubs e que são mais rasas do que hóstias e tão confiáveis quanto uma rede de segurança feita de barbante.

Na tela, quatro mulheres bem-vestidas de meia-idade estão sentadas à mesa, perto de uma piscina, dizendo coisas horríveis sobre outras mulheres que estão no clube.

— Sabe a Donna Kennecott? Ouvi dizer que o marido dela está de caso com sua assistente de marketing, de vinte e quatro anos. E, francamente, não dá para culpá-lo. Ela engordou o quê, uns seis, sete quilos? Quer dizer, olha só pra ela, está com banhas pulando pra fora do maiô. Será que ela já ouviu falar de uma coisinha chamada autocontrole?

A mulher da qual estavam falando começa a andar em direção a elas, então as quatro mulheres rapidamente calam-se e estampam um sorriso em suas faces.

— Donna, oi! Que bom te ver! Quais são as novidades? Como estão as coisas?

— Maravilhosas. Fiz um tratamento facial antioxidante outro dia e tenho que dizer, corram, não andem, *corram* para fazer um. Minha pele está tão mais hidratada, e o procedimento todo foi tão relaxante. Eu realmente precisava daquele tempinho.

— É tão importante cuidar de si mesma, tirar um tempinho para sair do dia-a-dia maçante — afirma uma das quatro mulheres sentadas à mesa. Enquanto fala, ela toma um golinho de seu coquetel, empurrando o guarda-chuva de papel para o outro lado. Ela balança os pés para frente e para trás e, por um instante, a câmera focaliza apenas a calmaria do clube. A cristalina piscina azul cintila serenamente atrás delas.

No segundo em que Donna se distancia, lampejam nos rostos das quatro mulheres expressões aterrorizantes de monstros de filme de terror. Orgulho-me do efeito e de como ficou a maquiagem. Após um flash em que podemos ver seus verdadeiros monstros internos, elas parecem normais novamente e começam a falar coisas negativas a respeito de Donna tão felinamente quanto possível.

Tiro meus olhos da tela por um momento e olho para meu público. Papai e Claudia estão no sofá, se olhando, dando risadinhas silenciosas, ignorando totalmente meu filme. Polly parece confusa. Só Owen está entretido.

Dói como uma agressão o fato de meu pai não estar assistindo a isso. Ele não faz idéia de quanto trabalho me deu.

Na tela, as mulheres continuam a insultar as pessoas e depois são doces como aspartame quando essas mesmas pessoas estão por perto, e o flash de caras de monstro acontece mais algumas vezes. Owen gargalha de vez em quando com minhas piadas, mas papai não está prestando absolutamente nenhuma atenção. O filme chega ao fim e papai repentinamente volta a si quando Owen começa a bater palmas.

Merda, merda, merda. Por que mostrei isso ao meu pai? Quantas vezes mais vou deixar que ele faça isso comigo até que eu finalmente entenda? Por que me importo se ele não gostar do filme? O que ele sabe sobre cinema, literatura, poesia, ou qualquer outra coisa que não seja ganhar dinheiro? Embora talvez eu tenha recorrido demais a estereótipos. Talvez seja realmente uma merda idiota e sem graça.

— *Extraordinário* — diz papai. Fala de maneira tão convincente que, apesar de saber que ele não assistiu ao filme, realmente quero acreditar nele. É óbvio que foi sua própria habilidade de fazer as pessoas comprarem qualquer coisa que o tornou um empresário de sucesso, mas, como sou sua filha, você pensaria que sou imune ao seu charme. Talvez seja apenas por querer acreditar tão desesperadamente que ele ficou impressionado.

— Bastante... incomum — observa Claudia.

— Eu não entendi — anuncia Laura.

— É impressionante, excelente — exclama Owen.

Lanço a Owen um sorriso agradecido.

— Bom, todo mundo, obrigada pelo jantar e obrigada por assistirem ao meu filme. Preciso ir andando — digo. — Planejei encontrar umas amigas. Pai, tem algum carro que eu possa pegar emprestado?

— Bem, nós temos seis. É bem provável que eu possa te ceder um deles.

— Quero o que você gostar menos. Não preciso de nada extravagante.

— Você vai beber esta noite?

— Papai, ainda não tenho vinte e um anos. Há leis. — A mentira saiu com facilidade. Afinal, sou filha de Gary Denner. Na verda-

de, tenho uma identidade falsa impressionantemente bem-feita desde os dezessete anos.

— Você pode pegar o Jaguar ou o BMW...

— Que carro a Maria usa?

— O Jeep.

— O Jeep? Mas ele já não tem uns três anos?

— Tem sim.

— Por que você ainda tem um carro velho desses?

— Eu o mantenho por causa de Maria, para que ela tenha como ir fazer as compras.

— Vou pegar o Jeep. Está ótimo, obrigada.

— Por que você vai pegar o Jeep em vez do Jag ou do Beamer? — questiona Laura.

— Não dirijo muito em Nova York; não sou nenhuma grande motorista. E quando eu estava no colégio me envolvi num acidentezinho — quer dizer, foi um acidentezinho na verdade... um cara bateu na traseira quando eu estava com o Porsche do papai, e o Porsche ficou com um arranhão no pára-choque desse tamanho. — Mostro com o dedão e o indicador uma distância de cerca de cinco centímetros. — E, ah, bem, verdade seja dita: meu pai leva os carros dele muito a sério e prefiro sair com o Jeep.

— Helaina, você vai precisar de um carro pra se locomover nessas férias — diz papai. — Você vai precisar de um para ir pro trabalho. Estava pensando em trocar o Viper logo, logo, por que não fica com ele nas férias e depois que você voltar pra faculdade eu troco? A Maria vai te dar um molho de chaves.

— Tudo bem, eu fico com o Viper. Obrigada. Foi bom conhecer todos vocês. — Olho para Owen. Ele faz levemente que sim com a cabeça e sorri. Viro-me para Polly. — Polly, obrigada pelo emprego. Te vejo na segunda-feira.

Vou à cozinha e dou um abraço em Maria.

— Como vai você, meninota?

Dou de ombros.

— Não sei.

Ela assente com um sorriso triste. Tem quarenta e poucos anos, assim como Claudia, e é outra mulher que envelheceu bem. Espero

não ser a primeira mulher dessa casa a quebrar a tradição. Ela tem a pele clara e prende o cabelo escuro em um rabo-de-cavalo. Mora numa casinha dentro do terreno com o marido, que toma conta do nosso jardim. Ela sempre pareceu ser parte da nossa família; veste-se com jeans e camiseta, nada do estúpido uniforme preto-e-branco de empregada, ou coisa desse estilo.

— Como está *você*?
— Sinto saudades da sua mãe.
— É. Ei, qual o lance da Claudia? Você agora trabalha pra ela?
— Parece que ela acha que sim.
— Como tem sido isso?
— Só vou dizer que sinto muita, muita falta da sua mãe. — O tom de voz dela é leve. Seu sorriso triste aquece o rosto.
— Eu sinto muito.
— É só um emprego.
— É verdade. Vou encontrar umas amigas e sair rapidinho desse manicômio.
— Sorte a sua.
— Meu pai disse que posso usar o Viper durante as férias.
— Você pode pegar o Jaguar, ou o BMW, ou o Lamborghini. O único carro que aconselho você a ficar longe é o Mercedes. É o último xodó dele. Mas pode pegar algum mais empolgante do que o Viper.
— Ser filha de Gary Denner já é toda a empolgação que eu preciso. Obrigada, M.

No caminho até a boate, fervo de raiva de mim mesma. Por que armei uma cilada para mim mesma com meu filme — expondo-me, como uma criança na bicicleta gritando: "Olha pai, sem as mãos!" —, na esperança de conseguir alguma atenção, um pouco de aprovação.

Meu filme é minimamente bom? Por que sequer o fiz? O processo de fazê-lo me ensinou muito. É isso o que importa, e não se ele é bom, não é? Meu Deus, olha só para mim. Há meia hora eu ia mandá-lo para festivais de cinema e agora tenho certeza de que ele não vale nada. Por que deixei papai fazer isso comigo?

Marni e Hannah já estão no bar quando chego. Ainda é cedo, dez e meia, mais ou menos, e elas conseguiram uma mesa separada por um biombo. Há poucas pessoas na pista de dança.

Marni e Hannah deslizam para fora da cabine, cada uma por um lado, e me abraçam. Elas me falam alguma coisa, mas com a música alta não consigo escutar o que dizem.

Entro na cabine e sento-me ao lado de Hannah. Agora que estamos frente a frente, podemos fazer aquele lance de gritar-e-ler-os-lábios que torna possível a comunicação.

— Amiga, eu sei que dizem que nunca dá pra ser rica o suficiente ou magra o suficiente, mas acho que você está levando essa coisa toda de look anoréxico longe demais — diz Hannah.

— Eu sei, não tenho tido muito apetite ultimamente, mas logo, logo volto pra minha dieta de pizza e sorvete. Não se preocupe.

Hannah veio de Cornell para passar o verão em casa. Com um metro e setenta, ela é alta para uma coreana. Seus cabelos longos e escuros são tão brilhantes e lisos quanto o uniforme de couro preto de uma dominatrix. Apesar da faculdade de Hannah ficar a apenas cinco horas da minha, nunca nos vemos durante o período de aulas. Em vez disso, nos contentamos em manter contato através de telefone e e-mail.

Marni veio de Stanford. Ela é mignon e curvilínea. Seus cachos vão até os ombros e são adoravelmente indomáveis. De repente, eu me sinto envergonhada de minha própria aparência. Tenho cabelos ondulados que em Nova York posso transformar em cachos ou fazer uma escova e deixar liso, mas no ar seco de Denver eles ficam parecendo murchos e destruídos, não importa o que eu faça.

Olho essas duas mulheres, minhas amigas desde a oitava série, e sorrio. Quando estávamos no colegial, eu me dava bem nos estudos, mas Marni e Hannah eram meninas prodígios que só tiravam dez. Marni vem trabalhando em busca de seu objetivo de ser cirurgiã praticamente desde que saiu do útero. Hannah é tão inteligente que só precisa aparecer para fazer um teste e gabaritá-lo. Ela termina de escrever uma redação uma hora antes do prazo de entrega e o texto sai de primeira, sem nenhum erro — nenhum esboço, nenhum rascunho inacabado, nenhuma necessidade de revisão. É tanto admirável

quanto irritante. Era de se imaginar que, saindo à beça com elas, eu iria adquirir um pouco de sua inteligência, mas consegui me manter firmemente mediana apesar da influência positiva de ambas.

Hannah acende um cigarro e me pergunta como foi o jantar em família.

— Sabe Hiroshima? Foi tipo isso. Meu pai e a Claudia estão dormindo juntos.

Marni quase engasga com o gole de martíni que havia acabado de tomar.

— Tá brincando.

— Quem me dera!

— Ô meu Deus, querida. Que coisa mais brutal — diz Marni.

— Aquela vaca! — exclama Hannah.

— É, isso basicamente resume tudo. Ela está se sentindo a dona da casa. É nojento.

— Mas seu pai fica entediado fácil. Já, já ela cai fora — afirma Hannah.

— É — concordo com um risinho amargo. Sinto uma repentina onda de raiva pela forma como papai e Claudia têm agido. Será que o modo como trataram mamãe antes de ela morrer, independentemente de estarem ou não dormindo juntos, teve algo a ver com o falecimento? Foi um acidente ou a forma de escapar que minha mãe encontrou?

— Sabe, é engraçado, outro dia tive uma visão da sua mãe. Hannah também a viu.

— Marni, a gente estava numa viagem de ecstasy.

— É, eu sei. Mesmo assim, acho que ela queria nos dizer alguma coisa. Você não acha estranho nós duas a termos visto?

— Não, a gente estava pensando na Helaina vindo pra casa. A gente estava preocupada com ela. Nós te amamos, Helaina, você sabe disso.

— Essa aparição da minha mãe falou alguma coisa?

Hannah lança um olhar incisivo para Marni.

— Humm... — gagueja Marni.

A garçonete chega na hora exata e eu peço um drinque, Long Island Iced Tea. Quando a garçonete sai, Hannah muda de assunto.

Obviamente, elas estão me escondendo algo, mas decido não insistir na questão por ora.

— Isso pode fazer você se sentir melhor: minha irmã vai chegar de Nova York esse fim de semana para ir a uma festa em Vail. É capaz do Brad Pitt estar lá. De qualquer forma, vai ser uma festona. Ela vai deixar a gente ir se você vier com a gente. Ela está louca pra entrevistar seu pai.

A irmã de Hannah, Gilda, tem uma coluna de fofocas num tablóide de Nova York. Ela escreve sobre celebridades e pessoas ricas em geral, e meu pai meio que se encaixa nas duas categorias. Ele sempre está nas listas de pessoas mais influentes e mais ricas dos Estados Unidos, feitas pela *Fortune*, mas, ao contrário de muitos que estão nas listas — há muitos velhotes ricos nelas —, meu pai parece um modelo ou um galã de novela. Vivem fazendo perfis dele, e fotos suas volta e meia aparecem na *People* e na *Us*. Os jornais também noticiaram a morte de mamãe, porém o destaque não foi a foto dela, e sim a de papai. *Olhem só o coitado do viúvo*. Embora nenhum deles tenha dito com todas as palavras, a mensagem era clara: meu pai agora podia ser acrescentado à outra lista, a dos solteiros mais cobiçados do país.

— Parece ótimo.

— Eu esperava que você se animasse. Acho que uma viagenzinha de carro é exatamente o que a gente precisa. Tenho que achar um com quem valha a pena transar — comenta Hannah. — O último cara com quem transei durou tipo trinta segundos e eu disse, tipo, você pode tentar outras coisas pra me satisfazer, e ele: não, acho que não. Fiquei puta da vida — Hannah conta indignada, revirando os olhos. — Tipo assim, por que ele se deu ao trabalho de tirar minha roupa? Só o ato de desabotoar minha blusa durou mais tempo do que o processo de transa inteiro.

Sorrio. É tão bom estar com essas meninas de novo, fingindo que a vida é normal.

Hannah acende outro cigarro e me olha com uma sobrancelha levantada.

— Teve algum sonho interessante ultimamente?

Ela adora analisar sonhos. Já leu todos os livros do gênero "saiba o que seus sonhos significam" e é a única pessoa que conheço que não revira os olhos quando você começa a frase com: "eu tive um sonho essa noite..."

Penso no sonho que tive em que eu estava num estacionamento e começou a chover bolas de basquete. Nenhuma delas me atingiu, mas um cadáver em um saco especial para humanos caiu sobre o teto do meu carro com um estampido. (Embora eu não tenha um carro na vida real, no sonho entendi que ele era meu.) De alguma forma, sabia que o corpo que havia no saco era o de minha mãe. Acordei do sonho tremendo e suando. Fiquei com a sensação de que minha mãe estava tentando me fazer olhar seu cadáver, de que havia algo que eu deveria encontrar. Na vida real, o corpo de mamãe ficou tão destruído por causa da batida que não foi possível deixar o caixão aberto. De qualquer modo, mamãe sempre quis ser cremada e ter suas cinzas despejadas nas montanhas, e foi isso que fizemos depois do velório, portanto não há mais corpo. Só algumas pessoas foram — papai, Claudia, eu e alguns poucos amigos de papai e mamãe. Sacudi a urna e vimos seus restos rodopiarem na brisa.

Mas não quero contar meu sonho a Hannah. Talvez tenha algum significado, talvez não, mas não quero falar a respeito. Em vez disso, digo:

— Não tenho me lembrado dos meus sonhos ultimamente.

Hannah anui, compreensiva.

— Marni, como está o Jake? — pergunto.

— Ele está bem. — Ela sorri. — Está passando um mês na Europa. Estou com saudades dele. — Só com a menção dele, ela já fica com aquele sorriso sonhador no rosto, como uma mulher que acabara de se apaixonar, e não como uma mulher que namora o mesmo cara há quatro anos. Eles estudam juntos em Stanford. Eu tenho quase certeza de que este mês que ele está viajando pela Europa é o tempo mais longo que já passaram longe um do outro. Eles estão planejando casar depois da formatura. Ela vai ficar quatro anos cursando medicina e ele vai trabalhar por dois anos e depois fazer um MBA em finanças — eles já têm tudo planejado. Imagino

como deve ser ter uma idéia de como o seu futuro será. Mal sei o que vou fazer semana que vem.

— Nooossa, ele é gatinho — diz Hannah, de olho em um cara que passa por nossa mesa. — Eu transaria com ele.

— Ele é normal. Não é o Jake — retruca Marni.

— Se você casar com o Jake, só vai poder dormir com um cara a vida inteira. Você não tem vontade de saber o que está perdendo? — indaga Hannah.

— É amor. — Marni dá de ombros. — É só isso que importa.

— Está vendo, é aí que nós duas somos diferentes. — Hannah aponta o cigarro para Marni para enfatizar seu argumento. — Você é uma idealista romântica e eu sou uma realista fogosa.

Marni sorri. Ela sabe que é verdade.

Tomamos mais alguns drinques e fofocamos a respeito de pessoas que conhecemos do colégio.

Marni conta que Stephanie Woodland teve uma crise nervosa e largou a escola. Stephanie era uma das meninas mais inteligentes da nossa turma, então a novidade me deixa chateada. Estou prestes a dizer isso quando Hannah interrompe com uma observação sarcástica sobre a circunferência abdominal avantajada de Stephanie:

— Ah, sim, Stephanie Woodland, a garota votada a "mais capaz de preencher os quilômetros de tecido do vestido de formatura".

Não queria rir, mas rio, e me sinto culpada de imediato. Estou agindo exatamente como as mulheres que ridicularizei em meu filme. Juro umas quarenta vezes por semana que vou me tornar uma pessoa melhor, mas por alguma razão sempre continuo sendo essa pessoa imperfeita.

Hannah está partilhando as últimas novidades sobre uma outra menina com quem estudamos no colégio, quando três garotos aproximam-se de nossa mesa e perguntam se queremos dançar. Eles são bonitinhos, então quando Hannah e Marni olham para mim, a recém-órfã de mãe, para ver se estou a fim, dou de ombros e faço que sim.

Nós seis dançamos em círculo. Hannah, Marni e eu imediatamente começamos a fazer piadas, fazendo passinhos estilo anos 80, como a Onda, em que você começa a girar os dedos da mão direita, depois levanta o cotovelo direito, depois o ombro, e aí passa para o ombro esquerdo, cotovelo e depois mão. Quando Marni começa a fazer o moonwalk, me seguro para não cair de tanto rir.

— Você é tão linda — o garoto que está dançando ao seu lado diz.

— Eu tenho namorado — diz ela, mas é óbvio que o elogio a fez se sentir bem. Marni freqüentemente é ignorada pelos garotos quando está comigo e com Hannah, não por não ser bonita, ela é, mas sim porque ela tem um jeito de boa menina, de estou-numa-relação-monogâmica-então-nem-pense-nisso. O álcool está fazendo com que ela flerte.

Sei que é esta confiança e empolgação que ditam o que acontece depois.

— Pessoal, olha isso! — grita Marni. — Vou fazer a Cobra.

Estou prestes a sugerir que talvez não seja uma boa idéia quando Marni começa a mergulhar. Ela devia descer se apoiando nas mãos, depois girar com o peito e depois com o quadril girando pelo chão. Em vez disso, em seu estado alcoólico, ela bate no chão com o queixo.

— Você está bem? — Corro até ela. Ouço Hannah rindo atrás de mim.

Felizmente, Marni está bêbada o suficiente para não sentir dor alguma, e ela também começa a gargalhar. Seu nariz está sangrando, mas de resto parece bem, então depois que pego uns guardanapos para estancar o fluxo de sangue, rio também. Nós seis caímos no riso, como se fosse a coisa mais hilária que já vimos. "Ei, pessoal, olha isso! Vou fazer a Cobra!" Zoamos ela cruelmente e não conseguimos parar de rir. Não ligo se meu riso é ajudado pelo álcool. Faz algum tempo que não rio desse jeito, e é uma sensação boa.

Não bebo nada além de água nas duas últimas horas, até que esteja sóbria o suficiente para voltar para casa dirigindo. Quando chego, Claudia está adormecida no sofá, com uma garrafa de vinho vazia na mesa à sua frente. Como ela está vulnerável neste momento!

Tento pensar no que poderia fazer para me vingar por ela ter machucado mamãe. Dormir com o marido dela, seja antes ou depois de sua morte, é uma coisa inimaginavelmente repulsiva. Agora é a oportunidade perfeita. Mas só consigo pensar em travessuras juvenis como colocar a mão dela em água quente. Ah, como eu adoraria ver papai acordar e encontrar Claudia repousando numa poça da própria urina. Ele ficaria irado caso Claudia arruinasse seu sofá importado, feito por encomenda. Eu poderia livrar-me de Claudia fácil assim, com um truque típico de quando estamos na oitava série e vamos dormir na casa de uma amiga.

Em vez disso, pego um lençol no closet e a cubro.

Capítulo 2

Na manhã seguinte acordei tarde, meu corpo exigindo uma dose urgente de cafeína. Eu desço e colho os grãos de café e ordenho leite da geladeira que, pra variar, está bem recheada, parando um instante para admirar seu interior de aço escovado, imaculado, resplandecente, cheio de comidinhas frescas. Suspeito de que minha geladeira em Nova York entraria em colapso caso tentássemos enchê-la de produtos coloridos, em vez das obscuras quentinhas com as quais ela se acostumou. Trituro os grãos e depois uso a máquina de expresso top de linha para transformar meu leite em uma espuma suave. Bebericando meu café-com-leite, volto ao meu quarto e ligo o chuveiro.

Mesmo depois da cafeína e do banho estou longe de me sentir um ser humano. Uso o secador e passo meia hora tentando cachear meus cabelos, passo gel, tento controlá-lo com spray, mas não importa o que eu faça, fico parecendo uma Farrah Fawcett eletrocutada. A cada minuto que passa fico mais frustrada, até que minha frustração borbulhe como a água fervente que se agita na panela, e eu desmorono no assento da privada e me debulho em lágrimas. Sinto-me uma merda, mas preciso parecer uma merda também? Por que tudo tem de ser um enorme martírio? Por que tudo tem de ser tão difícil?

Miro-me no espelho e sou cumprimentada pela imagem de uma garota feia com cabelos horrorosos e olhos vermelhos e inchados. É possível vislumbrar tanto minha mãe quanto Claudia em meus traços. Pequenas alusões em meu sorriso e nos meus olhos. Todas temos o mesmo tipo de cabelo castanho-claro, embora ambas, Claudia e mamãe, venham clareando o delas desde a adolescência.

Pode ser que eu comece a me sentir melhor se minha aparência melhorar. Vale a pena tentar, então ligo para Eric a fim de marcar uma hora. Em geral, tenho que agendar hora com semanas de antecedência, mas ele deve estar com pena de mim, pois disse que pode me encaixar entre duas clientes esta tarde. Visto-me, passo um pouquinho de maquiagem e espero até a hora de sair.

O salão de Eric fica no centro da cidade. Enquanto tento achar um lugar para estacionar o carro, não paro de pensar em quanto espaço livre há aqui em Denver, em comparação com Nova York. Não quero ser idiota a ponto de comparar o tamanho de ambas as cidades. Aqui é mais arejado e há, comparativamente, poucas pessoas. É um lindo dia de verão, somente umas poucas nuvens quase transparentes mancham o céu. Não está muito quente, e o calor delicado do sol é agradável à minha pele. Porém, de alguma forma, todo esse vazio tem o efeito de me fazer sentir vulnerável e exposta. Sinto falta do asfalto, do anonimato e da ferveção interminável de Nova York.

Eric corre para me abraçar quando me vê.

— Sinto muitíssimo, querida — diz. Ele continua macérrimo como sempre e ainda tem os cabelos castanhos cortados curtos e endurecidos com tantos produtos capilares quanto seus folículos agüentam. Veste-se com roupas apertadas para revelar cada um dos músculos que mais parecem cobras.

— Eu sei. Eu também.

Ele me senta na cadeira e passa os dedos pelos meus cabelos.

— Como você tá?

— Sobrevivendo.

Eric fica parado por um minuto, como se tivesse levado um golpe.

— Não sai da minha cabeça uma das últimas vezes que a vi. Não consigo deixar de me sentir culpado.

— Por quê?

— Eu acho que... acho que posso ter dito a ela uma coisa que a deixou muito magoada. Fico preocupado porque talvez ela estivesse chateada e distraída, e talvez seja esse o motivo pra ela não ter feito a curva. — Ele está sussurrando.
— Por causa de papai e Claudia?
— Você sabe?
— Eu suspeitava.
— Bom, você sabe que tenho cuidado dos cabelos dela desde que ela veio pro Colorado.
— Sei.
— Bem, a Claudia me contou, contou pra todo mundo aqui, na verdade, que estava tendo um caso com seu... com Gary. Eu achei que sua mãe deveria saber.
— Eu sabia que eles estavam tendo um caso. Só não sabia se isso tinha começado antes ou depois do acidente da mamãe — digo, mais para mim do que para Eric. Para Eric digo: — Você não pode se culpar por isso.
— Eu fico me perguntando se ela não estava preocupada. Sei lá, pensando nisso. E talvez tenha sido por isso...
— Era uma estrada numa montanha coberta de gelo, deveria ter mureta de proteção — digo, mas não estou convencida disso. Mamãe estava indo a Grand Junction quando aconteceu. Ia visitar um amigo que tem um vinhedo. Agora sei por que ela foi sozinha. Ela precisava ficar longe de papai e Claudia.
— Ei, sabe, será que dá pra gente não falar disso? Minha vida anda cheia de tragédias ultimamente. Como, por exemplo, meus cabelos — digo, tentando amenizar o clima.
— É, percebi. O que está acontecendo com eles?
— É que tenho andado preocupada de uns tempos pra cá.
— Bom, vamos dar um jeito em você. Vem cá. — Sigo-o até a pia onde ele lava meus cabelos, dedicando um tempo extra a massagear o couro cabeludo. Voltamos para a frente do espelho e, enquanto apara as pontas, ele me conta de seu namoro com um cara lindo, mas burro. Ele está tentando me animar, me distrair. Eric me conta que os dois saíram juntos durante algumas semanas e que o sexo era ótimo, mas era tão penoso tentar manter uma conversa com o gato que ele

acabou terminando o namoro. Tento rir nas horas certas, mas está difícil me concentrar. Penso em como deve ter sido para mamãe saber, pelo relato de seu cabeleireiro, que o marido estava dormindo com sua própria irmã. Claudia certamente sabia que contar a Eric era a mesma coisa que botar um anúncio no *New York Times* declarando a infidelidade de papai.

Mamãe sabia. Mamãe sabia. Por que ela não expulsou Claudia? Como ela pôde conviver com a traição debaixo de seu próprio teto?

Sair da estrada para uma morte dramática — ao menos foi um fim adequado para minha mãe. Ela não gostaria de ter morrido silenciosamente, no meio da noite. Ela já havia vivido em silêncio por tempo demais.

O ódio por papai e Claudia ferve dentro de mim, e penso no que eu poderia fazer para botar as coisas nos eixos.

Quando chego em casa, paro no banheiro para estudar meu novo corte de cabelo. Tenho que dizer que minha aparência está bem melhor. Entretanto, tenho total certeza de que não conseguirei arrumar meus cabelos sozinha, com todos esses arrepiados e ondas e mechas e volume. Suspeito que amanhã minha cabeça irá parecer um gato na chuva, mas pelo menos por hoje estou ótima.

Encontro Maria na cozinha e peço-lhe que diga a papai e a Claudia que não estou me sentindo bem e que não jantarei com eles. Ela me lança um olhar que não consigo desvendar — pena, talvez. Será que papai e Claudia já tinham planejado jantar sem mim?

Esse verão será muito longo.

Felizmente, Hannah escolhe este momento para me telefonar.

— O que você está fazendo? — pergunta ela.

— Nada.

— Ótimo. Eu vou te pegar aí e te levar ao cabeleireiro. A gente tem que dar um jeito em você pra festa de sábado.

— Você vai ficar feliz de saber que acabei de voltar do cabeleireiro. Meus cabelos estão num estado consideravelmente melhor.

— Graças a Deus. Mas e uma depilação à brasileira? Uma manicure? Pedicure? Um bronzeamento?

— Humm, não.
— Então tá. Mas ainda há coisas pra fazer. Vou te pegar em vinte minutos. Nós vamos numa festa com celebridades esse fim de semana. Temos que parecer estrelas. É uma emergência de beleza.

Eu rio.

— OK, sou sua. Faça de mim a estrela que você acredita que eu posso ser.

Quando Hannah me busca em seu pequeno Lótus Elise esportivo, ela me conta como trapaceou e conseguiu marcar depilações à brasileira, com cera quente, para nós duas.

— Não sei, não, Hannah, eu nunca fiz uma depilação dessas antes. Você sabe que não sou lá muito fã de dor.

— Me desculpa, mas sabe-se lá a quantas festas em piscinas seremos chamadas nesse verão? A gente tem que fazer a manutenção completa da área do biquíni.

Simplesmente não tenho energias para lutar, então apenas concordo.

Hannah me leva de volta ao salão do qual eu acabara de sair. Ponho um sorriso no rosto porque não quero que Eric perceba o quanto estou perturbada, mas acaba por ser desnecessário, pois Eric já foi embora.

Para meu pesar, primeiro são as depilações. Hannah retira-se junto com Gretchen. Estou marcada com Zelda, uma russa gorducha de trinta e poucos anos, com olhos muito cobertos pelas pálpebras e uma presença imponente. Parece que ela poderia lutar contra um urso e sair vencedora, o que não ameniza meu nervosismo nem um pouco, pelo contrário.

Sigo Zelda até um quarto com paredes violeta e suaves luzes estilo candelabro, sentindo medo. Eu costumava confiar em Nair para este tipo de coisa, e por mais que eu saiba que Hannah e Marni são devotas da cera, é tudo muito novo e assustador para mim.

Zelda me entrega calcinhas pequenas feitas de lenço de papel branco e elástico cor-de-rosa e me concede um instante de privacidade para que eu possa me trocar. Elas são tão grandes que flutuam ao redor da área em questão, basicamente posando de forro para manter minha decência, embora na verdade nem remotamente escondam algo.

— Que ser issa? — exclama ela, quando retorna para ver a bagunça com a qual terá que trabalhar. — Usa gileta?

— Humm, às vezes.

Ela faz que não com a cabeça, muito triste comigo.

— O que votzê querer, votzê querer bratzileirrrra?

— Não, não. Só a marca do biquíni mesmo, pra que eu fique parecendo limpinha e arrumada com meu maiô — explico.

— Mas tod munda estzá fazendo bratzileirrrra.

— É, acredito, mas eu na realidade sou uma garota natural. Sabe como é. Mas sou uma garota natural arrumadinha.

— Tod munda faz bratzileirrrra. Você precisa de uma. Muita libertadór. Muita sexy.

— Tudo bem, sabe, mas não sou do tipo que curte parecer uma garotinha de doze anos.

Zelda suspira.

— Óka, a gente faz da seu jeito.

Passo os vinte minutos seguintes de pernas abertas, sentindo-me uma idiota. Quando Zelda arranca a cera, vejo que é exatamente tão agonizante quanto eu esperava. E então olho para baixo.

Zelda foi muito além do look triangular que eu desejava e, de fato, agora tenho algo que lembra um heliporto lá embaixo.

Zelda sai para que eu possa me vestir e vou até o espelho inspecionar de perto a situação. É aí que descubro que não só estou com o púbis retangular, mas Zelda também aplicou a cera de modo um pouco torta. Portanto, estou com um look digamos... disléxico.

Temo que não haja nada de sexy nisso.

— O que foi que aconteceu? — Hannah indaga quando apareço na sala de espera, onde ela está sentada com uma *Vogue* nas mãos.

Conto-lhe como meus planos de beleza deram terrivelmente errado e ela urra de rir.

— Obrigada. É esse o tipo de apoio que preciso agora. Eu realmente aprecio sua reação.

— Olha, a gente pode pintar as unhas de vermelhão. Assim a gente distrai os homens e eles não notam sua estranha situação púbica.

— De qualquer forma, não espero que algum homem consiga inspecionar minha "situação púbica".

— Você não pode desistir da vida, Helaina.

Fazemos os pés primeiro. Sentamo-nos lado a lado em largas cadeiras de couro preto e colocamos os pés em nossas mini-Jacuzzi pessoais. Cada uma tem uma mulher do Leste Europeu trabalhando para si. A minha é uma corpulenta, pra variar, que tem uma grande e perturbadora verruga no nariz, para a qual não consigo parar de olhar.

Não foi a primeira vez que fiz as unhas, mas sempre me sinto um pouquinho culpada quando as faço. Sou péssima em pintar minhas próprias unhas, mas parece ser algo que deveria estar no âmbito de meus talentos, então me sinto esquisita por pagar alguém para fazê-las para mim. Mas é bom ser um pouco paparicada. Minhas unhas estão em péssimo estado. Entendo por que Hannah sentiu-se obrigada a me carregar para o salão. No nosso mundo, tudo bem você *sentir* que está morrendo por dentro, mas não é legal parecer que você está aos cacos.

Quando terminamos, Hannah diz:

— Vamos pra minha casa. Meus pais estão passando o verão em Paris.

— Estão de férias?

— Que nada! Meus pais não tiram férias. Não, eles são consultores de um projeto, estão ajudando um francês a abrir uma série de restaurantes chineses.

— Mas vocês são coreanos.

— Verdade, mas o francês não sabe disso. Bom, um restaurante é um restaurante e meus pais sabem como abrir um.

A casa dos pais de Hannah é linda. Viajam tanto a trabalho que Hannah basicamente vive lá sozinha quando volta da faculdade. É ampla e tem uma maravilhosa vista para as montanhas da varanda de um dos lados. A sala de estar tem teto abobadado. É toda feita em tons creme, com alguns toques de almofadas vermelhas e pretas e vasos pretos com flores exóticas vermelhas.

— Quer beber alguma coisa? — pergunta ela quando entramos.

— Claro.

Ela faz uma mistura de vodca e limonada Crystal Light num jarro e o leva, junto com dois copos, para seu quarto, no andar de cima, que é iluminado e chamativo. Ela tem três paredes brancas e uma rosa-choque. Há uma cadeira laranjona, a coberta da cama amarelo-limão e um pufe de bolinhas púrpuras sobre o qual me esparramo, meus braços e pernas abertos. Ela põe um CD do Incubus no som.

— Helaina? Helaina?
— Humm? O quê?
— Terra chamando Helaina. Onde está você?
— Desculpa, eu estava aqui pensando em como é estranho meu pai parecer tão bem depois da morte da mulher com quem ele foi casado por vinte e um anos. Ele não chorou no velório. Ele sequer pareceu estar triste, aliás.
— Poxa, Helaina. Eu sei que você está abatida, mas vamos tentar pensar em coisas alegres.
— Me desculpa, Hannah, mas não estou a fim de ser alegrada agora. Só quero ficar triste.
— Sobre o que a gente devia conversar, então?
— A gente só pode falar de coisas deprimentes. Como a decadência do Edgar Allan Poe.
— Como foi?
— Bom, algumas pessoas dizem que foi o alcoolismo.
— Faz sentido. Falando nisso, você precisa de outro drinque. Me dá. — Ela estende o braço para pegar meu copo e eu o entrego a ela. Ela serve mais uma rodada de drinques.
— Como vão as coisas na faculdade? — ela pergunta.

Sorrio. Hannah prefere simplesmente ignorar coisas ruins. Pessoalmente, acho que às vezes uma boa chorada é bastante subestimada. Penso que muitas pessoas acham que as emoções deveriam ser como escritórios com ar-condicionado, nos quais a temperatura nunca muda, apesar do que possa estar acontecendo lá fora.

Conto-lhe a respeito de meu filme.
— Que maravilha! Festivais de cinema internacionais. Você vai ficar famosa.

— Pouquíssimos diretores de cinema são famosos-famosos, e pra mim está ótimo.

Estamos na quarta rodada de drinques quando os olhos de Hannah se esbugalham.

— Ai! Me esqueci. Não acabamos nossa extravagância estética ainda. — Ela pula para fora da cama e corre para o banheiro.

Quando volta, ela me mostra um tubo de creme autobronzeador da Lancôme, passando a mão por baixo dele como uma modelo que faz merchandising em programas de auditório.

— Precisamos estar bronzeadas!

— Você já tem uma bela pele cor-de-caramelo — elogio.

— Mas quero chocolate, não caramelo. Chocolate sempre vence o caramelo.

Concordo, meio confusa. Ela parece uma líder sábia e ponderada nesse momento.

Besuntamo-nos com o autobronzeador. Enquanto o espalho pelo corpo, percebo o quanto estou cansada. Assim que me cubro com uma quantidade suficiente do creme, cambaleio até a cama de Hannah.

— Cansada — murmuro quando atiro meu corpo contra o colchão. Ela faz que sim e se deita ao meu lado.

Algum tempo depois acordo, desesperada para fazer xixi. Vacilante, vou até o banheiro de Hannah, sento na privada e, quando estou lavando as mãos, vejo o que fiz e solto um berro que interrompe o repouso de Hannah num solavanco.

— Quê?!? Ahn?

Corro para o quarto e observo que Hannah também está parecendo uma idiota.

Aqui vai uma dica: não use autobronzeador se você andou bebendo. Você deve esperar dez minutos a partir da hora quando esfregou a substância na pele antes de sentar-se ou vestir-se. Você está totalmente proibida de esparramar-se na cama de imediato e de ficar rodando de um lado para o outro, pois, se o fizer, irá borrar as coisas de um modo tal que parecerá que você tem tatuagens maori.

— E agora, o que a gente faz? Nós parecemos duas imbecis — reclamo.

— Talvez a gente tenha que passar mais.

— Mas isso não vai fazer com que os lugares que já estão escuros fiquem mais escuros ainda?

— Pode ser.

— Merda!

— Daqui a alguns dias sai. Tem que passar esponja vegetal que nem uma doida. Merda. Espero que o Brad Pitt não vá à festa deste fim de semana. Não dá pra trocar uma idéia com ele desse jeito.

— Oooh — lamento. Meu plano de começar a me sentir melhor incrementando meu visual até aqui provou ser um fracasso retumbante. — Que horas são? — Olho meu relógio. Já passa um pouco das onze da noite, mas tenho a sensação de que são quatro da madrugada. Ainda devo estar com jet-lag. Além disso, aposto que não ajudou muito o fato de termos bebido de estômago vazio. Porém, sinto-me completamente sóbria depois de ter tirado essa soneca. — Eu preciso ir pra casa.

— Você tem certeza disso? Se quiser, pode ficar.

— Obrigada, mas acho que quero minha própria cama. Você conseguiu me animar, tá. Tirando o bronzeamento de retardado e a situação púbica lastimável, é claro.

— Eu te amo.

— Eu também te amo.

Ao chegar em casa, vou à cozinha procurar algo para comer, mas então percebo que não consigo me imaginar ingerindo alimentos sólidos.

Ouço um barulho oriundo da sala de estar e vou chécá-lo. É Claudia. Ela está sentada no sofá, murmurando algo para si mesma. Há uma garrafa de vinho tinto quase vazia na mesa à sua frente e ela segura uma taça cheia nas mãos. Seu olhar está vidrado.

— Olá! — ela garganteia.

— Oi. Cadê o papai?

— Ah! — Ela faz um gesto desdenhoso. — Ele foi passar a noite em Chicago. Negócios. Você sabe como é.

Estou curiosa para saber mais a respeito dessa mulher, que é, basicamente, uma estranha para mim. Além do mais, ela conheceu minha mãe vinte e seis anos antes de eu conhecê-la, e invejo suas lembranças. Quero que Claudia me conte tudo que lembra sobre a infância, a adolescência e a vida que minha mãe levou antes de mim.

— O que foi? — indaga Claudia. A princípio, acho que ela está me perguntando por que estou parecendo uma zebra com listras alaranjadas, então ela diz: — Você parece estar triste.

— Eu estou triste. Minha mãe acabou de morrer. Você não está triste?

— Ah, isso é triste sim, com certeza — diz ela, sem soar nem um pouquinho triste. — Helaina, sente-se.

Paro por um instante, depois sento-me no banco que serve para esticar os pés em frente ao sofá e fico cara a cara com ela.

— Você está me evitando? — pergunta ela.

Dou de ombros.

— Juro que não sou tão assustadora assim. Você precisa me conhecer melhor.

— Conhecer melhor? Você nunca estava por perto. Minha mãe te convidou para o Dia de Ação de Graças e o Natal por anos e anos e você nunca veio.

— É, bem... você sabe, sua mãe e eu nunca fomos assim muito próximas.

— Por que não?

Ela faz uma pausa.

— A gente simplesmente não tinha os mesmos interesses. — Ela inspeciona a taça de vinho. — Na escola, sua mãe ficava na dela, tirando notas boas e se afastando de encrencas. Era como se ela não quisesse que ninguém prestasse atenção nela. Eu? Eu não queria só estar em todas as peças, queria ser *a estrela*. Eu não entendia por que sua mãe não era mais... *faminta*.

— Vocês não tinham nada em comum?

— Não muito. Apesar de que... me lembro de quando fui ao casamento da sua mãe. Foi lindo. Lembro de ter pensado que eu não teria feito nada diferente. E que isso era muito estranho, porque a gente fazia tudo diferente. Nós vestíamos roupas diferentes, sapatos diferentes. Tínhamos amigos diferentes e objetivos diferentes. Nossos gostos em termos de comida e de homens eram diferentes.

Nem todos os homens, aparentemente.

— Vocês duas pintavam os cabelos.

Claudia ri e rasteja os dedos pelos cabelos. O gesto deixa um tufo de cacho projetado de modo comicamente torto. A Claudia diante de mim agora, que está bêbada e vacilante e engolindo palavras, é o total oposto da Claudia aparentemente perfeita que vi no jantar da outra noite. É como Jekyll e Hyde, se o papel de Dr. Jekyll fosse interpretado por uma versão superestilosa da Martha Stewart. Talvez interpretar o papel de beleza perfeita e de anfitriã perfeita fique cansativo e ela precise virar uma cachaceira das grossas por um tempinho para relaxar. Ver Claudia bêbada me faz lembrar dos artigos que li a respeito de como suas bebedeiras causaram inchaço e ganho de peso, o que contribuiu para que sua carreira como atriz degringolasse.

— O casamento dela foi perfeito — continua ela. — Lembro que pensei no quanto ela era uma mulher de sorte. Mas isso. — Claudia gesticula para o enorme aposento com a mão vazia. — Eu nunca poderia imaginar isso. Eu sabia que seu pai era um homem inteligente, ambicioso, mas eu nunca que poderia imaginar o quanto ele seria bem-sucedido.

Ela não está me dando a informação que desejo. Quero saber as coisas engraçadas que minha mãe fez quando jovem. Quais jogos ela jogava? Ela sonhava em ter um pônei? Quero saber tudo, mas começo com esta pergunta:

— Você e mamãe *alguma vez* brincaram juntas?

— Claro, creio que sim. — Ela drena a taça de vinho e estuda as gotas cor-de-ferida aderindo à taça, que, de resto, está vazia. — Ah, já sei. Teve uma vez, sua mãe e eu estávamos no banco de trás do carro numa viagem para ver nossos avós, seus bisavós. Nosso pai já tinha morrido naquela época... Deixa eu ver, acho que sua mãe devia ter uns oito anos e eu, uns seis. Bom, era época de Natal e havia uma espessa camada de neve no chão. Sua mãe e eu estávamos começando a ficar enlouquecidas como as crianças sempre ficam em viagens longas. A gente estava batendo boca, deixando sua avó maluca. Ela ficou dizendo pra gente parar, mas a gente não parava. Até que ela encostou o carro para dar um fim naquilo e nos forçou a sair. Não estávamos de sapato nem de casaco, mas ela nos fez descer só de meias. Então ela entrou no carro e foi embora. Voltou alguns minutos depois, é claro, mas a essa altura a gente já estava quase congelada e sabia que ela estava falando sério.

— Essa é a lembrança mais feliz que você tem de mamãe? Vocês batendo boca e sendo abandonadas no frio?

— Nós estávamos juntas nessa, você não entende? Estávamos juntas nessa. — Pela primeira vez nesta noite, Claudia foca os olhos dispersos em mim. — Sabe, você poderia ser uma garota bem linda se gastasse um pouquinho mais de tempo com o visual. Onde você compra suas roupas, na Anarchists Are Us? Como você vai achar um marido se vestindo desse jeito?

— Claudia, eu tenho vinte anos. Não estou preocupada em achar marido. Nem penso nisso. Bom, você e mamãe não tiveram muita sorte com os maridos de vocês. O que te faz pensar que estar casada é a solução?

— Você precisa de um homem.

— Por quê?

— Segurança. É a triste verdade.

— Segurança? Você já ouviu falar em fechadura?

— Segurança financeira — diz ela, impaciente, como se estivesse explicando um conceito muito simples e eu fosse burra demais para entender.

— Você precisa de um homem por causa do dinheiro dele? Você está falando sério? Claudia, não sei se você sabe, mas hoje em dia as mulheres já têm permissão para arrumar emprego. Você já pode ter imóveis. Pode até votar, se quiser. — Meu sarcasmo provavelmente passou despercebido, mas não pude me conter.

— Não estou dizendo que é justo, mas é assim que a banda toca, me desculpe dizer. — Embora com sua pronúncia ininteligível, ela tenha soltado uma coisa do tipo "dzzzcupadizer". — Claro, às vezes você encontra uma mulher que dirige uma empresa e ganha muita grana, mas, de modo geral, uma mulher não consegue ganhar dinheiro suficiente sozinha.

— Claudia, você está realmente sugerindo que vale a pena casar com um homem por causa do dinheiro dele? E o amor?

— Amor. — Ela revira os olhos e faz um gesto de desprezo. É o equivalente não-verbal de "blá-blá-blá". — Ele vai te trair, você vai trair ele, é melhor se houver grana envolvida. — Ela me examina novamente. Seu olhar é tão intenso que me sinto desconfortável. — Você é magra demais. Já pensou em colocar silicone?

— Colocar silicone?

— É óbvio.

— Não. De jeito nenhum.

— Você devia pensar direito nisso. Ficaria bem em você. Os homens adoram curvas.

— Claudia, tenho que ir pra cama. Você devia tomar um copo d'água. Vai te fazer se sentir melhor de manhã.

— Pfff — zomba ela.

— Boa-noite, Claudia.

Pisoteio até a cozinha, tentando processar a conversa que acabei de ter. Claudia é de uma geração de mulheres em que não se esperava que tivessem carreiras independentes. É a única explicação que encontro para justificar sua visão terrivelmente anti-romântica acerca de romances e casamentos.

Ou será que estou sendo ingênua?

Não, não, ela ganhou a vida com a beleza que tem e sempre dependeu dos homens. Sou inteligente, tenho talento. Recuso-me a aceitar a visão repugnante de Claudia sobre as relações homem-mulher.

Pego uma taça de vinho e um saca-rolhas e depois vou lá embaixo, na nossa adega, para escolher uma garrafa. Mamãe e papai me ensinaram algumas coisas sobre vinhos, mas não conheço o suficiente para saber qual é o mais caro. Suponho que um tinto Bordeaux Chateau Le Pin de 89 seja bem caro, então é ele que escolho.

Esgueiro-me até meu quarto, esperando não ser notada. Detesto estar me esgueirando pela minha própria casa, como uma criminosa, uma intrusa.

Fecho e me tranco, abro a garrafa de vinho, coloco uma generosa quantidade na taça e engulo a bebida em uns dois goles.

Ponho outra taça e a deixo perto da minha cama. Ligo o som e aperto o botão *shuffle*, para que as músicas toquem numa seqüência aleatória. Olho para os lados, procurando algo para fazer. Tenho uma parede inteira coberta por estantes cheias de livros. Richard Wright, Margaret Atwood, John Steinbeck, Sylvia Plath. Tenho montes de antologias sobre cinema e coletâneas de poesias e contos. Quero algo leve, algo que não me faça pensar. Histórias em quadrinhos, uma revista. Possuo uma coleção de livros do tamanho de uma biblioteca e nada leve o suficiente para meu estado de espírito. Eu, de qualquer forma, provavelmente não conseguiria me concentrar.

Eu poderia assistir à TV ou a um DVD. Poderia ouvir Brian Regan ou Margaret Cho ou as piadas de algum outro comediante em CD. Rir seria bom agora. Mas não estou a fim de ouvir comédia. Não sinto vontade de fazer nada, apenas vontade de não sentir. Eu devia estar com raiva de Claudia e papai. Como Claudia pôde fazer isso com mamãe? Humilhá-la assim depois de tudo que mamãe fez por ela? Todas as amigas de mamãe freqüentam o salão, todas deviam saber. Mas, por algum motivo, não sinto raiva. Em vez disso, o que sinto é uma mistura de ansiedade, inquietude, depressão e confusão que se instalou em meu peito como uma dor mais ou menos permanente desde que minha mãe morreu.

Então dou o óbvio passo seguinte no caminho para o esquecimento entorpecido: bebo mais vinho. Eu devia ter perguntado a Claudia sobre a mamãe em seus últimos dias de vida, mas no momento a dor ainda está muito recente, crua demais. Ainda não tenho coragem. Será que Claudia me diria a verdade? Ela é atriz. Poderia me dizer o que fosse que seria convincente.

E se a morte da minha mãe não tiver sido um acidente, o que eu faço?

Parece demorar séculos para o vinho surtir efeito. Chego a conhecer intimamente a decoração das paredes até o momento em que meu pôster da apresentação que Janeane Garofalo fez em Denver no ano passado começa a ficar turvo.

Assisti à apresentação de Janeane no feriadão de Natal, a última vez em que vi mamãe viva. Vim passar três semanas em casa, e parecia que eu e mamãe brigávamos o tempo todo. Por que estávamos brigando? Brigávamos a respeito de quê? Mamãe e eu costumávamos nos dar bem. Foi ela quem mudou ou fui eu? Não sei, talvez ambas. As coisas começaram a mudar pouco depois de nos mudarmos de Boston para cá, quando papai transferiu o comando da Able Technologies para reduzir custos operacionais. Nessa época mamãe largou seu emprego, mas também foi justamente quando eu estava entrando na puberdade, então talvez os intratáveis hormônios tenham sido os culpados pela tensão entre nós.

Sempre fui mais dura com mamãe do que com papai. Desde pequena, era como se mamãe fosse praticamente mãe solteira. Papai viajava tanto a trabalho e trabalhava tantas horas quando estava na cidade que mais parecia um mito, um cara sobre quem mamãe contava histórias, do que propriamente meu pai.

Eu tinha nove anos quando nos mudamos para Denver. Até a mudança, mamãe trabalhava como diretora de criação numa agência de publicidade e marketing, mas a verdade é que seu salário não era necessário e que papai precisava cada vez mais que ela estivesse disponível para planejar jantares e ir a eventos. Ser a esposa do presidente da empresa tornara-se um trabalho em tempo integral.

O primeiro semestre já estava quase terminando quando nos mudamos, uma época esquisita para mudar de escola.

Lembro-me de como me senti uma imbecil no primeiro dia de aula, magra como um varapau e corcunda. Sempre tinha sido uma menina bastante confiante e extrovertida, mas nesse dia o mundo parecia um lugar apavorante. De repente, todas as pessoas de nove anos eram leões sedentos por sangue com tênis Nike. Ninguém falava comigo. Silenciosamente, observava meus colegas de classe o dia inteiro, tentando desenvolver autoconfiança para ir falar com alguém. Na outra escola, eu simplesmente sempre tive amigos, eu não fazia idéia de como *fazer* amigos.

Soube logo de cara que queria ser amiga de Tammy Harris. Ela era linda, bronzeada e todos os outros colegas gravitavam ao seu redor. No almoço, tentei sorrir para ela, mas ou ela não me viu ou me ignorou. Senti-me ignorada o dia todo ou, pior ainda, percebi que todas as outras crianças estavam me fuzilando com os olhos. Não conseguia compreender o que havia feito de errado.

Na manhã seguinte, acordei com dor de estômago, minhas entranhas dando nós de tanta ansiedade. Aqueles quinze minutos de recreio e cinqüenta minutos de almoço agigantavam-se diante de mim como um corredor escuro em um pesadelo, onde não importa o quanto você corra ou quão longe você vá, ele continua, não acaba nunca.

Quando mamãe veio me tirar da cama, já estava acordada. Não consegui dormir muito naquela noite.

Mamãe começava a entoar sua canção "Acorde e sorria, é mais uma manhã de alegri-i-a". Ela sempre exagerava de propósito, dançando e fazendo palhaçadas, e, independentemente do quanto eu estivesse irritada por ter sido acordada, em geral me arrancava um sorriso. Não naquela manhã.

— Não estou me sentindo bem.

— Você não está me parecendo doente.

— Bom, eu estou. Estou com dor de estômago.

— Tem alguma coisa te incomodando?

Dei de ombros.

— Eu sei que você se sentiu sozinha ontem, mas logo, logo, você vai fazer amigos, juro. A única forma de se fazer amigos é estar presente para conhecê-los.

— Todo mundo ficou me olhando como se eu fosse uma total imbecil, sem amigo nenhum. É o que eu sou. Por que a gente teve que se mudar agora? Por que a gente não podia se mudar no começo do semestre? Aí teria outras pessoas novas na escola. Eu *odeio* o papai.

— Se você for amigável e sorrir bastante, as crianças vão começar a ser simpáticas com você.

Revirei os olhos.

— É, claro.

— Pergunte às crianças sobre elas mesmas. As pessoas adoram falar de si mesmas. Espere mais alguns dias antes de jogar a toalha. Está bem? Por mim?

Fui para a escola de má vontade. Ficava me lembrando do conselho de mamãe: sorrir e ser amigável.

No recreio, vi Tammy pulando corda com outras duas meninas durante uns cinco minutos antes de me forçar a aproximar-me dela, parecendo o mais amigável possível, e perguntar-lhe se podia me juntar a elas. Ela me olhou como se eu tivesse sugerido que jogássemos uma bomba na escola.

— Não precisamos de mais gente.

Assenti. Continuei parada no mesmo lugar. Era a vez de Tammy pular corda, mas as três meninas ficaram ali paradas, me encarando.

— O que é que você está olhando? — inquiriu ela.

— Posso olhar?

— Não. Você não tem nenhum amigo pra brincar com você, não?

Senti minhas bochechas inflamarem de vergonha. Com uma simples declaração, ela deu um fim a qualquer delicadeza social e me revelou como eu era: uma fracassada sem amigos. Ouvir isso em voz alta tornava o fato uma realidade. Meu status de fracassada não era apenas um produto de minha imaginação; era uma verdade conhecida pelos outros.

Recuei e depois andei rapidamente até o lado da escola. Fiquei escondida até o final do recreio, querendo desesperadamente poder desaparecer.

Naquela tarde, cheguei em casa chorando, dizendo à mamãe que ninguém gostava de mim, que eu não tinha com quem brincar. Mamãe me consolou, prometendo que daria uma grande festa no meu aniversário, em meados de dezembro. Convidaríamos minha classe inteira e todo mundo se divertiria muito e perceberiam que eu era uma pessoa legal.

Agora que mamãe não estava mais trabalhando e que tínhamos uma governanta e um cozinheiro, ela estava com o dia mais ou menos livre, então se entregou ao planejamento da festa como se fosse um emprego em tempo integral.

Todas as tardes eu chegava da escola e mamãe compartilhava suas novas idéias comigo. Ela me mostrava possíveis designs e sabores para o bolo e opções de brindes, e nós examinávamos diferentes tipos de cardápios.

Na nossa casa nova, tínhamos uma piscina meio ao ar livre e meio coberta com um átrio de vidro que podíamos abrir no verão. Embora meu aniversário fosse tão perto do Natal, decidimos fazer um luau — uma festa-luau em dezembro. Nos convites, bolados por mamãe, havia uma árvore de Natal decorada com colar de flores e óculos escuros. Acima da árvore, um sol de óculos escuros, sorrindo. Dentro do convite, além do onde e quando, as crianças eram orientadas a vestir roupas de banho.

Papai concordou em fantasiar-se de Papai Noel. Estava louca de entusiasmo com a idéia de ver papai vestindo bermuda e uma camiseta havaiana acolchoada para ficar barrigudo. Ele ia usar barba branca e peruca, óculos escuros e um boné de beisebol. Ele traria uma bolsa de presentes que daria como brindes.

Mandamos os convites no sábado. Na quarta-feira, esperei que meus colegas se reunissem ao meu redor, que implorassem para que eu almoçasse na mesa deles e brincasse com eles no recreio.

Quarta-feira chegou e foi embora e ninguém falou comigo, ninguém sequer mencionou ter recebido o convite. Na quinta-feira, quando estávamos na aula de artes, a última do dia, aproximei-me da mesa de Tammy. Ela e Rose Pozen estavam trabalhando lado a lado, conversando. A conversa foi interrompida abruptamente quando me aproximei delas.

— Oi, vocês receberam o convite pra minha festa?

Tammy me fuzilou com os olhos e depois olhou para a pintura de uma flor na qual estava trabalhando.

— Sim.

— Você vai poder ir?

— Acho que tenho que ir — interrompeu ela, ainda sem olhar para mim.

— Como assim?

— Assim, se eu não for, é provável que o seu pai demita o meu pai. Foi isso que minha mãe disse.

— Do que é que você está falando?

Ela revirou os olhos.

— Deixa pra lá. Como se você não soubesse.

Mas eu não sabia. Só sabia que ninguém gostava de mim e que eu estava destinada a ser uma pária social. Isso era tudo o que podia fazer para agüentar até o fim da aula sem chorar.

Mamãe me buscou na escola e imediatamente me perguntou o que havia de errado.

Assim que ela saiu do território escolar, caí no choro. Em meio a soluços entrecortados, eu disse:

— Tammy falou que o papai vai demitir o pai dela se ela não for à minha festa. Do que é que ela está falando?

Mamãe suspirou e explicou que a empresa de papai estava em processo de aquisição de outra companhia e que muitas pessoas podiam perder os empregos. Ela me disse que talvez fosse por isso que as crianças não estavam sendo legais comigo, mas que nossa festa seria tão divertida que elas esqueceriam quem era meu pai e fariam fila para serem meus melhores amigos.

No dia da festa, as meninas chegaram usando vestidinhos de verão embaixo dos casaquinhos e botas, e os meninos estavam de shorts e camisetas floridas. Todos estavam com a expressão de que seriam punidos por algo que não haviam feito.

Quando mamãe foi à cozinha encher uma tigela com batatas chips, eu me senti em pânico. A qualquer minuto, papai surgiria como um Papai Noel trazendo presentes. Ele tinha que trabalhar naquela manhã, mas prometeu que às duas horas estaria em casa para a festa. Eu rezava para que ele chegasse logo, para quebrar aquele silêncio terrível.

— Pessoal, vocês podem pegar comida. Também podem entrar na piscina, se quiserem — ofereci, esperançosa. Na mesa, havia limonada, ponche, cachorros-quentes e hambúrgueres. E também espiga de milho, salada de batata e brownie.

— Você acha que é tão especial só porque tem piscina? — perguntou Hamilton Farnsworth.

— Metida — disse Tammy.

— Não, eu... — gaguejei.

Sentia minha garganta se apertando, as lágrimas ameaçando cair, quando as portas do átrio começaram a se abrir e uma corrente de ar frio tomou o lugar. A princípio, pensei que uma das crianças tivesse mexido no interruptor por acidente, mas então ouvi mamãe dizer:

— Se vocês querem brigar, tudo bem, mas briguem à moda antiga. — Ela saiu e andou até a neve vestindo nada além de sandálias e um vestidinho por cima do maiô. Ela pegou um punhado de neve, fez uma bola e a arremessou contra o peito de Hamilton.

Por alguns segundos, todos permaneceram parados. Estávamos ocupados em ficar boquiabertos, olhos esbugalhados, olhando minha mãe aparentemente insana.

— Você acha que pode me pegar, é? — provocou mamãe. Então jogou outra bola de neve, e essa atingiu meu braço.

Berrei e fui para fora pegar uma bola de neve. Hamilton e uns outros me seguiram e, em menos de um minuto, a cena virou um total pandemônio, uma cacofonia de berros e risos.

Corríamos para fora, fazíamos uma bola de neve, atirávamos em alguém, depois pulávamos para dentro e corríamos em volta da piscina ou nos escondíamos atrás de uma cadeira por algum tempo para nos aquecermos. Gelsey foi a primeira a arrancar o vestido, revelando o maiô que vestia por baixo, e pular na piscina aquecida para se esquentar. Todos nós seguimos seu exemplo. Então algumas almas corajosas saíram da piscina, correram para fora para pegar bolas de neve e jogaram algumas antes de voltarem para a piscina.

Times improvisados e estratégias formadas. Tammy disse para mim e Allison Walden para nos esgueirarmos até Jami Winters e surpreendê-la com um ataque frontal. Depois de atirarmos nossas bolas de neve nela, corremos rindo loucamente e entramos na piscina.

Quando finalmente nos cansamos, nossas gargantas secas de tanto berrar, mamãe fechou o átrio e nos deu toalhas e chocolate quente. Almoçamos e comemos bolo e, enquanto todos digeriam a comida, mamãe vestiu-se com a fantasia de Papai Noel e distribuiu os brindes. (Papai não apareceu.)

Em retrospecto, é incrível que ninguém tenha pegado pneumonia. Se alguém ficou doente, eu nunca soube. Até hoje, essa foi uma das melhores festas a que já estive presente.

Mamãe estava certa; a festa quebrou quaisquer barreiras que podiam estar mantendo as outras crianças longe de mim. Depois da festa, fui convidada a ir à casa deles depois da escola ou a ir ao ringue de patinação aos sábados, *a* coisa certa a se fazer quando eu tinha nove anos. Fui até convidada para uma das festas de pijamas na casa de Tammy. Tammy e eu saímos juntas algumas vezes depois disso, mas foi Gelsey quem se tornou minha melhor amiga até ela se mudar.

Papai realmente acabou comprando a empresa e dispensando cerca de quinze por cento da mão-de-obra, mas grande parte das pessoas demitidas eram recepcionistas ou especialistas ou técnicos em atendimento ao consumidor, que não podiam se dar ao luxo de viver na nossa vizinhança ou mandar os filhos para a minha escola.

Não parei para pensar nas dispensas até alguns anos depois, quando esbarrei com um tal de Rick Harwell embriagado numa festa no colegial. Eu não conhecia Rick, mas, quando me apresentei, ele disse:

— Você não é parente do Gary Denner, é? — E ele me contou que seu pai havia sido demitido. Ele ficou desempregado por dez meses. Então se suicidou. Isso me fez perceber quanto poder meu pai detinha: a capacidade de dar empregos e tirá-los, de dar segurança financeira às famílias e de arrancá-la delas. Meu pai podia destruir vidas tão facilmente quanto podia assinar o próprio nome.

No primeiro dia da oitava série, em que alunos de três escolas diferentes se misturaram, sentei-me ao lado de Hannah na reunião de classe. Amei sua atitude de não levar desaforo para casa e seu senso de humor sarcástico. Era óbvio, por causa das roupas caras que usava, que ela também vinha de uma família rica, e logo se tornaria evidente que nosso passado era similar também em outros pontos. Os pais dela e meu pai eram aquele tipo de adulto que acha difícil parar de se concentrar em ganhar dinheiro e ir assistir a nossas peças e recitais, o que explica bastante sobre como Hannah e eu nos saímos.

Conhecemos Marni três meses depois, quando a vi sentada sozinha no refeitório durante o almoço, não a reconheci, mas reconheci aquele olhar desesperado em seu rosto.

— Olá, você é nova aqui? — perguntei a ela.

Ela fez que sim.

— Meus pais acabaram de ser transferidos pro Denver General Hospital.

— Eles são médicos?

— Cirurgiões.

— Eu me chamo Helaina. Você quer vir se sentar com Hannah e comigo? A gente está logo ali.

— Ah, quero sim. Obrigada. — Carregamos nossas bandejas até a mesa onde Hannah estava sentada.

— Ei, Hannah, essa é a...

— Marni.

— Marni. Ela é nova. Os pais dela acabaram de ser transferidos pro Denver General. Eles são cirurgiões.

— Legal — exclamou Hannah.

— Prazer em conhecê-la — disse Marni.

Hannah e eu colocamos Marni a par de quais eram os professores legais, os professores horríveis, os colegas com quem andar e aqueles a se evitar. Marni claramente admirava a audácia de Hannah e parecia me achar hilária. Marni tinha a delicadeza e o otimismo de que Hannah e eu tanto precisávamos na vida.

Somos melhores amigas desde então.

Acho que posso dizer com certeza que o vinho oficialmente surtiu efeito. Olho a foto emoldurada de mamãe comigo na minha formatura, que fica na mesa-de-cabeceira e pisco até afastar dos olhos as lágrimas que se amontoam.

Mãe, mãe. Meu Deus, como sinto falta dela. A dor é feroz demais, grande demais.

Por um instante, considero cortar os pulsos, fazendo com que toda essa dor, todos esses pensamentos se dissipem. Mas ainda não consigo tomar o caminho covarde para sair dessa dor. Preciso primeiro descobrir um modo de me vingar de Claudia e papai pela forma como eles a trataram.

Observo algumas poucas gotas de vinho que ficaram aderidas ao fundo da taça como folhas secas de chá que podem revelar o futuro. Se apenas elas pudessem destilar o passado e me dizer se minha mãe se matou ou se sua morte foi um acidente. Será que o fato de Claudia ter estraçalhado sua reputação fez com que ela quisesse morrer? Será que estava distraída, imersa em pensamentos, e por isso não fez a curva?

Mamãe não parecia ótima quando a vi pela última vez, mas também não parecia mal. Ela parecia suficientemente feliz. Claro, sei melhor do que ninguém da habilidade que mamãe tinha de sorrir e fingir que tudo estava bem. Quantas vezes não a ouvi chorar e logo em seguida atender ao telefone com um alegre "Oi! Que bom ouvir sua voz!"? Quantas vezes não a flagrei chorando na despensa durante um jantar, e então a via enxugar as lágrimas e colar um sorriso no rosto, agindo como uma anfitriã extraordinária, como se não houvesse nada de errado?

* * *

O vinho finalmente me faz apagar e durmo em lampejos entrecortados, agitados.

Sonho que vejo minha mãe no meu quarto, vestida com seu pijama de seda branco e o robe branco desamarrado. Ela está apenas me observando, como se tivesse acordado no meio da noite e quisesse checar como estou.

— Mãe? Mãe?

Mamãe se vira e sai do quarto. Livro-me das cobertas e corro para o corredor. Ela está indo em direção ao quarto dela e de papai, seu robe aberto ondulando atrás dela.

Sigo mamãe até seu quarto. Ela olha para mim, depois passa os olhos ao seu redor. O que está procurando? Ela me olha novamente. Vira-se e vai até o quarto adjacente, seu escritório.

Entro lá atrás dela, mas não a vejo. Olho o quarto todo, mas ela foi embora.

— Mãe? Mãe?

Acordo num sobressalto. Sento-me e olho ao meu redor. Leva um minuto para recuperar minha respiração, tão assustada quanto me senti no dia em que aquele homem repulsivo tentou arrombar meu apartamento em Nova York. Quando acordei naquela noite e vi sua sombra na janela que dá para a escada de incêndio, um pé-de-cabra na mão, fiquei apavorada, meu coração acelerado, cada parte de mim violentamente alerta. Sinto-me assim agora, mas isso é ridículo. Por que um sonho com minha mãe me assustaria?

Talvez por não ter sido uma visita amigável; ela queria algo. Será que queria que eu a seguisse? Ela queria que eu visse algo em seu quarto, ou no escritório, ou talvez em ambos.

Mas o quê? Talvez ela queira que eu dê uma olhada na casa para ver se não consigo achar nada sobre ela ou sobre Claudia. Talvez eu consiga descobrir o que estava acontecendo antes do acidente. Vou só esperar papai e Claudia saírem, e aí poderei examinar a casa.

Sinto-me melhor agora que finalmente decidi fazer algo. Concordo, meu plano é vago, mas tenho um próximo passo. Agora posso voltar a dormir e talvez consiga sobreviver às longas horas da noite.

Capítulo 3

A pedido de Hannah, arrumei minha valise para passar uma noite em Vail, destino de nossa curta viagem. Felizmente, minha trágica tentativa de autobronzeamento havia clareado um pouquinho, e maquiada fico quase apresentável.

Hannah me busca em seu Lotus Elise vermelho-rubi, um carro esportivo para dois passageiros que está tão atulhado de malas que poderíamos abrir nosso próprio shopping. Marni está sentada no banco de trás com malas empilhadas ao seu redor.

— Onde é que eu devo me sentar? — pergunto. — Por que toda esta bagagem? A gente só vai passar a noite lá.

— Quero estar preparada — explica Hannah. — E se tiver piscina ou algum tipo de evento formal?

— Em primeiro lugar, as pessoas raramente dão bailes e banquetes de última hora. Mesmo assim, pra levar um vestido de baile e um biquíni você não precisa de quarenta e seis malas. E você ainda não me disse onde eu vou sentar. Por que a gente não pega o Escalade da Marni? Ou o meu Viper? Ia ter bem mais espaço pra nós todas.

— Não! Eu tenho esse carro incrível e quero exibi-lo. Tem bastante espaço. Entra logo.

Revirando os olhos, entro. Hannah na verdade arruma as malas *em volta* de meu corpo, colocando minha valise e uma mala no meu colo. Fica tão apertado que não consigo mexer os braços, dar batidinhas com o pé ou mesmo espirrar.

— Por que é que eu sou sua amiga? — indago.
— Porque você me ama.
— Mas por quê?
— A gente chega lá rapidinho.

Mal acabamos de sair da entrada de minha garagem e pergunto, só para incomodá-la:

— Já chegamos?
— Se você der mais um pio, eu coloco hip-hop pra tocar.
— Não! Hip-hop não. Juro que vou ficar quietinha.

A viagem até Vail dura duas horas e, exceto pelo extremo desconforto que sinto, o trajeto até que foi divertido. Zoar a Marni e a Hannah e ouvi-las me zoar é uma forma surpreendentemente divertida de matar o tempo.

Quando chegamos à festa, logo vemos Gilda. Ela é tão magra quanto a irmã, com um corte de cabelo tão anguloso que poderia cortar o rosto. Seu cabelo é brilhante e preto que nem a roupa e o sapato de saltos perigosamente altos.

— Que merda o negócio da sua mãe — diz ela.
— É, foi mesmo. — Amo o fato de ela não ter perguntado como estou.
— Nenhum sinal do Brad por enquanto, mas ouvi que aquela garota ali dormiu com o Christian Slater.
— Humm — murmuro, olhando a garota e tentando parecer impressionada com a informação.
— Então, quando é que você vai me conseguir uma entrevista com o seu pai?
— Não sei. Até quando você vai ficar por aqui?
— Até domingo à noite.
— Pode ser que eu consiga marcar um almoço com ele no domingo, mas não posso garantir. Ele não tem muito tempo livre. — Não sei se papai vai concordar em dar a entrevista. Gilda é conhecida pela escrita afiada como um bisturi, que alfineta quase todo mundo. Quer dizer, conhecida pelas pessoas que lêem *People* e *Us* e assistem *Entertainment Tonight*. Meu pai não se inclui neste grupo.

Gilda me dá seu cartão de visita e diz que precisa ir misturar-se aos outros, mas que é para eu telefonar. Olho em volta. Não vejo Hannah e Marni. Estou cercada de pessoas, mas de repente me sinto muito sozinha, um peixe fora d'água. Se quisesse expressar tal sentimento em película, meu personagem estaria no meio de uma sala, parecendo preocupada com algo. Faria uma tomada panorâmica da sala e pegaria trechos das dezenas de conversas que estivessem rolando em torno da personagem, elas ficariam mais altas, e mais altas, até que soassem como o grito de dezenas de chaleiras fervendo ao mesmo tempo, todas competindo por atenção, e então aproximaria a câmera até dar um close na personagem, depois mostraria a multidão a partir da sua perspectiva, como se ela estivesse sendo circundada por um bando de tubarões.

Vou até o bar me servir de outro drinque e decido trazer a garrafa inteira comigo. Olho ao meu redor, observando o que me cerca como uma antropóloga: *Para indicar que está excitada, a fêmea humana abre bem os olhos, joga os cabelos para trás, toca delicadamente o antebraço do homem desejado, e ri de modo extravagante com piadas sem graça*, seria a minha anotação.

A festa está abarrotada de gente. Embora a casa seja enorme, todo mundo está tão amontoado em volta do bar que estamos a cerca de um décimo de um mícron de distância. Dou empurrões até me afastar da multidão e olho em volta. Há um contingente de garotos e garotas de dreadlocks balançando ao ritmo do reggae, em torno de um micro-system. Por que essas pessoas que gostam de reggae se sentem compelidas a usar roupas que parecem ter sido resgatadas do fundo de uma lata de lixo de vinte anos atrás, é isso que quero saber.

Localizo Marni e Hannah, que estão ao lado da área que foi transformada numa pista de dança temporária em volta do centro de entretenimento. A música que faz barulho naquele ambiente é o techno.

— Ei, meninas.

— Olá — responde Hannah. — Como é que está sua vida na faculdade? Algum gatinho sobre o qual devemos saber?

— Não. Nada.

— Não tem, tipo, dois milhões de homens solteiros em Nova York? É de se imaginar que pelo menos alguns deles sejam héteros e dignos de serem beijados.

— Com certeza, sim. Esse é o problema. Tem oferta demais. Dois escoceses diferentes me chamaram pra sair no mesmo dia, mesma festa. Os dois eram bonitinhos e pareciam ser legais e eu não conseguia decidir de quem eu gostava mais, então não saí com nenhum dos dois. De qualquer forma, acho mais fácil ser só *amiga* dos garotos.

— Então, você já teve um orgasmo?

Adoro a honestidade de Hannah... de modo geral, mas, quando a aspereza de Hannah se volta contra mim, não é lá tão divertido assim.

— Não — admito. — Não tenho tido com quem praticar.

— Você não precisa de um homem. Caramba, Helaina, estamos num novo milênio. Por que você não tem praticado as técnicas de masturbação com chuveirinho que conversamos durante o feriado de Natal?

Arghhh. Masturbação com chuveirinho. Que inconveniência.

— Tenho andado ocupada. Um dia arrumo tempo pra isso.

— Hummm — solta ela, num tom de desaprovação. — Por falar em orgasmos, preciso achar um homem pra mim. Não sejam tímidas, meninas!

Hannah nos deixa. Ela examina o set list do anfitrião e tira o techno, substituindo-o por swing da Costa Oeste. Com sua personalidade normalmente controladora, ela *miraculosamente* convence um segmento respeitável da festa a dançar junto com ela.

Um rapaz negro bem bonitinho, porém bêbado, me convida para dançar. Faço que sim e o sigo até a pista de dança improvisada.

— Qual o seu nome? — pergunta ele.

— Helaina. E o seu?

— Xavier. — Ahã..., sei. Provavelmente, é Bob. — Você é de onde?

— De Denver.

Ele assente e dançamos por um ou dois minutos. Não sei dançar esse estilo musical, então inventamos nossos próprios passos.

— Qual o seu nome?

— Ainda é Helaina.

— O meu é Xavier.

— A gente já falou disso antes.

— O quê?
— Nada.
— Como é mesmo o seu nome?

Gesticulo que já estou cheia de dançar, já que, claramente, diálogos com algum sentido não acontecerão em meio à música barulhenta e a quantidade de álcool no sangue de Xavier/Bob.

Fico em pé, bebericando meu drinque por alguns minutos. Descubro um cara bonito de cabelos escuros e cacheados e estabeleço contato visual com ele. Ele parece sorrir para mim, mas talvez seja só minha imaginação. Não, não é só imaginação — ele está vindo em minha direção!

— Até que a festa tá boa — diz ele, sorrindo. — Você é de onde?
— Cresci em Denver, mas faço faculdade em Nova York. É lá que pretendo ficar quando eu me formar. E você?
— Trabalho em Boulder. Meu nome é Jeremy.
— Helaina, prazer.
— Quer dançar?

Antes que eu pudesse responder, Hannah vem ao nosso encontro e diz:

— Vocês dois, vão logo pra pista de dança! — Ela pega a mão de Jeremy, puxa-o até a multidão de dançantes e os dois começam a dançar juntos.

Antes que eu tenha tempo de me decepcionar, um homem de cabelos louros-quase-brancos e espetados pega a minha mão e me chama para dançar.

— Eu não sei dançar — respondo.
— Vou te mostrar como é que se faz.
— Não, é o...

Ele me puxa para a pista de dança com tanta pressa que meu drinque espirra em tudo quanto é lugar quando deixo o copo numa mesa de canto de vidro. Ele começa a me chicotear de um lado para o outro como uma boneca de pano e, toda vez que ele me gira, berro e tropeço no meu próprio pé.

— Eu Bruno — grita ele com um pesado sotaque alemão, sua voz se elevando acima do ruído da música. Não posso dizer a ele o meu nome, pois estou ocupada demais me concentrando em permanecer viva enquanto ele me joga de um lado para o outro. De soslaio, observo Jeremy e Hannah. Parecem dançarinos profissionais, tão jovens, bonitos e estilosos que poderiam estrelar um comercial da Gap. Jeremy faz o passo em que pega a cintura de Hannah e a joga sobre suas costas para que as pernas dela fiquem se mexendo do outro lado. Bruno decide copiar o passo, e não se preocupa nem um pouco com o fato de eu não ter demonstrado nenhuma habilidade para dançar até então. Fico chocada de me ver sendo arremessada sobre as costas de alguém e, não sei direito como isso aconteceu, mas Bruno não conseguiu me segurar e saí voando, derrapando e batendo em várias pessoas antes de, finalmente, parar, colidindo com a parede. Felizmente, minha mão bateu na parede primeiro, e não o meu nariz, mas, ainda assim, simplesmente não existe uma forma graciosa de se recuperar de uma coisa como essa.

— Ugh — gemi.

— Ai, meu Deus, você está bem? — pergunta uma garota. Paro por um momento para avaliar a situação e descubro, para minha própria surpresa, que miraculosamente estou bem. Começo a rir, mais por vergonha do que por qualquer outra coisa.

Decido que, num esforço para evitar lesões mortais, seria mais seguro ficar longe da pista de dança e focalizar apenas em beber até entrar em coma.

Quando acordo de manhã, a sala parece um hospital em plena Segunda Guerra Mundial, com corpos espalhados por todos os lados. Levanto-me, dou uma volta, cambaleando, e encontro Hannah e Marni na sala de bilhar. Elas estão usando blusas de moletom como travesseiros (sem dúvida, oriundas da loja de departamentos que Hannah trouxe nas malas) e enroladas uma na outra para se esquentarem.

Voltamos para casa, nossas bocas com aquela sensação de musgo, as cabeças doendo. Hannah me conta que fiquei a noite inteira sentada num canto, murmurando sobre como eu não conseguia tirar mamãe da cabeça, que o fantasma dela ficava me seguindo e que não deixaria Claudia se livrar dessa.

— Foi bem psicodélico — comenta ela.

Não tenho energias para dizer algo. Lembro-me do canto, sim, mas não me lembro de ter falado alguma coisa. Mas, bem, eu estava detonada.

Quando chego em casa, ligo para o celular de papai. Ele está jogando golfe.

— Ei, pai. Eu estava pensando se nós dois não podíamos almoçar juntos amanhã.

— Eu adoraria, querida, mas já tenho outros compromissos.

— Ah. É que... eu ainda não consegui passar um tempinho com você. Eu realmente acho que é muito importante ficar com a família numa hora dessas. O negócio é que tem uma amiga minha de Nova York que está tentando se estabelecer como jornalista freelancer, e ela só vai passar esse fim de semana aqui, e uma entrevista com você seria muito bom pra carreira dela, e pra mim seria muito bom poder passar mais tempo contigo. — Invento que Gilda está apenas começando a carreira porque ele jamais concordaria em dar a entrevista caso soubesse que ela tem uma coluna de fofocas.

— Quer saber, você tem razão — diz ele. — Vou mandar minha secretária fazer reserva pra nós à uma hora da tarde.

— Sério? Muito obrigada. Isso é muito importante pra mim.

Ligo para Gilda e lhe conto as boas-novas. Também aviso que papai acha que ela é uma aspirante inexperiente. Ela apenas ri.

— Tanto faz. O que importa é conseguir a história.

Capítulo 4

Gilda e eu estávamos na segunda rodada de Bloody Marys quando papai chegou ao restaurante, meia hora atrasado.

— Desculpa pelo atraso — diz, com um sorriso de político.

— Pai, essa é a Gilda Lee. Gilda, esse é o meu pai, Gary Denner.

— Muito prazer em conhecê-lo — cumprimenta Gilda.

— Prazer em conhecê-la. Há quanto tempo você mora em Nova York? — pergunta ele.

— Já tem uns seis anos.

— Gosta?

— Amo.

— Nova York é uma ótima cidade. Tem tanta coisa pra se fazer lá. Vou pra lá várias vezes por ano a trabalho. Sempre tento ver um show ou um jogo dos Knicks. Bem, vamos começar? Estou pronto, manda bala.

— Não temos pressa. Podemos esperar todo mundo acabar de comer — ela sugere. O que ela quer dizer é: podemos esperar até que você tenha bebido um ou dois drinques.

Quando a garçonete vê que papai se juntou a nós, ela pára na mesa para anotar seu pedido. Assim como todas as outras garçonetes do lugar, a nossa é jovem e bonitinha, mas papai mal olha para a moça porque ela é roliça de um jeito desconfortável, desproporcional, não de um jeito fofinho. Está vestida com uma blusa branca de botões e calças pretas. Branco sempre me pareceu uma cor ridícula para ser usada por pessoas que trabalham num restaurante, mas este é um daqueles lugares sofisticados, onde tudo é tão limpo e arrumado que é até difícil imaginar alguém deixando cair ou derramando algo. Este não é um restaurante em que se serve suco de laranja e café, mas sim coquetéis com champanhe e *espressos*.

Papai pede um Bloody Mary após notar que é isso que estamos bebendo.

— Já estão prontas pra fazer o pedido? — pergunta ele.

Respondemos que sim. Peço uma omelete de aspargo, papai pede steak com ovos, Gilda pede ovos benedict.

Meu pai entrega o menu à garçonete e seus olhos seguem uma bela loura que passa por nós. Ele nem mesmo tenta fingir que é sutil. Os homens são tão fracos... Dissimulam uma armadura de dinheiro e poder e olhares austeros, mas balançam como uma folha ao vento, mudando o alvo de sua afeição toda vez que vêem uma bela mulher.

Ele volta sua atenção para nós.

— É — continua ele. — Eu amo Nova York. Tem tanta coisa pra se olhar.

— Amo o fato de não precisar de carro.

— Eu também — concorda Gilda. — Os táxis às vezes são nojentos, mas poupam muita dor de cabeça. Nada de trocar o óleo ou regular o motor, nada de esquecer de encher o tanque até o momento em que você já está toda pronta, de vestido e salto alto, e descobre que está quase sem gasolina.

O garçom traz o Bloody Mary de papai. Ele pega um stick de aipo e agita o drinque.

— Me desculpem, mas tenho que discordar de vocês duas. Amo carros.

É, mas você tem uma equipe inteira de pessoas para cuidar deles para você. Você só precisa dirigir.

Ele começa a dar detalhes sobre o novo Mercedes que comprou — que tem a potência de tantos zilhões de cavalos, que o sei lá o quê e sei lá o quê mais, que blá-blá-blá e blá-blá-blá.

Enquanto papai continua a relatar os muitos atributos do carro novo, tento comer uma garfada da minha omelete, mas tenho ânsias de vômito. Não consigo engolir. Finjo tossir no guardanapo e cuspo fora o ovo. Observo papai comendo o bife. Ele gosta malpassado. Gosta do sangue. Gosta de absorvê-lo com o pão para não perder nem uma gota.

Papai me vê observando-o comer e me oferece uma mordida.

— Eu sou vegetariana.

Ele faz uma pausa, digerindo a informação. Finalmente percebe que essa não foi a primeira vez que lhe falei isso.

— É verdade, é verdade, claro.

Pergunto-me se haverá um dia em que não doerá mais ter um pai que não se lembra de nada a respeito de mim e de minha vida. Sinto-me incapaz de falar, mas felizmente papai e Gilda conversam sem precisar de mim.

Tenho que admirar a forma sutil como Gilda trabalha. Apesar de ter dito a papai que só começaria a entrevista depois da refeição, é evidente que ela está registrando cada palavra que ele diz.

— Preciso dizer que me preparei o melhor que pude pra esse encontro de hoje — conta ela. — Li tudo o que encontrei sobre você, mas negócios não são bem a minha área. Fui uma estudante bastante, digamos, excêntrica, no jornalismo, sabe.

— Falarei devagar — zomba papai.

— Tenho pensado em entrar no mercado de ações, mas tenho medo das oscilações. Você obviamente está muito bem assessorado, ou não teria comprado a Avec Communications há um ano.

— Não há dúvidas de que o mercado se tornará mais volátil. Nos últimos anos, vimos a proliferação das pontocom e das empresas de telecom, e nem todas serão bem sucedidas. Mas as fortes vão, sim, e é por isso que comprei a Avec. É uma empresa boa e sólida, que complementa nossas competências principais.

A conversa continua assim por uma centena de anos até que finalmente meu pai diz que tem que ir embora porque tem outro compromisso. Então nos despedimos e papai pega seu Mercedes. Gilda me segue até o Viper.

— Fico te devendo uma — sussurra ela.

— Com certeza.

Observo Gilda indo embora e viro-me para meu pai, que está no carro falando no celular. Não sei o que me leva a fazer isso, mas corro até lá e bato na janela. Ele levanta o dedo indicador, fazendo o gesto de "espere um pouquinho" para mim. Fico ali, parada como uma idiota, durante vários minutos, até que papai finalmente desliga o telefone e abre a janela.

— O que foi?

O que mesmo? Que diabos estou fazendo?

— Pai, eu só... eu estava pensando se a gente não podia conversar, só nós dois, só uns minutinhos.

— Helaina, estou muito ocupado. Tenho coisas pra fazer.

— Pai, por favor.

Ele suspira.

— Sobre o que você quer conversar?

— Será que a gente não pode ir tomar um sorvete, sei lá? É meio estranho conversar com você aqui num estacionamento, você dentro do carro e eu aqui em pé.

Ele fecha a janela, sai do carro, aperta a trava na chave, fazendo um som agudo que indica que o carro foi trancado com sucesso.

— Seja breve — ele pede.

Ele me segue quando desço a rua até chegar à sorveteria. Agora que consegui sua atenção, fico nervosa. Quero perguntar-lhe sobre mamãe, se ele pensa nela, se sente saudades, como foram seus últimos dias de vida, quando eu estava longe, na faculdade, mas por algum motivo fico envergonhada de perguntar.

A sorveteria está cheia de gente — e por que não estaria? São duas e meia de uma tarde ensolarada e calorenta. Criancinhas estão na fila, loucas de emoção diante da possibilidade de tomarem sorvete. Saltitam, necessitando expressar fisicamente a empolgação que sentem pela guloseima que logo receberão.

A loja está barulhenta com todas as crianças gritando, tagarelando e rindo. Um menino quer uma casquinha feita de chocolate e a mãe diz não, é grande demais e daqui a pouco é hora do jantar — ele pode escolher entre o copinho ou a casquinha comum. Ele está chateado pela negativa e começa a chorar como se tivessem lhe dito que ele nunca mais iria ganhar um presente de Natal na vida. É uma performance admirável. Seus pulmões são incrivelmente vigorosos.

— Essas pessoas não conseguem controlar os filhos? — reclama papai, irritado e intolerante. — Os pais deveriam manter as crianças dentro de casa até que tivessem dez anos.

Espero que ele sorria para mostrar que está brincando ou sendo irônico, mas sua expressão é lapidarmente séria.

— Você está brincando, né?

— Só estou dizendo que os pais devem ser capazes de controlar a prole, senão eles não deveriam ter filhos. Olha, tenho coisas a fazer. Minha cabeça vai explodir se eu continuar aqui nesse zoológico. Foi ótimo conversar com você.

Mas não conversamos! Não cheguei a perguntar a você o que eu queria perguntar!

Observo meu pai indo embora. Quando some de vista, saio da fila. Na verdade, não estou a fim de tomar sorvete. Qual o sentido de tomar sorvete? Só dura alguns minutos e depois é tudo lembrança. Por que não apenas relembrar a sensação de se tomar sorvete e economizar as calorias?

Talvez um dia eu consiga gostar de comida novamente, mas neste momento é impossível sentir o gosto de qualquer coisa. Agora não há mais nenhum sabor em minha vida.

Capítulo 5

Começo a trabalhar na manhã seguinte. O escritório é bem mais sombrio do que eu estava esperando. É pequeno e parece mais uma escola primária carente de recursos — chão de concreto, pintura descascada e zero decoração — do que uma revista moderna.

São nove horas da manhã, hora que Polly disse que eu devia chegar, e o local parece quase vazio. Acho uma jovem de aparência amalucada, vestida com jeans, um suéter cheio de bolotinhas e uns óculos definitivamente fora de moda.

— Oi, meu nome é Helaina, creio que vou começar a trabalhar aqui hoje. Você sabe onde está a Polly?

— Normalmente, a Polly só chega depois das dez. Eu sou a Amanda, a editora assistente. Você vai escrever as críticas cinematográficas, não é?

Faço que sim.

— Vem comigo.

Sigo Amanda em meio ao labirinto de mesas até que ela diz:

— Este será seu lar durante o verão.

— Obrigada. — Sento-me. A mesa está apoiada contra outra mesa, acho que isso serve para que duas pessoas possam dividir a janela, em vez de uma só ficar com a vista. Espero gostar de seja lá quem for sentar-se diante de mim, pois ficarei olhando para a cara da pessoa todo santo dia.

Ambas as mesas têm computador. Na minha, há algumas canetas e lápis, um grampeador e um bloquinho de post-it, mas fora isso está vazia. A outra mesa está coberta de recortes de quadrinhos do Tom Tomorrow e *Dilbert*, um boneco Ken de terno e gravata, com uma pasta em uma mão e um cartaz de protesto na outra, que diz: "Graças a Deus meu chefe é gente boa." Há um dicionário, uma minienciclopédia, dois guias de estilo, vários cadernos e uma dezena de post-its com mensagens rabiscadas.

— Você sabe se tem alguns filmes que a Polly quer que eu resenhe? — pergunto.

— A Polly não te falou sobre o que você tem que escrever?

— Não.

— Ela vai chegar às dez, aí você pergunta pra ela.

— Eu acabei de ver *As cestas*. Posso escrever uma crítica dele.

— Na verdade, se eu fosse você, esperaria a Polly chegar e falaria com ela. Tenho que cumprir um prazo e uns escritores com quem conversar, então preciso me mexer. Falo com você mais tarde, ok?

— Tá, tudo bem, até mais tarde.

Sento-me à minha mesa, ligo o computador e procuro algo para fazer. Olho as gavetas, arrumo clipes e caixas de grampos, depois fecho a gaveta e olho ao meu redor novamente. Mosquitos e moscas estão zumbindo em volta da janela. Eca.

Como não tenho mais nada para fazer, decido escrever sobre o filme que vi na semana anterior. Quando Polly chegar, eu me justifico com ela.

Tenho umas duzentas palavras escritas quando alguém se senta diante de mim. Olho para cima. É Owen.

— Como você tá, forasteira? — pergunta ele.

— Ei.

— Como tá sendo seu primeiro dia de trabalho?

— Na verdade, um pouco estranho. Ainda não me disseram quem é o meu chefe e o que tenho que fazer.

Ele ri.

— Você já tem uma boa visão de como são as coisas. O truque aqui é parecer ocupada quando não há nada pra fazer, o que acontece quase o tempo todo. Ela controla o conteúdo a distância, mas as editoras de verdade são a Amanda e a Jill.

Ele aponta primeiro para a mulher de óculos que me mostrou qual era a minha mesa de manhã e, depois, uma outra mulher, que é bonita de uma forma doce, tipo mãe-que-fica-em-casa-que-tricota-e-vai-para-a-cama-todo-dia-às-dez.

— Então me ajuda. Quero parecer ocupada quando a Polly chegar, mas não tenho nada pra fazer. Alguma idéia? — pergunto.

— Você tem e-mail?

— Tenho no Yahoo.

— Vou escrever pra você. Pessoalmente, descobri que ficar mandando e-mails é uma das melhores formas já inventadas de se matar o tempo, porque dá pra parecer que você está trabalhando quando na verdade não está. Qual é o seu mail?

— Thalieia30@yahoo.com.

Ele digita meu e-mail.

— Thalieia, a musa da comédia.

— Uau, estou impressionada.

— Você se considera algo tipo uma comediante?

— Infelizmente, não. Mas gosto de rir. Isso conta?

— Sem dúvida. Agora shhhh. Vou escrever pra você.

Para: Thalieia30@yahoo.com
De: owenkirkland@localcolor.com

Então, vamos conversar sobre o quê?

Para: owenkirkland@localcolor.com
De: Thalieia30@yahoo.com

Talvez devêssemos conversar sobre pq vc, homem feito, usa expressões como "shhh". Não, é sério, me diga algo a seu respeito que eu já não saiba.

Para: Thalieia30@yahoo.com
De: owenkirkland@localcolor.com

Bem, como você mal me conhece, não deve ser tão difícil achar alguma coisa que você não saiba a meu respeito. Vamos ver... tenho dois gatos, Calliope e Salinger. O Salinger é, definitivamente, o xodó do papai, fica me seguindo o tempo todo. A Calliope é aquele tipo de felino que fica agarrado com o travesseirinho e ronrona a qualquer provocaçãozinha. A Calliope adora atenção, muita atenção. O Salinger é famoso pela estranha obsessão por ser pego e acariciado logo depois que tomo banho. Ele se senta na beira da banheira e late pra mim (ele nunca miou de verdade... ele só meio que faz um "miiip") até que eu dê sinal verde a ele, aí ele pula nos meus braços e começa a rastejar e ronronar como se eu fosse uma torre humana de hera. Não sei por quê, mas ele sempre pede atenção dez segundos depois que desligo a água. No resto do tempo, ele nem se interessa por ser pego, mas com o chuveiro a história muda totalmente. A Calliope, por outro lado, só quer saber de atenção... O grande evento do dia, pra ela, é a hora de ir pra cama, quando ela certamente demandará carícias antes que eu caia no sono. É típico ela dormir ao meu lado — estou imobilizado na cama há anos. Eles não ficaram muito felizes de ter que viajar de carro de Iowa City até Denver. Eles adoram brincar do lado de fora da casa, então é de se imaginar que adorariam viajar, mas não. Eles adoram cheirar as folhas no quintal e mostrar as garras para ameaçar os insetinhos, mas a ameaça é ineficaz.

Sorrio. Ele me conquistou no "miiip". E imaginá-lo acabando de sair do chuveiro... Mmmm.

Para: owenkirkland@localcolor.com
De: Thalieia30@yahoo.com

Eu não tenho nenhum bichinho de estimação. Meu apartamento em NY é pequeno demais pra um companheiro animal, infelizmente. Além disso, acho que a maioria dos proprietários preferiria que fosse montado um laboratório de metanfetamina no apartamento do que deixar você dividir o espaço com um gato ou um cachorro. Nessas circunstâncias, tentar achar um lugar pra morar em NY é como emagrecer fazendo uma dieta de 8.000 calorias por dia baseada apenas em donuts — impossível. Tentar achar um lugar que aceite animais é ainda mais difícil.

Owen e eu passamos o dia todo conversando por e-mail. Entre um momento e outro de diversão, continuo trabalhando na minha crítica.

Não vejo Polly até a tarde, quando ela passa por minha mesa e aí, abruptamente, vira-se para me olhar, como se estivesse surpresa em me ver.

— Ahhh, oi. Então, tá gostando do primeiro dia de trabalho?

— Tudo ótimo. Só estou um pouco confusa a respeito do que devo fazer. Tem algum tipo de treinamento ou introdução pelo qual devo passar?

— Não, não. Não temos tempo pra essas coisas aqui. O mundo editorial é um mundo de prazos insanos e ação constante. Aqui é batismo de fogo, nadar ou afundar, é nadar ou afundar, como dizem.

— Ok. Bem, tem algum filme específico que você quer que eu resenhe?

— Use a sua criatividade. Em geral, nossa editora, a Jill, é quem escreve as críticas de filmes. Ela vai ficar feliz de ter quem a ajude. Geralmente, ela tem algumas idéias e pede minha opinião.

— Bom, eu não sabia direito o que fazer hoje, então escrevi uma crítica sobre um filme que vi no fim de semana passado.

Entrego-lhe a crítica impressa. Ela inicia a leitura e imediatamente começa a fazer que não com a cabeça.

— Não, não, isso é sombrio demais pro nosso público, polêmico demais. Tenho uma idéia: por que você não escreve uma prévia do Festival de Cinema de Telluride, que vai acontecer em agosto?

— Você acha que vou conseguir ver algum dos filmes a tempo de criticá-lo pro número de agosto? — Eu me pergunto se minhas viagens para festivais de cinema serão incluídas no orçamento. Duvido que eu consiga fazer com que os distribuidores me enviem cópias dos filmes antecipadamente, pois sou uma mera desconhecida escrevendo pra uma revista pequena.

— Provavelmente não — concorda ela.

— Então de onde você quer que eu consiga informações pro *release*? — digo isso sorrindo, pois sei que é uma idéia ridícula.

Ela assente.

— É...

— Se tiver qualquer outra dúvida, pode perguntar pro Owen, ele conhece o esquema da revista. — Polly sai de perto e Owen e eu nos entreolhamos.

— Os livros que ela me dá pra resenhar são do tipo *Os melhores lugares do Colorado para caminhar com seu cachorro* — diz ele. — Nem me permitem apontar as falhas dos livros.

— Sério?

— Não passamos de um escoadouro em quatro cores de assessorias de imprensa. Pelo menos, faço o trabalho de um mês inteiro em dois dias.

— E o que você faz no resto do tempo?

— Se eu continuar a trabalhar aqui, num piscar de olhos termino de escrever um romance.

— Pensei que você fosse poeta.

— Na verdade, penso em arrumar um emprego escrevendo as orelhas e a quarta capa dos livros quando eu me formar. Sabe, aqueles textos que prometem um livro hilário, superemocionante, uma aventura cheia de ação e recheado de romantismo. Em poucas palavras, mentiras. Só Deus sabe o quanto de experiência nisso adquiri aqui. Então, *As cestas* é sobre o quê?

— Dois adolescentes alemães que são órfãos de guerra e vivem num internato. Eles fogem, mas são perseguidos pelo...

Ele ri.

— Tá, tá, já entendi. — Pego a crítica que tinha imprimido, amasso com desprezo e jogo na lata de lixo. Olho para Owen novamente. — Então, o que te fez ir pra faculdade se você tem um bom emprego aqui mesmo?

— Eu queria um emprego que me desafiasse mais mentalmente. Além disso, estou morando na casa da Polly no momento. Ela é legal e tal, mas... Não sei, pra falar a verdade, estou até surpreso que eu tenha voltado. Depois que me formei em Berkeley, me mudei pra Portland. Morei lá durante um ano, trabalhava como barman à noite e escrevia de dia. Aí algum milagre aconteceu e fui aceito na oficina pra escritores da Universidade de Iowa. Vim pra cá nestas férias porque preciso ter trabalhos publicados no meu currículo, assim depois de me formar consigo um emprego numa editora em Nova York.

— Conheço alguns editores em Nova York. Posso te apresentar quando você for pra lá.

— Ótimo.

Owen sorri para mim. Seus olhos castanho-claros estão cintilando como flocos de ouro.

— O que te levou a trabalhar por um salário deprimente quando você poderia se tornar a próxima presidente da Able Technologies?

Finjo vomitar.

— De jeeeito nenhum. Não quero ter nenhuma relação com a América corporativa.

— É meio que uma rebeldia?

— Não é intencional. Só que nunca invejei o estilo de vida dos meus pais, aquela coisa de falar pelas costas e toda aquela artificialidade. Eu me lembro de quando ia aos piqueniques da empresa quando era pequena. As pessoas davam tapinhas nas costas do meu pai e diziam que ele estava ótimo e que era um prazer vê-lo, e aí, assim que meu pai saía de perto, eles começavam a falar que ele era um mão-de-vaca, um cretino. Os artistas podem até ser um pouco malucos, mas em geral você sabe o que eles pensam de você. Prefiro que me digam na cara que me odeiam do que ouvir falsidades. E você? Por que alguém iria pra Iowa de livre e espontânea vontade?

Ele ri.

— Bom, primeiro porque é uma das oficinas pra escritores mais prestigiosas dos Estados Unidos. Mas eu adoro Iowa City. Não gosto muito das outras cidades de Iowa, mas, como a faculdade fica em Iowa City, lá tem festivais de cinema, espetáculos de dança e peças de teatro. Os poetas e escritores famosos sempre aparecem por lá pra fazer leituras. E é claro que onde há escritores há bares aos montes.

— Isso é verdade.

— As pessoas são legais. Muito pé-no-chão. A maioria é branca, mas, se você conseguir superar a falta de diversidade, é uma bela cidade.

— Então por que você vai se mudar pra Nova York quando se formar?

— Não tem muito emprego pra escritores e editores por lá. A cidade é pequena. Além disso, não é *tão* legal assim.

Sorrio. Passar o verão olhando para ele o dia inteiro pode fazer com que minha estadia em Denver não seja tão ruim assim.

Volto para casa ao final do meu primeiro dia de trabalho, corro para o meu quarto, tranco a porta, olho em volta e percebo que não tenho nada para fazer. Se estivesse em Nova York, eu sairia com um grupo de amigos, veria um filme ou uma peça ou uma stand-up comedy, ou simplesmente iríamos a um bar para conversar, beber e ouvir uma banda tocar, mas aqui fico perdida.

Tiro os sapatos, me deito na cama e olho para o teto. Nesses últimos dias me tornei íntima de cada saliência e reentrância.

Pergunto-me o que Owen fará esta noite. Ele provavelmente está debruçado sobre um caderno, apagando palavras e reescrevendo versos de poesia. Consigo imaginar seus lábios carnudos e macios mordendo o lápis, imerso em pensamentos. Imagino como seria beijar aqueles lábios.

Sento-me bruscamente. O que há de errado comigo? Minha mãe morreu há dois meses e estou agindo como uma colegial com paixonite, sonhando acordada com um cara que mal conheço.

Pego o telefone e ligo para Hannah.

— O que você tá fazendo? — pergunto quando ela atende.

— Subindo pelas paredes. Estou tão sem nada para fazer que sou capaz até de arrumar um emprego.

— Que drástico! E você trabalharia fazendo o quê?

— Talvez fazendo drinques num dos bares dos meus pais. Sei lá.

— Quer praticar um pouquinho do outro lado do bar esta noite?

— Sem sombra de dúvida!

— O que a Marni está fazendo?

— Salvando o universo, com certeza. Ela está fazendo alguma coisa doida do tipo ser voluntária em alguma merda.

— O que deu nela?

— Parece que agora que o Jake foi pra Europa ela está com muito tempo livre ou coisa assim. Ela vai superar isso quando ele voltar.

— Vou ligar pro celular dela e ver se a gente consegue fazer com que ela pare de brincar de Madre Teresa e tomar umas. A gente se encontra onde?

— Tanto faz. Alguma sugestão?

— Não faço idéia.

— Que tal o Purple Martini? Te encontro lá daqui a uma hora?

— Ótimo. A gente se vê lá.

Denver é uma cidade deserta às sete horas da noite de uma segunda-feira; Hannah, Marni e eu somos praticamente as donas do lugar.

Hannah acende um cigarro.

— Onde você adquiriu esse hábito asqueroso? — pergunto. — Todos os seus amigos detestam cigarro.

— Sou uma rebelde de verdade. Em vez dos amigos me pressionarem pra fumar, eles me pressionam pra não fumar, e por isso eu fumo.

— É um belo argumento — respondo.

— Querida — Hannah diz para mim. — Você sabe que nós te amamos, mas essa sua bolsa Fendi tem o quê, tipo, um ano? E seus sapatos, daqui a pouco você vai precisar colar com fita isolante.

Sorrio.

— É que estou tentando adotar um visual grunge-urbano.

— Você mora em Nova York, o epicentro da indústria da moda americana. Não há desculpas pra você estar desse jeito; amanhã a gente vai fazer compras.

— Não posso, eu tenho um emprego.

— Você tem que ir, tipo, todo dia?

— Cinco dias por semana. Não me olhe desse jeito, a Marni também está trabalhando. E hoje mesmo você falou que estava pensando em arrumar um emprego.

— Não estou exatamente trabalhando. Quer dizer, não estou sendo paga — explica Marni. — Sou voluntária no hospital pra ficar bem na fita com os médicos. Quero fazer minha residência lá.

— Seu pai e sua mãe são cirurgiões no hospital. Você realmente acha que vai ter alguma dificuldade pra conseguir um emprego lá? — provoco.

Ela dá de ombros. Olho minha bolsa e penso em meus amigos artistas/atores de Nova York, que não saberiam diferenciar uma Fendi de uma sacola de papel reciclado. Eles compram o que estiver em liquidação em lojas de artigos de segunda mão. Quando estou perto deles, eu me sinto culpada por saber que estilistas as pessoas estão usando, como se pudesse ver a etiqueta por baixo das roupas e meus amigos de Nova York não. Depois de passar tanto tempo perto deles, meu "dom" esvaiu-se. Não é mais tão importante assim. Não como era na oitava série ou no primeiro ano, quando tínhamos que vestir Esprit ou Tommy Hilfiger ou correr o risco do suicídio social, como se outras marcas fossem tóxicas. E para nossa vida social, provavelmente eram.

— Então vamos fazer compras amanhã à noite. Ou talvez esse fim de semana — diz Hannah.

— Não sei. Eu realmente não estou a fim.

— O quê? Isso é uma heresia. Você era a campeã das compras.

É verdade. Quando estávamos no colegial, nós três conseguíamos despejar uma quantidade de dinheiro impressionante no shopping em apenas uma tarde, e nunca pensei duas vezes no quanto gastávamos. Só quando me mudei para Nova York e comecei a sair com artistas que estão batalhando para vencer na vida é que passei a ter um ponto de vista sobre a coisa toda. Como uma vez em que saí com Lynne, uma amiga com quem divido o apartamento, e eu queria parar e tomar um café. Ela disse que isso não estava no orçamento dela e que ela realmente não podia. Disse-lhe que ficaria feliz de comprar um cappuccino para ela. Ela respondeu que não poderia me deixar fazer isso.

— Uma xícara de café custa tipo três ou quatro pratas — gaguejei, estupefata por perceber que algumas pessoas põem xícaras de café no orçamento. Carros e casas, eu entendia. Precisar colocar o guarda-roupas no orçamento fazia até sentido. Mas de certo modo nunca entrou na minha cabeça que há pessoas (salvo os mendigos e os velhinhos que vivem da previdência social) que precisam se preocupar com cada centavo. Viver com Lynne e Kendra me tornou muito mais consciente de como poucas das coisas que compramos realmente nos são necessárias. O que não significa que não gosto de sapatos, roupas ou de fazer as unhas, eu gosto, sim. Porém, nesse momento, a idéia de gastar rios de dinheiro em roupas bonitas não me seduz nem um pouco.

Felizmente, a conversa muda de rumo quando um homem vestido com um terno caro se aproxima de nossa mesa. Ele tem uns trinta anos e é bonito para quem gosta do estilo homem do meio-oeste, com cara saudável e sorriso de comercial de pasta de dentes.

— Posso pagar uma rodada de drinques para as damas? — ele pergunta, olhando para Hannah.

— Depende. Vamos ter que conversar com você? — pergunta ela.

— Só enquanto vocês não acabam de beber a rodada.

— A gente consegue beber rapidinho — eu digo.

— É justo. — Ele pede outra rodada de drinques para nós e desliza para o meu lado, ficando de frente para Hannah.

— Meu nome é Todd Cook.

— Encantadas, tenha certeza — respondo.

— Então, Todd, você trabalha em quê? — indaga Marni.

— Sou consultor. Moro em Chicago, mas vou ficar em Denver uns três meses, pelo menos durante a semana. Estou morando aqui num hotel neste verão. Os drinques são cortesia da empresa. E vocês, fazem o quê?

— Somos estudantes, viemos passar as férias em casa — responde Marni.

— Estudam o quê?

— Faço o curso preparatório pra Medicina, estudo biologia e inglês. A Hannah faz Direito, ela vai se especializar em história e ciências políticas. A Helaina faz cinema na Universidade de Nova York.

— Direito, é? — pergunta ele, olhando para Hannah.

— Ela se lembra de tudo que lê, tudo o que ouve, é meio assustador — diz Marni. — Quer dizer, assustador no bom sentido.

— Você tem namorado lá na sua faculdade, Hannah?

— Muitos.

Ele ri.

— Aposto que tem. — Ninguém diz nada por um minuto. — É, receber diárias é ótimo. Me ajudou a comprar um brinquedinho novo.

Ninguém morde a isca, mas mesmo assim ele conta sobre o novo brinquedinho, um Audi, como eu sabia que ele faria.

Ele segue por essa mesma veia por milhões de anos, pagando-nos drinques e gabando-se do carro que dirige e a casa que tem e as viagens que fez pra praticar mergulho. É óbvio que Todd não está acostumado a ter dinheiro. Olho o meu relógio. Ele está sentado aqui há mais de uma hora. Os drinques gratuitos não valem isso. Preciso parecer distraída, não entediada.

Considero a hipótese de contar a Todd que meu pai é Gary Denner. Isso o faria calar a boca. Não importa o quão rico você pensa ser, há sempre alguém mais rico. A não ser, claro, que você seja o Bill Gates. Caso contrário, cale a boca, porra.

Entretanto, noto que Hannah está começando a ficar animada com ele. Ou talvez o álcool grátis esteja a deixando excitada.

— Estou com fome — diz Marni. — Vocês querem dividir algum aperitivo comigo?

— Claro — responde Todd.

Quando a garçonete pára em nossa mesa novamente, Marni pede uma cesta de anéis de cebola e pimenta jalapeño.

— Então, você está prestando consultoria pra quem? — indaga Hannah.

— Able Technologies.

— Que mundinho pequeno! — diz Marni. Dou uma cotovelada nela, mas ela continua. — Helaina é filha do sr. Gary Denner.

— Sério? — Todd de repente se interessa por mim pela primeira vez.

— É. — Conheço pessoas que trabalham para a Able o tempo todo: a empresa é a maior empregadora do estado.

— Que tipo de consultoria você presta? — prossegue Hannah.

— Contábil. Nós estamos auditando a empresa.

— Você realmente foi fazer faculdade pensando "quando eu crescer, quero ser contador"? — digo num tom de zoação. — Isso é inexplicável... e ridículo!

— O que há de errado com contabilidade? — pergunta Todd.

— Nada. É que não é criativo o suficiente pro meu gosto.

— Ah, você se surpreenderia. Pode ser bastante criativo. — Ele ri cinicamente.

A garçonete retorna com nossos aperitivos e dou uma garfada no jalapeño, dividindo-o em dois. Metade do queijo escorre até meu queixo. Resgato o queijo com uma mão e Todd vem em meu socorro, oferecendo um guardanapo.

— Obrigada.

— Esse é realmente um alimento saudável — diz Marni. — Temos a camada de cima, que é frita, na parte interior temos queijo, e todo tipo de vegetal imaginável com a pele fina do jalapeño.

— Há coisa melhor do que queijo frito? Queijo frito em qualquer formato, é isso o que eu acho — comenta Hannah.

— Na verdade, a única forma de aprimorar seria eles acharem um jeito de congelá-lo — diz Todd, e todas nós demos um riso abafado. Este é o tipo de conversa vista como inteligente depois de alguns vários drinques.

Quando Marni levanta-se para ir ao banheiro, Todd levanta-se para pedir mais drinques e, quando ele volta, desliza para o lado de Hannah.

— Você é uma mulher linda — tenta ele.

— Eu sei — responde ela.

— Você é tão inteligente, tão divertida.

Ela ignora o que ele diz e inclina-se para perto dele, fungando o seu tórax.

— Gostei do seu perfume.

— O vidrinho está lá em cima, no meu quarto, caso você queira ver.

— Essa é a cantada mais ridícula que já ouvi na vida, e acredite: eu já ouvi muitas. Você devia me dizer que tem uma garrafa de Dom Pérignon, aí sim talvez você conseguisse me levar pro seu quarto.

— Vou pedir uma; ela vai estar nos esperando quando subirmos.

Ela dá de ombros, mostrando indiferença. Ele sai para fazer o pedido.

— Ele é bonitinho — reconheço.

— É legalzinho. Vamos ver como ele é na cama. Preciso ocupar meu tempo de alguma forma nessas férias, antes que eu enlouqueça.

Ela sai junto com ele e, quando Marni volta, ela diz que nós duas devíamos ir para casa, embora ainda não seja nem meia-noite.

Quando chego em casa, tomo três doses de uísque, mas ainda assim demoro séculos para dormir. Não consigo parar de pensar que vou ver Owen pela manhã. Nunca pensei que ficaria ansiosa para ir ao trabalho, mas mal posso esperar. Porém, a sensação de empolgação palpitante é pontuada pela sensação de culpa. Atualmente, minhas emoções são um caldeirão turbulento de ingredientes, sempre sob o risco de transbordar.

Capítulo 6

No trabalho, na manhã seguinte, tento começar a escrever um artigo sobre o Festival de Cinema de Telluride, mas há moscas zumbindo ao meu redor, batendo contra a janela e o teto, e voando rapidamente entre a janela e a veneziana. Elas estão me enlouquecendo. Não consigo me concentrar.

Quando Owen chega, às dez e meia, pergunto:

— Você acha que seria hipócrita da parte de uma vegetariana matar moscas?

— Depende. Você é vegetariana por questões morais?

— Ahã, mas é mais porque tenho nojo de carne. A idéia de comer animais mortos simplesmente me deprime.

— Então a questão é consumir coisas mortas, não matar coisas vivas.

— É, mas eu não usaria um casaco de peles, nem caçaria veados, nem mataria animais pequenos só por diversão. Na verdade, defendo as espécies de acordo com a situação. Eu não mataria uma mosca lá fora, mas quando ela fica voando aqui dentro ela está invadindo a propriedade alheia, concorda? Olha só, que tal você matar essas moscas que estão me deixando louca? Aí eu fico com a consciência limpa.

— Então pra você tudo bem mandar um matador de aluguel pra fazer o trabalho sujo no seu lugar.

— Não vejo problema algum nisso.

— E as implicações sexistas de pedir para um homem fazer um trabalho que poderia ser feito facilmente por uma mulher?

— Ai, pelo amor de Deus, deixa que eu mesma faço isso. — Arrasto a veneziana para cima, expondo assim a janela para a qual as moscas são inexplicavelmente atraídas. Pego um caderno e o uso como mata-moscas. Em dois minutos, matei no mínimo dez.

Sento-me e encaro Owen.

— Acabei de foder meu carma.

A janela parece uma versão mórbida de uma pintura de Pollock, com manchas e pedaços de vísceras de moscas salpicando a tela. Há uma asa no meu teclado.

— Eca! Há estilhaços de mosca pra tudo quanto é lado. — Assopro a asa e ela flutua até a mesa de Owen. — Opa, desculpa aí.

Ele a assopra de volta para o meu lado.

— Ei, não fiz isso de propósito. — Desta vez, assopro de lado, e ela fica suspensa no ar até atingir o chão.

— Vou chamar o pessoal da limpeza, ver se eles podem fazer alguma coisa — diz Owen. — Então, o que você fez ontem à noite?

— Quase morri de tédio.

— A gente podia ir ao cinema uma hora dessas.

Ele está pedindo para sair comigo?

— Se for um filme pra eu fazer a crítica, é melhor que seja da Disney.

— Vamos ver um filme que você não vá criticar.

— Tá, tudo bem, é uma ótima idéia. — Volto-me para o monitor e finjo estar concentrada no trabalho.

Ainda há algumas moscas voando contra a janela e o lustre, como se todas estivessem tendo um ataque epilético ao mesmo tempo. Tento esquecê-las e concentrar-me no artigo que estou escrevendo, mas só consigo pensar se acabei de concordar em marcar um encontro romântico ou se ele estava apenas sendo gentil. Não sei qual possibilidade prefiro. Owen é lindo e parece ser legal, mas não sei se agüento o drama de me envolver com alguém no momento. É nisso que estou pensando quando o cara da limpeza passa no escritório.

— Como? — pergunto, surpresa.

— Tá tendo problema com as moscas? — indaga ele novamente.
— É, tô, elas estão me tirando do sério.
— Eu trouxe um papel antimoscas. É tudo que eu posso fazer.
— De onde elas estão vindo?
— Lá de fora.
Dãáã.
— Certo, o que eu quero dizer é: por onde elas estão entrando? Tem algum lugar que a gente possa remendar pra que elas não entrem?
— Moscas são uma coisa comum no verão. Muitos edifícios estão tendo problemas com isso — explica, ignorando minha pergunta. Ele coloca algumas tiras no chão e uma no peitoril da janela. O homem aparenta ter só uns trinta anos, mas parece que foram trinta anos cansativos e corridos. Ele tem um bigodão castanho e seu jeans, camiseta e botas de trabalho estão cobertos de pó, como se ele tivesse rolado num chão sujo.
— São atraídas para a cola. Ela mata as moscas — explica ele.
— OK, obrigada, eu espero.
— De nada. Tenha um bom dia.
Olho para Owen novamente.
— Nosso ambiente de trabalho é bastante charmoso — brinco.
— Nossos empregados só têm do bom e do melhor.
Terminei meu artigo no começo da tarde. Checo meu e-mail, leio o *New York Times* online e olho alguns sites de cinema. Apesar de ser um emprego idiota, curiosamente, estou até achando divertido.
Examino as tiras antimoscas. Já há pelo menos uma dúzia de moscas grudadas, mas elas não estão mortas, só presas. Estão tentando tirar os pés — ou seja lá qual for o nome disso — do papel, mas não conseguem. São apenas uma massa oscilante de corpos agonizantes.
— Eca! — eu grito.
— O que foi? — indaga Owen.
— As pobres coitadas das moscas. Elas estão presas, morrendo de fome lentamente. Não acredito que estou presenciando moscas sendo torturadas.
— Como você achava que o papel acabava com elas?

— Não sei, não pensei nisso. Talvez eu achasse que elas iam morrer bem, sem sentir dor. Que iam só morrer um pouco mais cedo do que morreriam naturalmente. O que ela está fazendo? Será que não vê que as amiguinhas estão morrendo? Por que ela está rastejando até o papel? Pára, mosquinha, não faz isso não. Por que as amiguinhas não a previnem?

Observamos uma mosca rastejar até o papel e se prender.

— Não acho que elas sejam tão espertas assim.

— Parece que não. — Viro o rosto. — Não posso ver isso. É tão deprimente.

— Planejou alguma coisa para esta noite?

— Evitar papai e Claudia.

— E que tal a gente pegar um cineminha hoje ainda?

— Eu marquei de encontrar duas amigas minhas, a Marni e a Hannah, na casa da Hannah. Ela vai dar uma festinha. Os pais dela estão passando as férias na França. Por que você não vem comigo?

— Ótimo. Que horas?

— Umas nove?

— Perfeito. Eu te busco, então.

Arrumar-me nesta noite é um pesadelo. Por um lado, não preciso de outro fora de Hannah a respeito de minha repentina falta de gosto para a moda, mas, por outro, não quero que Owen pense que sou uma escrava pretensiosa das grifes. Visto umas quarenta roupas. Não quero parecer arrumada demais ou de menos, nem chique demais nem chique de menos. Merda.

Bom, se eu vestir minhas calças e blusa pretas Carmen Marc Valvo, será que Owen vai ter noção do quanto elas custaram? Duvido. Então está decidido. Excelente.

Sento-me diante do espelho e aliso meus cabelos ondulados com chapinha. Deixo a chapinha sobre a mesa e olho para o meu reflexo no espelho. Não é uma imagem bela. Eu pareço cansada e desnutrida, magra e fraca.

Ouço a campainha do portão, na entrada da garagem. Aperto o botão para Owen entrar e estacionar e desço correndo para encontrá-lo. Ele veio com um Subaru bem velho.

— E aí.
— Oi. — Ele abre a porta do passageiro e a fecha depois que eu entro; dá a volta até o lado do motorista. — Para onde? — pergunta ele.

Digo-lhe o caminho.
— Você está linda.
— Obrigada.

Sinto calafrios de empolgação, seguidos de um tremor de culpa. Sei que mamãe gostaria que eu ficasse feliz e continuasse a viver minha vida, mas é cedo demais para eu sair com um garoto. Tenho a sensação de que estou fazendo o que papai fez, esquecendo-se de mamãe como se esquece um ingresso de cinema amassado no bolso do casaco, casualmente deixado de lado.

— Pegue a próxima à esquerda. Depois dos dois sinais, entre à direita.

Quando chegamos à casa de Hannah, ela e Marni me lançam um daqueles olhares casuais de sobrancelhas levantadas enquanto apresento Owen, do tipo *"ei, nada mau"*.

— Ele é o filho da minha chefe — digo num tom que significa *não se animem demais, não*. Sequer sei se haverá um encontro romântico e se deveria estar tendo encontros no momento. Não quero que minhas amigas se animem muito com isso.

O salão de festas, digamos assim, dos pais de Hannah parece um catálogo de design moderno. Numa parte, há um bar de aço escovado, mesa de bilhar, totó e uma máquina de pinball. Em outra, há várias cadeiras em U de cores vivazes diferentes formando uma meia-lua em volta de uma TV wide-screen. Digo a Owen para sentar-se. Escolho a verde-maçã, ele escolhe a violeta. Arrastamos as cadeiras para um canto, assim temos mais privacidade para conversar.

— Beber? — pergunto.
— Acho que não.
— Garoto você.
— Motorista consciente — protesta ele, com um sorriso.
— Então, qual é a história da Polly? Há quanto tempo ela é sua madrasta?

— Minha mãe faleceu quando Laura e eu éramos bem pequenos. A Polly escrevia sobre entretenimento pra revista naquela época. Meu pai se casou com ela coisa de um ano depois que minha mãe morreu; acho que eu tinha uns dez anos. Quando meu pai morreu, há uns anos, a Polly assumiu os cargos de editora e diretora geral.

Owen simplesmente usa calças jeans azuis e uma camiseta verde, mas preenche o jeans divinamente e o verde fica lindo com seu tom de pele. Há algo na mistura entre sua estrutura corporal à la Russell Crowe e a idéia de que ele é uma alma poética torturada que faz com que o ache muito sexy. Ele tem um jeitinho que poderia facilmente ser confundido com um imbecil que faz parte da galera dos pegadores, mas há algo em seu sorriso fácil, algo em seu olhar que me faz sentir que posso confiar nele de olhos fechados.

— Você se dá bem com ela? — indago.

— Não sei. Não a levo muito a sério. Ela não está fazendo um bom trabalho na revista. Tipo, você e eu nunca temos nada pra fazer, e as coitadas da Amanda e da Jill trabalham obscenamente. Todos nós recebemos salários ridículos, e, mesmo assim, a revista não está ganhando uma nota preta.

Sinto uma presença pairando sobre mim, olho para cima e vejo Dillon Frasier.

— Oi, Helaina.

— Olá.

Dillon olha para Owen.

— Dillon, este é o Owen. Owen, este é o Dillon Frasier. Ele estudou no mesmo colégio que eu, só que uns dois anos à minha frente.

— Prazer em conhecê-lo — diz Owen.

Dillon faz que sim.

— Beleza? — Dillon olha para mim novamente. — E a faculdade?

— Ótima.

— Você está em Nova York?

— Tô.

— Eu vou pra Boulder. Estou fazendo ciência da computação.

— Ótimo.

— Me formo em dezembro.

Tô sacando a dele.

— Legal.
— Você acha que a Able vai contratar programadores?
— É provável.
— Talvez você possa falar bem de mim pro seu pai.
— Sem problemas.
— Bem, foi bom te ver outra vez.
— Foi. Até logo.
Observamos Dillon se afastar.
— Ele é seu ex? — pergunta Owen.
— Graças a Deus, não.
— Algum namorado em Nova York?
— Não. Se você parar pra pensar, é ridículo. Estou cercada de homens da minha idade que não são casados e, bem, quer dizer, não é que ninguém tenha pedido pra sair comigo, mas são sempre uns caras chatos, feios e manés.
— Eu sou um cara chato, feio e mané?
— De jeito nenhum.
— Eu te chamei pra sair.
— É? Então estamos oficialmente saindo juntos?
— Depende. Você quer?
Não tenho idéia.
— É claro.
— Bom, então estamos saindo juntos.
— Isso significa que você tem que me beijar, sabia?
— Não sabia disso.
— Pois é. Quando saio com um cara bonito, fico na total expectativa de ser beijada.
— É bom saber as regras. Alguma outra sobre a qual devo tomar conhecimento?
— Eu as invento à medida que as coisas acontecem. Te avisarei de todas elas.
Ele ri.
— É justo. Quando você vai querer aquele beijo?
— Agora está bom pra mim.
Inclinamo-nos sobre os braços curvados das cadeiras. No começo ele me beija com suavidade, depois com mais força. Tenho a sen-

sação de que estou me observando de longe, fora de meu corpo, filmando um documentário sobre minha vida. O beijo foi bom, mas se pensei que seria como o beijo que acordou a Bela Adormecida, que me tiraria desse estado sonolento e me ajudaria a VIVER novamente, então não deu certo. Depois ele enfia a língua na minha boca e é aí que sinto um friozinho na barriga. Infelizmente, ele não teve tempo de me derreter completamente porque fomos interrompidos por Hannah pigarreando.

Afastamo-nos um do outro e sorrimos.

— Estou vendo que vocês dois estão se entendendo — diz ela, sentando-se no braço da minha cadeira. — Então, Owen, o filho da chefe, me fale um pouco sobre você.

— Vejamos, nasci em Denver, Colorado...

— Não, não, começa com a parte boa. Quanto dinheiro você ganha, se você beija bem, se você vai tratar a minha amiga Helaina da forma como ela merece ser tratada?

— Posso responder às duas primeiras — digo. — Ele não ganha absolutamente nada porque está fazendo mestrado em poesia, e excelentemente.

— Bom, a Helaina tem grana suficiente pra vocês dois. O beijo é uma coisa importante. Como você avalia o beijo de Helaina? — indaga ela.

— Estupendo.

— Eca, nunca diga essa palavra — peço eu.

— O que há de tão errado com "estupendo"? — pergunta Owen.

— Meu pai usa, mas usa de uma forma tão dúbia... sabe quando você bebe tequila demais e depois vomita por, tipo, vinte e quatro horas sem parar, e aí toda vez que você lembra ou sente o cheiro da tequila, ou até mesmo se alguém menciona essa palavra, isso te causa náuseas? É assim que me sinto com essa palavra que começa com "e". Meu pai é do tipo que fala uma coisa, mas quer dizer outra e, quando ouço a palavra que começa com "e", me preparo pra levar um esporro. Como se, em dez segundos, você fosse falar pra todo mundo que meu beijo é babado e que tem gosto de nabo.

— Já estou até vendo que vou ter que medir palavras quando estiver perto de você. Ok, vou explicar do meu jeito: o beijo da

Helaina é uma mistura perfeita de delicadeza e paixão que te tira o fôlego. Como um morango cuja doçura te pega de surpresa ou aquela hora em que você põe óleo numa panela quente e ele chamusca e produz estourinhos agradavelmente prazerosos.

— Hummm, analogias com comida. Alguém está com fome? — pergunta Hannah.

Owen ri.

— Eu não. Não mesmo.

Seguro-me para não sorrir. *Um morango cuja doçura te pega de surpresa.* Excelente resposta.

— Owen, eu não sabia que deixavam homens musculosos entrarem em oficinas de poesia — solta Hannah. — Quanto peso você levanta?

— Não malho.

— Ela tem razão. Seus braços são esculpidos com perfeição. — Meu Deus. Me diga que essas palavras não saíram da minha boca. Por que simplesmente não pisquei os olhinhos e o chamei de Gatão enquanto acariciava seus bíceps musculosos de modo faceiro? Obviamente sofro de um terrível mal chamado romantite aguda.

— Como está Todd? Ele veio? — pergunto, numa fútil tentativa de distraí-los de minha babaquice.

— Veio, sim. — Ela aponta para ele. Obviamente, ele a estava observando, pois a vê apontando e acena. — Ele é bom de cama, tem bom gosto pra vinhos e não me entedia loucamente. É o máximo que vou conseguir nessas férias. Gosto dele, na verdade. Até a hora em que ele começa a falar de trabalho. *Um saco.*

— Ele é contador, o que você queria?

— Não estou nem aí se ele lida com números o dia inteiro. Só não quero ficar ouvindo ele falar disso.

— Tem algum banheiro por aqui? — pergunta Owen.

Hannah aponta o caminho no exato momento em que Marni se aproxima de nós.

— Eu já volto — diz ele.

— Ele é uma gracinha — comenta Marni.

— Ele é poeta — replico.

— Um poeta, uau. Ele parece mais um bombeiro. Sempre penso em homens que escrevem poesia como magricelas e gays.

Dou de ombros.

— Você gosta dele?

— Não o conheço muito bem, mas sim, gosto dele, sim. Ele parece ser o oposto do meu pai. Por isso a atração.

— Faz todo o sentido você conhecê-lo agora — diz Marni.

— O que você quer dizer com isso?

— As pessoas entram nas nossas vidas em determinados momentos por algum motivo. Você está passando por uma fase emocionalmente difícil, então conheceu um cara que obviamente entende de emoções. Não dá pra ser poeta sem entender.

— Pode ser. Gosto dele, mas não sei se tem como isso ir adiante. Vou voltar pra Nova York quando as férias acabarem, e ele vai voltar pra Iowa. A gente está só se divertindo.

Owen volta. Enquanto ele retoma seu assento, diz:

— Posso dizer, com toda a sinceridade, que nunca vi um banheiro que tivesse um aquário do tamanho da parede cheio de peixes exóticos. Tenho certeza absoluta de que é o banheiro mais legal que já vi na vida.

— É bem legal, não é? — confirma Hannah. — Meus pais amam peixes. É uma pena que ninguém nunca está aqui, só quem os vê é a governanta, que dá comida pra eles. — Hannah vira-se, seu olhar se estende até o outro lado da sala. — O que *ele* está fazendo aqui?

Sigo seu olhar e me mexo na cadeira, desconfortável.

— É. Será que ele não aprendeu sobre o sistema de castas? — tento brincar.

— Helaina, qual é o problema? — pergunta Owen, mas não tenho tempo de responder.

— Oi, Rick. Este é meu amigo, Owen. Owen, este é Rick Harwell — apresento.

Os dois trocam um aperto de mãos e "prazer em conhecê-lo".

— Como estão as coisas? — indago, esforçando-me para respirar. Será possível que os pulmões de repente se esvaziem como um balão estourado... uma espécie de combustão espontânea do sistema respiratório?

— A vida é muito irônica. Estou namorando uma mulher que trabalha na Able.
— Sério?
— Parece que isso é inevitável quando se está em Denver.
— Pode ser. — Eu deveria redigir discursos profissionalmente, pois sou tão boa com as palavras. Meu Deus. Um bebê balbuciante é mais articulado do que eu. — Então, você está estudando?
— Não, eu estava trabalhando em tempo integral, tentando economizar dinheiro, mas fui dispensado. Dá pra acreditar? Vítima de uma pontocom mal administrada. Foi ótimo até que o capital de risco se esgotou. Agora a minha namorada está me sustentando. A Able Technologies, mais uma vez, está me dando um teto.
— Acho que não captei uma parte da história — diz Owen.
— O pai do Rick... — começo.
— Meu pai foi mandado embora da Able nos anos 90. Naquela época, a empresa se chamava D-S Technologies, mas era a mesma companhia. Ele passou dez meses desempregado. Não conseguia achar trabalho, nada. Minha mãe foi trabalhar de garçonete, mas não dava pra pagar a hipoteca. Primeiro perdemos o carro, depois a casa. Meu pai decidiu que valia mais morto do que vivo, por causa do seguro de vida. Então ele fingiu um acidente, jogou o carro de um barranco. A companhia de seguros concluiu que a morte não foi um acidente. Uma grande empresa considerou que a vida do meu pai não valia nada, por que a outra não iria considerar a mesma coisa?
— Sinto muito, Rick... — digo.
— Ei, sinto muito pelo seu pai, cara, mas a Helaina não é responsável por isso — defende Owen.
— Não estou dizendo que é culpa dela. Só estou tentando puxar uma conversa amigável sobre o papel dos negócios na sociedade.
— Se você quer odiar meu pai, pegue a senha e entre na fila.
— Acho que você tem razão. Pra ter sucesso, é necessário fazer uns inimigos no caminho. Foi bom revê-la, Helaina. Prazer em conhecê-lo, Owen. A gente se vê por aí.

Observo Rick se distanciando e me sinto tensa e sem ar. Talvez porque, de um modo estranho, eu me sinta responsável pelo que aconteceu com o pai dele e a vida de Rick.
— Quer ir embora? — pergunto.

— Você quer?

— É, acho que quero, sim. Se você quiser.

Despedimo-nos de todos e entramos no carro. Coloco o cinto de segurança com as mãos trêmulas.

— Suas amigas parecem ser legais. — Owen liga o carro.

— Amo essas meninas, apesar de serem completamente diferentes dos meus amigos artistas de Nova York, uns mortos de fome. Eu acho que você iria gostar dos meus amigos de lá. A Kendra, que divide o apartamento comigo, é atriz, e a Lynne, que também divide o apartamento com a gente, é escritora. Elas são incríveis.

— O que seus amigos mortos de fome acham de seu pai ser o Gary Denner?

— Eles não sabem quem é meu pai. Eu uso o nome de solteira da minha mãe em Nova York. Não falo sobre a minha família. Quando o assunto é dinheiro, não falo nada. Tento não perder as estribeiras quando faço compras, mas também não minto, exatamente. Bom, digo que recebi uma herança dos meus avós, o que é verdade.

— Por que você não conta pra eles e pronto?

— Porque odeio os Dillon Frasiers do mundo, que ficam puxando o meu saco. E é como se... — Penso por um instante, tentando encontrar as palavras certas para expressar o que quero dizer. — Meu pai vive recebendo prêmios e sendo convidado para dar palestras em faculdades e tal, e pensa que é porque ele é brilhante que as pessoas o amam. Parece que ele nunca percebe que essas organizações que o honram com prêmios são as mesmas que receberam dinheiro dele ou que estão tentando fazê-lo botar dinheiro. Não quero garotos saindo comigo na esperança de depois conseguirem um emprego com o meu pai, ou alguma coisa assim. Não quero que as pessoas andem comigo na esperança de que meu pai patrocine o filme ou a peça deles, sei lá.

— O fato de as pessoas saberem quem é o seu pai pode abrir portas.

— Não quero ser uma Tori Spelling. Eu quero conseguir fazer meus filmes porque sou boa no que faço. Tenho muito que aprender. Quer dizer, não estou dizendo que vou ser uma artista morta de fome até ser descoberta; eu sei que ser filha de quem sou tem muitas vantagens e não vou dar uma de burra e simplesmente ignorar as oportunidades que aparecerem... Não sei, estou falando besteira. Nem sei do que estou falando.

Owen sobe na entrada da garagem e estaciona o carro.

— Quer entrar? — pergunto.

— Claro.

Assim que ele diz sim, percebo que não é isso que quero. Merda. Só o convidei por educação, por hábito, como quando alguém pergunta como você está e, não importa o quanto você se sinta mal, você apenas responde "Bem, obrigada". Ver Rick Harwell me deixou nervosa.

Owen me segue para dentro de casa. Ele balança a cabeça enquanto inspeciona meu enorme quarto.

— Uau, esse lugar é inacreditável.

— Eu sei. Isso aqui é três vezes maior que meu apartamento em Nova York. E mesmo se eu tivesse uma equipe de três empregadas pra limpar o lugar, ele nunca ficaria deste jeito. Ele é meio que permanentemente estilo grunge.

— Por que você mora num apartamento grunge? Seu pai não te daria alguma coisa chique e cara?

— Na verdade, ele comprou uma cobertura pra mim, mas acabei decidindo não morar lá. Eu queria outro tipo de vida universitária. Uma semana antes das aulas começarem, fui com mamãe pra Nova York para que eu me acomodasse. Precisava conhecer a área sozinha. Dando umas voltas, vi pessoas de sari, turbante e dreadlock, e decidi que não seria mais um clone de menininha rica; eu queria achar meu próprio caminho. Não queria que as outras pessoas pensassem em mim como mais uma riquinha de bairro nobre. Eu queria ter amigos que só se importassem com quem eu sou, não com quem meu pai é. A faculdade era um mundo novo. Por que não começar uma vida nova?

Owen faz que sim.

— Faz sentido. A maioria dos universitários se rebela bebendo demais. Sua forma de rebeldia é bem mais original.

— Ah, mas eu também bebo muito — garanto a ele. — Bom, eu andava pela Escola de Belas-Artes tentando não parecer ser a caloura deslumbrada que eu na verdade era. Esbarrei com o quadro de avisos comunitário e li os bilhetes, e um deles dizia: "Precisa-se de alguém para dividir apartamento com duas garotas meio doidas estilo atriz-escritora. Preferencialmente mulher." A idéia de morar com duas artistas meio malucas era exatamente o que eu desejava, então peguei o celular e liguei para elas. A Kendra atendeu e disse que eu poderia ir lá. Peguei um táxi e subi os três lances de escadas até o apartamento, e eu simplesmente fiquei estarrecida com a imundície. A escadaria era brutalmente quente e cheirava a urina velha e suor. Aí Kendra abriu a porta com aquele sorriso imenso. Ela estava com uma blusa cinza desbotada e um jeans gasto, mas ela é uma dessas mulheres lindas que ficam deslumbrantes até vestidas com um saco de batatas. Kendra me disse que era garçonete barra atriz, e que a outra menina, Lynne, era redatora publicitária barra escritora ainda não publicada. Eu tinha quase certeza de que ela não saberia quem meu pai é, mas me apresentei como Helaina Merrill e lhe disse que estudava cinema, e aí ela soltou: "Vai ser perfeito, a Lynne pode escrever os roteiros, eu serei a estrela e você dirige." Havia algo nela que era realmente... Não sei como descrever. A Kendra é o tipo de pessoa com a qual não dá pra não ficar encantado. Não tinha ar-condicionado, elas elaboraram uma rede de ventiladores que fazia muito barulho, mas que pouco ajudava na hora do calor. Então, apesar de estar entulhado, feio e caindo aos pedaços, quis morar ali de cara. Disse a elas que me mudaria no dia seguinte. Meu pai acabou alugando o apartamento e ganhando uma boa grana.

— Acho muito legal você se sentir confortável nos dois mundos. — Ele sorri para mim e depois se levanta, indo até a estante de livros. — Você tem uma bela biblioteca aqui. Imagino que goste de ler...

— Amo ficção. É divertido viver a vida de outras pessoas por algumas horas.

Owen senta-se na beirada da cama e me olha, pensativo.

— Se você fosse escrever a história da sua vida, o que mudaria?

Mordo o lábio por um momento, refletindo. É uma grande pergunta.

— Acho que tive sorte na vida, de modo geral, mas é claro que, se eu pudesse, voltaria os últimos anos e passaria mais tempo com a minha mãe. Sinto muitas saudades dela. — Do nada, minha voz torna-se rouca e lágrimas formam-se em meus olhos. Sinto que estava me saindo muito bem, mas de quando em quando sou lembrada de que estou no epicentro de um furacão emocional. É exaustivo.

Engatinho até o lado dele. Ele me abraça. Seu corpo é agradável — quente, forte, musculoso —, mas me sinto tensa, esperando o abraço dar lugar à mão-boba. Só de pensar nisso já fico enojada. Mas ela não chega. Ele simplesmente me abraça. O calor dele, o som de sua respiração estável, tudo isso é o elixir de que necessito.

Choro em silêncio.

— Está tudo bem — diz ele. — Tudo bem você sentir dor. É a única forma de superar isso.

Minha companheira de apartamento, Kendra, me disse basicamente a mesma coisa. "Assuma a dor", aconselhou ela. Porém, no momento, enquanto lágrimas quentes escorrem pelo meu rosto e meu nariz fica inchado, o que não é nada sexy, tento sentir a dor, mas não sinto nada. É como se as lágrimas soubessem que estou triste e estivessem representando esta tristeza, e minha mente e meu coração não estivessem conseguindo acompanhar ou ao menos entender completamente o que está acontecendo.

Owen me abraça com mais força. Dormimos assim. Quando acordo, penso, pela primeira vez em dois meses, que talvez um dia as coisas fiquem bem novamente.

Capítulo 7

O perfil de meu pai feito por Gilda será publicado esta manhã, então, quando chego ao trabalho, abro a homepage do jornal para ver o que ela escreveu.

O REI DOS SERVIÇOS DE INFORMAÇÃO
Por Gilda Lee, *The New York Citizen*

Gary Denner é o tipo de homem que molda o perfil de seus ex-alunos. Ele é bonito, bem-sucedido e muito, muito rico.

Vem de uma família modesta. Seu pai foi um executivo de marketing que conseguiu ter um bom carro e uma boa casa, mas ele mal poderia imaginar a fortuna que o filho um dia iria conhecer — dezenas de carros, mansões, palacetes pelos quatro cantos e viagens intermináveis mundo afora.

"Nunca planejei virar CEO de uma empresa", declarou Denner.

Minha mandíbula trinca de tanta raiva, mas me forço a continuar lendo. Leio cada palavra e, no momento em que chego ao fim, sinto-me enjoada. Quase um enjôo daqueles que se sente em alto-mar, como se eu tivesse sido jogada de um lado para o outro nas ondas turbulentas de um mar revolto. Não só a porcaria do artigo não alfineta meu pai nenhuma vez, como ainda por cima o endeusa.

— Oi. — Olho para cima. Owen está de pé diante de mim, sorrindo gentilmente. — O que você está fazendo?

Faço que não com a cabeça. Tenho medo de tentar falar e acabar caindo no choro.

— Eu estava pensando... — começa Owen, mas suas palavras são interrompidas quando Polly chega, agitada, perto de nossa mesa, nos interrompendo.

— As roupas fazem tanta diferença... — anuncia ela.

— O quê? — pergunto.

— Estou de roupa nova hoje e estou me sentindo o máximo. Estou me sentindo confiante, bonita, pronta pra dominar o mundo. Isso só mostra o quanto as roupas são importantes. Bom, vamos fazer uma reunião editorial daqui a uns cinco minutos, você gostaria de participar, Helaina? Pode ser bem instrutivo.

Não sei, tenho tanta coisa para fazer que não sei se posso afastar-me de minha mesa.

— É claro, é claro.

Sigo Polly até a sala de reuniões. Jill distribui cópias em preto-e-branco das provas da próxima edição. Há oito pessoas presentes. Jill e Amanda, as duas funcionárias responsáveis pela venda de espaço para anunciantes, os dois designers, Polly e eu, obviamente. A primeira parte da reunião passa rápido, com Amanda e Jill discorrendo a respeito de quais artigos elas já terminaram, quais estão quase prontos, as fotografias que já têm e as que estão aguardando chegar.

— Eu acabei de escrever a coluna "A roupa certa no lugar certo"... — diz Jill.

— Como assim? Não é a Claudia que escreve a coluna? — indago.

— A Claudia conversa com a Jill todo mês sobre as questões da moda que estão em evidência e Jill escreve o texto — intromete-se Polly.

— Então por que é o nome da Claudia que aparece? — questiono.

— Porque sua tia foi uma atriz famosa e ainda é linda aos quarenta e quatro anos, que é a faixa etária do nosso público-alvo — explica Jill. — O nome da Claudia tem um valor agregado maior, ela é uma celebridade.

Balbucio um "ah" e Jill continua a falar do próximo número. Entre os artigos desta edição, inclui-se um chamado "Os melhores médicos de Denver" — médicos para o tratamento de câncer, ginecologia e obstetrícia, cirurgia plástica etc.; uma matéria a respeito de uma empresa recém-criada que tem obtido um lucro impressionante; e um artigo sobre formação de equipes no Colorado, que apresenta o perfil do haras de uma mulher em particular.

Um dos designers, um jovem de brinco e com um cavanhaque que mais parecia uma barba de bode, informa que os layouts de todos os anúncios do número de julho já estão planejados, com a exceção de um, e que cerca de 30% do trabalho já foi feito. Eles só estão esperando saber qual será a matéria de capa.

— Acho que devíamos colocar a matéria sobre o haras na capa. Podemos colocar uma bela paisagem das montanhas atrás da Linda — diz Polly. — Eu fui ao haras da Linda. É ma-ra-vi-lho-so.

A forma com que Polly usa apenas o primeiro nome da mulher me faz suspeitar de que Linda é uma amiga ou alguma espécie de parceira comercial dela. Penso no que Owen falou sobre a revista ser um escoadouro de releases em quatro cores.

Jill lança um olhar para Amanda, mas ela não percebe. Observo Amanda enquanto ela trinca a mandíbula, fecha os olhos e roda a cabeça algumas vezes, como se estivesse com o pescoço dolorido.

Polly continua a falar sobre o quanto é bom se afastar do escritório, como é importante formar uma equipe, como ela gostaria que todos os membros tivessem mais tempo livre e que a revista tivesse mais dinheiro para que todos pudessem fazer tais atividades juntos, e como lugares perto da natureza são ideais para desenvolver um maior espírito de equipe. Depois ela passa para a história de uma viagem em que fez rafting e o tanto que ela rejuvenesceu quando voltou, que conseguiu ser mais produtiva no trabalho, e aquele médico que estava na viagem com ela...

Amanda olha para o relógio. É óbvio que faz algumas horas que ela está prestes a dizer algo, a ponto de tentar interromper, mas parece que está esperando Polly parar para respirar, e este é o problema, Polly nunca pára.

As pessoas começam a se remexer nas cadeiras da mesma maneira que eu fazia quando estava entediada na igreja ou no colégio, nos últimos minutos da última aula do dia, quando mal podia esperar o sinal tocar.

Finalmente, ela faz uma pausa, só por um momento, e Amanda aproveita a oportunidade para falar.

— Acho que é uma ótima idéia essa de colocar a Linda na capa. Se você concordar, antes de tomarmos qualquer decisão, queria sugerir uns pontos a serem discutidos, sabe, só pra dar uma de advogado do diabo por uns minutinhos. Como você sabe, Polly, historicamente colocamos nossa "Melhores médicos de Denver" na capa e, só pra Helaina saber, já que ela é novata aqui, o motivo pelo qual fazemos isso é que esta é a única publicação que dá esse tipo de informação imparcial sobre Denver para nossos leitores. É praticamente igual a receber uma recomendação pessoal, porque coletamos informação fazendo votações com os leitores e uma amostragem representativa da população local. Nossos leitores tendem a ser pessoas ricas na faixa dos cinqüenta anos, que nasceram na época do baby boom e são predominantemente mulheres. Por isso as informações sobre cirurgiões plásticos e, Deus me livre, especialistas em câncer são tão importantes para eles. Não é uma leitura divertida, mas muita gente compra nossa revista e a usa como um livro de referência, entende? Quer dizer, se você tem câncer, vai querer procurar um médico nas Páginas Amarelas? É claro que não. Alguns dos números com a capa "Melhores médicos de Denver" estão entre os mais vendidos.

— É verdade — interrompe Polly. — Fazemos pesquisas com os leitores o tempo todo para avaliar o que eles gostam, por que alguns assuntos os atraem mais do que outros. E sabe o que descobrimos a respeito do sucesso do número dedicado aos "Melhores médicos de Denver"? Nossas leitoras divorciadas e de meia-idade estavam esperando encontrar médicos divorciados e de meia-idade para casar!

— Bem, não precisamos decidir a capa agora — diz Amanda. — Temos mais alguns dias para pensar nisso. Precisamos mesmo discutir...

— Eu acho que temos que colocar os "Melhores médicos de Denver" na capa — irrompe Polly. — Como eu disse, a do ano passado foi um dos números mais vendidos de todos os tempos.

Como *ela* disse? Achava que tinha sido Amanda. Olho para Amanda, que está com um sorriso levemente insinuado nos lábios.

— Eu concordo — diz Amanda. — Mais alguma opinião?

— É uma boa escolha — concorda Jill.

— Qual médico vai aparecer na capa? — pergunta o Barba de Bode.

— O mais bonito — responde Amanda. Ela examina um punhado de fotos e separa algumas escolhas promissoras. — Polly, o que você acha?

Todas as três opções são homens de meia-idade, dois brancos, um negro. Polly dá um tapinha com o indicador numa das fotos, um dos homens brancos. Amanda e Jill assentem, concordando.

Mais algumas questões comerciais são discutidas, e depois a reunião é finalizada. Saio da sala atordoada. Sou a última pessoa a sair, depois de Amanda, e estou tão fora de mim que piso na parte de trás de seu salto.

— Desculpa!

— Que nada. Ei, você está bem?

— Essa foi uma experiência pra lá de surreal — respondo.

Ela ri.

— Bem-vinda ao mundo real.

Volto à minha mesa e conto a Owen como foi a reunião. Ele apenas dá risadas.

— É isso aí... Então, quer pegar aquele cineminha hoje à noite?

— Seria bom. — Seria, mas uma parte de mim fica se perguntando *por que* ele quer sair comigo. Não me entenda mal, não se trata de uma crise de auto-estima, é só porque ele só me conhece em modo *psicoluto*. Não tenho certeza se algum dia já fui uma menina que poderia ser laureada por ser emocionalmente estável, mas também não costumo ser essa neurótica total.

— Owen, por que você gosta de mim? — A questão surge de forma inteiramente espontânea, sem minha permissão, em mais um exemplo da minha recém-adquirida romantite aguda se revelando.

— Gosto de você porque você é linda, inteligente, complicada e gosta de filmes estranhos.

— Nunca pensei que ser complicada e gostar de filmes estranhos seriam qualidades atraentes.

— Você é interessante, é isso que quero dizer, é disso que eu gosto. E você? Por que *você* gosta de mim?
— Quem disse que eu gosto, seu rei da cocada preta?
— Você vai ao cinema comigo. Acho que isso significa que você gosta de mim.
— Ou gosto, ou... estou superentediada.
Ele ri.
— Vou tentar a sorte.

Capítulo 8

Quando chego, a casa está em silêncio. Brado "Oiêêê?", mas ninguém responde. Começo a ir em direção ao meu quarto e, quando passo ao lado do escritório de meu pai, paro. Ele me mataria se me flagrasse remexendo suas coisas, mas prometi à mamãe (à memória dela, na verdade) que investigaria tudo. Levemente trêmula e olhando ao meu redor, abro a porta.

O local está vazio. A escrivaninha de papai num caos total, com selos soltos e canetas espalhadas, envelopes abertos, post-its e pedaços de papel com números de telefone e mensagens cifradas no garrancho de meu pai. É permitido à Maria passar aspirador de pó e varrer o escritório, mas ela não pode tocar na mesa dele.

Na escrivaninha, há livros de contabilidade com muitos números que nada significam para mim e pilhas de pastas recheadas de folhas soltas. Estou prestes a pegar a primeira pasta quando ouço a voz de papai vindo em direção ao escritório. Meu coração dá um salto-mortal e, silenciosamente, coloco a pasta de volta, fecho a gaveta, vou para baixo da escrivaninha e puxo a cadeira para dentro o máximo que consigo.

Escuto a porta do escritório se fechar. Ele pode se sentar na cadeira a qualquer momento. Está aqui comigo, a apenas alguns centímetros de distância. Fico tão nervosa quanto uma refugiada se escondendo do exército invasor. Sei que meu comportamento é ridículo — e daí se papai me visse? Ele não iria me levar para a cadeia. Mas mesmo assim estou apavorada.

Ouço a voz dele naquele seu tom em falsete de homem de negócios:

"Steve, Steve, parece que você está sugerindo que algo sujo está acontecendo aqui. Posso te garantir que não é o caso, nada desse tipo...", ele ri.

"Talvez seja complicado, mas não impossível. Você já falou com o seu diretor financeiro, o Bill Hansen? Ninguém melhor do que ele para se conversar a respeito de como nós vamos apresentar nossos balanços financeiros..."

"É *claro*, bem, quer dizer, obviamente estou familiarizado com eles, mas Hansen seria a melhor pessoa para explicar os detalhes. Sabe, há dois anos o Hansen ganhou o prêmio da *Fortune* como melhor diretor financeiro do ano pela sua criatividade..."

"O que você está sugerindo?" O tom de papai muda abruptamente de conciliador para defensivo. "Bem, me parece que você está dando a entender que *criativo* significa *antiético*. Steve, eu creio..."

"Não, *você* não está *me* ouvindo. Nossos balanços não são maliciosos. Não temos nada a esconder. Estamos numa economia complexa, mas nunca nenhum analista reclamou das nossas declarações de lucro..."

"São apenas boatos, boatos infundados. Não, não há verdade alguma nisso. De jeito nenhum! Não vou engolir isso de um repórter que ganha seus sessenta mil dólares por ano e não teria a mínima idéia de como fazer o balanço de um orçamento de um bilhão de dólares. Creio que a nossa conversa se encerra por aqui." Ouço um bip, do papai desligando o celular, acho eu, e depois de algo batendo contra a parede. Talvez o celular, ou talvez algo que estivesse em cima da escrivaninha.

"Merda", resmunga papai, esmurrando a escrivaninha. Estremeço como se ele tivesse batido em mim.

Meu pai está a menos de trinta centímetros de distância de mim. Embora não possa vê-lo, posso imaginá-lo debruçando-se sobre a escrivaninha, com as mãos na cabeça. Não quero que ele me descubra agora. Não quero atravessar o caminho dele. Já o vi descontrolado desse jeito. Seria como ficar diante de um touro em uma arena sem nenhum pano vermelho para desviar sua atenção de mim. Se soubesse que acabei de escutar essa conversa — pouco importa o que eu tenha ouvido —, ele me mataria.

Prendo a respiração, tento não inalar, coçar, tossir, espirrar. Tento sumir. Vinte segundos se passam, trinta, mas parecem vinte minutos, meia hora. Finalmente, finalmente!, escuto meu pai soltar um palavrão, abrir a porta do escritório e batê-la atrás de si. Empurro a cadeira para trás e levanto-me devagar. Apesar de provavelmente só se terem passado cinco minutos, aparentemente tencionei tanto os músculos que fiquei com câimbras.

Não posso abrir a porta para ver se papai está lá fora. Caso esteja sentado na sala de jantar — posso imaginá-lo preparando um uísque neste exato momento —, ele ouvirá se eu tentar sair escalando a janela. Merda. E se ele voltar para cá? Será que devo me esconder debaixo da escrivaninha novamente? Por quanto tempo? E se ele voltar e sentar-se à escrivaninha?

Isso é ridículo. Não posso ficar aqui escondida o dia inteiro. Só preciso me recompor e me arriscar, simplesmente abrir a porta e sair daqui. O escritório é o lugar onde ele mais fica quando está em casa. Tomo fôlego e vou abrir a porta quando ouço um carro saindo da garagem. Corro até a janela e espreito sorrateiramente. O carro é o Mercedes dele. Corro para fora do escritório e subo para o meu quarto.

Ando de um lado para o outro do quarto, tentando compreender o que acabara de ouvir. Ele estava falando com um repórter. Soava furioso e na defensiva. Ele tem algo a esconder? Talvez ele esteja cometendo fraudes ou algo do gênero. Será algo sério? Estou irada com meu pai, mas também não quero que ele vá para a cadeia.

Não sei por quanto tempo fico perdida em minha confusão de pensamentos, mas em algum momento olho para o relógio e penso "Que dia é hoje?". Meu cérebro demora alguns segundos para se lembrar. Ótimo. Fiquei demente aos vinte anos de idade. Assim que me lembro do dia da semana, lembro-me de que tenho que me arrumar para um encontro. Tento tirar da cabeça os pensamentos sobre o que ouvi. Vou me preocupar com isso mais tarde.

Owen me busca e vamos assistir a um filme no Mayan, um dos cinemas de arte de Denver, e depois atravessamos a rua para beber e jantar.

— Então, quando é que vou ler uma poesia sua? — pergunto depois que a garçonete bota nossas cervejas na mesa.

— Olha, a verdade é que vai rolar um concurso de poesias no Mercury Café logo, logo. Eu estava pensando em apresentar alguma coisa. Quer ir?

— Claro. — Em geral, não sou fã de leituras públicas de poesia, mas gosto de concursos de poesias. Por haver um julgamento, os poetas não têm permissão para serem tediosos, e gosto da forma como performance; teatro e poesia se transformam em uma única coisa.

Tomo um gole da minha cerveja e tento pensar em outra coisa para falar. Penso em perguntar a Owen o que ele achou do filme, mas isso me parece tão lugar-comum. Felizmente, Owen mantém a conversa fluindo.

— Então, me conte tudo sobre você.

— Começo por onde?

— Me conta como você se interessou por cinema.

— Foi a interpretação fenomenal da Claudia.

Ele ri.

— É, claro. Eu vi *Tornando-se*, é mais pastelão do que lanche de feira.

— Mas isso é típico dos filmes dos anos 80. Eles não acreditavam que o público seria capaz de entender alguma coisa. Quando queriam mostrar que o tempo passou, faziam uma tomada do calendário com as folhas arrancadas ou do relógio com os ponteiros rodando. Quando queriam mostrar que um cara estava interessado numa garota, eles a mostravam em câmera lenta jogando os cabelos de um lado pro outro ou coisa do tipo, com uma música açucarada tocando. A câmera volta para o cara de olhos bem abertos encarando a mulher, depois volta para o homem, depois volta para a garota. Eles enchem o saco com isso.

— Você ainda não respondeu à minha pergunta.

Tomo um gole de cerveja.

— No colegial, meu pai me deu uma câmera e eu participei do comitê que fez o anuário em vídeo da turma. Até ganhei crédito de aulas por isso, e a gente só saiu por aí gravando entrevistas com os alunos, as seqüências mostrando os jogos de futebol americano, os bailes da escola, as peças, esse tipo de coisa. Eu me diverti à beça. Aí no último ano queria fazer uma aula light, então peguei interpretação, e acabou que adorei. Eu também gostava de escrever e decidi que o cinema era a melhor forma de juntar todos os meus interesses.

— Que tipo de filme você quer fazer?

— Pra ser sincera, ainda não sei. Eu tendo a gostar de filmes de arte simplesmente porque gosto de filmes que não presumem que o público é formado por robôs lobotomizados com danos cerebrais incapazes de pensar sozinhos. Também gosto muito dos filmes britânicos, só porque me agradam filmes em que os atores parecem pessoas reais, e não estrelas de cinema. Acho que as atrizes americanas são tão lindas que distraem a gente. Às vezes estou vendo um filme americano e não consigo me concentrar na história porque estou ocupada demais pensando em quantas cirurgias a mulher deve ter feito para parecer tão jovem aos quarenta anos. Mas não sou uma cult total. Gosto de alguns blockbusters, contanto que sejam bem-feitos. Bem, essa é a minha história. E você, como se tornou poeta?

— Meu pai era editor e minha mãe era escritora. Minha mãe e eu lemos milhares de livros juntos quando eu era criança. Nós íamos a bibliotecas e livrarias o tempo todo. Descobri que eu organizava melhor meus pensamentos quando os colocava no papel. Quando ficava triste ou confuso, a única maneira de entender como eu me sentia era escrevendo.

A garçonete traz nossa comida. Pedi um taco vegetariano com feijão-preto; Owen pediu um sanduíche de peito de frango com batatas fritas. Estou colocando creme de leite no meu taco quando noto dois homens enormes e parrudos entrando no bar. O maior tem uma aparência tão horripilante que tremo involuntariamente. Ele tem sobrancelhas escuras e angulosas, dois triângulos em cima dos malévolos olhos azuis como gelo polar.

Owen está ocupado colocando ketchup no prato e não nota minha reação. Ele come uma batata, e então, olhando para mim, diz:

— Ok, minha vez. Você já se apaixonou?

— Aaaah, indo direto pras perguntas difíceis, né?

— Eu não perco tempo.

— Já reparei. Bom, namorei um cara por um tempo durante o colegial. Achei que estivesse apaixonada, mas hoje em dia percebo que eu estava apenas louca de empolgação pela idéia de estar apaixonada e a perspectiva de transar com alguém. Quer dizer, a gente se divertia, mas na verdade era só uma espécie de brincadeira. Saí com uns garotos desde então, mas nada sério.

Dan e eu nos conhecemos no comitê de filmagem para o anuário. Dan era bonito e vivia me dizendo o quanto eu era linda e talentosa. A atenção era inebriante. Além disso, todas as minhas amigas faziam sexo e eu também sentia que já era hora de me livrar da opressiva armadura da virgindade. Foi surpreendentemente fácil me convencer de que estava me apaixonando por Dan. Eu precisava acreditar nessa mentira para me sentir bem em transar com ele. Namoramos durante todo o último ano, e dormíamos juntos sempre que os pais dele ou os meus estavam viajando. E, quando cada um foi para seu lado fazer faculdade, não posso dizer que fiquei inconsolável. Dan era um cara bem legal. Não foi culpa dele eu ter erguido barreiras emocionais para que ninguém pudesse realmente chegar ao meu coração.

Mordo um pedaço de taco e penso que o que acabei de dizer me parece uma mentira. Talvez Owen esteja perguntando para saber a probabilidade de que eu lhe passe uma DST ou algo assim, e nesse caso não estou contando a ele a história toda. Mas não quero contar que dormi com três garotos desde que Dan e eu terminamos — todos os três foram casos totalmente idiotas de uma noite só. Como posso explicar a ele minha esquizofrenia sexual? Às vezes acho que só devemos fazer sexo quando estamos apaixonados ou pelo menos em uma relação semi-séria, e outras vezes, tipo logo depois que saio com Hannah, penso que eu deveria simplesmente experimentar e me divertir e não me preocupar sobre com quem durmo e em que condições. Então acordo no dia seguinte com ressaca e remorso. De repente, em vez de ver o mundo como Hannah, vejo do ponto de vista de Marni e Kendra. Marni está com o mesmo garoto desde o colegial. Kendra já transou com três caras, com todos ela teve uma relação longa e séria. Ela não acredita em ficar com qualquer um, nem mesmo numa inocente ficada com um desconhecido bonitinho num bar escuro, depois de alguns drinques. Como posso explicar a Owen que, para mim, fazer sexo com um cara é uma intrincada fórmula matemática: pegue quanto tempo você conhece o garoto (em dias), multiplique pelo número de vezes que vocês saíram juntos, multiplicado pelo número de horas que passaram falando ao telefone. Também é necessário considerar com quantos garotos você já transou na vida, e quanto tempo essas relações duraram. Se você transou com alguém no primeiro encontro, mas acabou casando-se com a pessoa, por exemplo, tudo bem você ter transado com ele tão cedo assim. É muito complicado. Não é o tipo de coisa que se aprenda na escola, você aprende através do que os amigos, os filmes e as revistas dizem e o que não dizem. É exaustivo tentar manter a contagem.

— E você?

— Namorei uma mulher por uns anos na época da faculdade. — Owen olha para a espuma que ficou nos lados da sua tulipa de chope bebido até a metade. Ele leva o copo à boca e toma um longo gole.   Ela era uma poetisa talentosa, muito bonita, mas passou por muitas barras pesadas na vida e isso a fez pirar geral. Ela bebia demais, usava muitas drogas, ficou cheia de dívidas. Na verdade, ela me largou.

— Sinto muito. — Não gosto da idéia de Owen sentir dor, nunca. Sei que não é possível, mas ainda assim quero isso. Ao mesmo tempo, sinto uma estranha pontada de ciúmes da ex dele. Penso no que aconteceria caso ela quisesse voltar com ele. Owen ficaria com ela novamente?

Isso é ridículo. Por que estou sequer pensando dessa forma?

— Tudo bem. Foi melhor assim. E poetas precisam da dor, não é? Ok, minha vez. Você acredita na eficácia da pena de morte? — indaga ele.

— O que é isso, um inquérito?

— Qual a melhor forma de conhecer uma pessoa?

— Não sei, saindo com ela, aprendendo sobre ela pouco a pouco.

A garçonete passa em nossa mesa e retira os pratos. Pedimos outra rodada de cerveja.

— Você vai embora pra Nova York e eu vou embora pra Iowa quando as férias acabarem. A gente tem que apressar as coisas.

— Ok. Bom, não, não acredito. Acho que a prisão é uma forma muito mais cruel de punição do que a pena de morte. Então, se queremos mesmo punir a escória da humanidade, a prisão perpétua é o que há. Por um motivo, pessoas pobres e pessoas de cor ganham pena de morte de forma desproporcional, então ela é racista e classista, e por outro motivo, a gente acaba matando as pessoas por crimes que depois descobrem que elas não cometeram... é uma loucura. Mas, acima de tudo, acho que a pena de morte é boa demais pra certas pessoas. Eu preferiria morrer a viver na cadeia sendo estuprada, espancada, comendo uma comida nojenta e sem poder viajar nunca, presa numa gaiolinha. Soa como o inferno na Terra.

É óbvio que, em algumas noites em que estava bêbada desde que mamãe morreu, pensei em acabar com minha própria vida, apesar de viver com total conforto, uma riqueza extravagante e liberdade total. A dor que senti pela morte de minha mãe foi tão intensa que pensei em cortar os pulsos em alguns momentos efêmeros. Queria tão desesperadamente deter a dor feroz que eu sentia que a perda simplesmente parecia grande demais. Mal consigo ser objetiva a respeito do uso da pena de morte como forma de retaliação quando eu mesma já pensei na doce fuga oferecida pela morte.

— Você não diria isso se acontecesse com você. Não há nada mais horrível do que a morte.

— Eu discordo. Depois de morto, você não sente mais dor. Me parece um ótimo negócio. Quer dizer, nos filmes, você deve ficar todo feliz quando o mocinho atira no vilão algumas vezes e o vilão morre rápido, sem sentir dor. Tortura lenta, vergonha, humilhação... é tão pior, portanto é uma forma melhor de retaliação.

— Nossa. Me lembre de não te deixar brava.

Sorrio.

— E você, acredita em pena de morte?

— Não, mas não porque acho que deveríamos torturar as pessoas aos poucos, deixando-as apodrecer na prisão.

Owen concorda comigo a respeito das questões racistas e classistas — ele diz que a pena de morte em sua encarnação atual é uma versão legal e moderna de linchamento. Depois ele começa a me contar sua perspectiva acerca da guerra do tráfico de drogas e de como as leis tornam virtualmente impossível presidiários fazerem uma transição bem-sucedida de volta para a sociedade quando são soltos. Ele parece conhecer o assunto sobre o qual está falando.

Nossa conversa muda para temas mais leves, volta para temas mais pesados, depois mais leves novamente.

Olho para cima e vejo uma senhora bem idosa entrando no restaurante com a ajuda de um homem de cerca de cinqüenta anos — presumo que seja seu filho.

— O que você está olhando? — pergunta Owen.

— Aquela senhora me lembra uma velha para quem eu costumava prestar trabalho voluntário quando estava no colegial.

— Que tipo de trabalho voluntário?

Tiro os olhos da senhora e volto para os de Owen.

— Na maioria das vezes, eu levava pessoas idosas de carro até o médico com o qual tinham marcado consulta. As pessoas para quem eu trabalhava estavam muito velhas ou doentes demais para dirigir.

— Que interessante!

— O quê?

— Você ter trabalhado para gente idosa. Eu te via como uma pessoa que passa o tempo comprando sapatos no shopping e se divertindo com os amigos.

— Acredito que acabo de ser insultada.

— Desculpa, saiu de mau jeito. Mas você sabe o que estou querendo dizer.

— É, eu sei. E na maior parte do tempo eu estava *mesmo* em festas ou no shopping. Minha mãe fazia muito trabalho voluntário, então eu acho que puxei a ela em algumas coisas. Acho que sempre me senti tipo... Bem, não sei direito o que penso sobre o Paraíso, sabe? Então sempre acreditei que, no caso de não existir algo como o Paraíso, é melhor fazer o tempo que tenho na Terra realmente valer a pena.

— Acho que é uma ótima visão de mundo.

— Talvez. Ver todos esses velhinhos me fez ter medo de ficar velha. Realmente não parece ser muito divertido. Teve uma senhora que eu ajudei: a primeira coisa que vi quando a conheci foi a bunda dela, nua. Abri a porta do apartamento dela e ali estava: a bunda de uma senhorinha a olho nu. Não sei se você já viu a bunda de uma pessoa de oitenta e oito anos, mas não é nada bonita.

Ele ri.

A minha atenção e a de Owen são desviadas pelo som de vozes altas no bar. Há uma garota obviamente bêbada que mal se agüenta sentada na banqueta. Os dois caras enormes que vi entrarem no bar estão de pé a seu lado.

— Sai daqui! — ela diz novamente, mais alto e com mais raiva.

— Qualé, queridinha — diz o maior deles. — A gente só quer garantir que você vai chegar em casa direitinho.

— Me deixa em paz — pede a menina. Ela é magra e tem cabelos compridos e castanhos. Talvez, se não tivesse esse olhar vazio e vidrado, ela fosse bonita. Acho que ela está drogada, além de bêbada. Há uma palidez sombria em sua tez.

Antes de me dar conta do que está acontecendo, Owen se levanta da mesa.

— Tem algum problema acontecendo aqui?

Owen, você está louco? Esses dois caras poderiam espancar você! Um deles é só uns centímetros mais alto que Owen, mas o outro tem uns treze centímetros e trinta quilos a mais que ele.

— Não tem problema nenhum aqui. Algum problema com você? — pergunta o maior.

— Senhorita, você conhece esses dois caras?

— Não, cacete!

— Poxa, queridinha, isso não é verdade — refuta o menor.

— Qual é o nome dela? — Owen pergunta a eles.

— O que você tem a ver com isso, porra?

Levanto-me e vou até eles.

— Oi — digo para a garota. — Você está bem? Esses caras estão te importunando?

— Estão, sim!

— Você quer uma carona pra casa, ou alguma outra coisa? — pergunto.

— Não! Estou bem.

— Como é que você vai pra casa? — Owen pergunta a ela.

— Cai fora — diz o maior, empurrando Owen uns quarenta ou cinquenta centímetros. Owen lança um olhar irritado.

Meu coração está acelerado. Não há muitas pessoas no bar além de alguns funcionários, nenhum dos quais vejo agora.

A garota dá de ombros em resposta a Owen.

— A gente te dá uma carona, sem problema — digo eu.

A menina me olha, depois olha para os dois caras. Ela assente.

— Tá, aceito.

— Vai se foder! A gente é que vai levar a garota pra casa.

— Vocês se conhecem de onde? — indaga Owen.

— Conhecemos ela esta noite. E daí?

— Owen — digo. — Vou deixar um dinheiro lá na mesa.

Ele anui.

— A gente se encontra lá fora.

— O Owen vai te levar até o carro — explico para a garota. — Eu vou esperar lá fora.

A garota olha para Owen. Tem uma expressão confusa no rosto, mas decide que Owen e eu parecemos uma aposta mais segura. Owen a ajuda a descer da banqueta. Ela quase cai, mas Owen segura seu braço antes que ela despenque no chão.

— Não faça isso. Não faça essa merda — diz o maior.

Jogo um punhado de notas de vinte na mesa. Owen já está saindo pela porta junto com a garota. Vejo os dois caras indo atrás deles do lado de fora. Merda! Merda! Não quero ir lá para fora. Será que eu devia ligar para a polícia? Mas não há chances de que eles cheguem aqui a tempo. Owen, vá se foder por nos meter nessa. Eles vão acabar com a gente.

Expiro. Se eu for lá, talvez a tensão se dissipe. Não quero ser corajosa, sinceramente, mas, se o idiota do Owen vai se arriscar, acho que não tenho escolha.

Abro a porta e fito a calçada. Nosso carro está a apenas uns quarteirões de distância. Owen não consegue ir rápido porque a menina está tão trôpega que ele está praticamente a carregando. Os dois caras andam logo atrás deles, e é neste momento que percebo que eles estão tão assustados quanto nós. Já poderiam ter pegado Owen se a intenção deles fosse fazer alguma coisa. Mesmo assim, meu coração está acelerado e minha respiração, ofegante, quando passo correndo por eles.

— Aonde você pensa que vai? — diz um deles.

Eu o ignoro e ajudo Owen a colocar a garota no banco da frente e a fechar o cinto de segurança.

— Entra no carro — ordena Owen.

— Não vou te deixar aqui sozinho!

Owen fecha a porta e, por um momento, eu e ele ficamos ali de pé, encarando os dois, que estão a uns três metros de distância.

— Foi uma idiotice fodida fazer isso — diz o maior.

Owen ri. Ele ri mesmo!

— Uma boa noite pra vocês dois. — E assim, ele anda calmamente até o lado do motorista. Não preciso de mais encorajamento. Mergulho no banco de trás e rapidamente travo minha porta e me certifico de que a porta da garota também está travada. Owen dá partida no carro no mesmo instante em que o maior golpeia minha janela com o lado do punho. Dou um pulo, pensando por um momento que ele vai quebrar a janela. O rosto do cara está a alguns centímetros do meu, e seus traços faciais estão tão proeminentes que parecem uma caricatura de uma abóbora de Halloween entalhada com uma expressão fúnebre.

Owen afasta-se e observo os dois caras ali, parados, tentando parecer ameaçadores, quando, de fato, agora estão totalmente impotentes.

Solto um longo suspiro e desmorono no meu banco. Owen pergunta à garota onde ela mora. Ela faz uma expressão confusa, e depois lhe diz o nome de duas ruas que se cruzam e que não ficam muito longe dali.

Ainda estou tentando fazer minha pulsação e respiração voltarem ao normal quando chegamos ao cruzamento.

— Qual é o prédio? — Owen pergunta a ela. Ele desacelera o carro até fazê-lo rastejar; felizmente, o tráfego está tranqüilo a essa hora da noite.

Ela olha em volta. Não diz nada. Estou começando a me preocupar de ela não saber *onde* vive quando, de repente, ela dá tapinhas na janela.

— Ali. Eu moro ali. É ali que eu moro.

Owen estaciona o carro. Juntos, ele e eu a ajudamos a andar até a entrada do prédio. Nós a levamos até a porta, mas ela não faz nenhum movimento para abri-la.

— Você tem as chaves? — pergunto, delicadamente.

Ela me lança um olhar curioso, como se estivesse tentando se lembrar se me conhece.

— Chaves — ela finalmente diz. — Tenho. — Ela escava a bolsa e desenterra as chaves. Começa a olhar cada uma delas, entortando os olhos toda vez. No final, tenta enfiar uma delas na fechadura e deixa o molho todo cair no chão.

Owen abaixa-se, pega as chaves e tenta uma por uma. Ele acerta na terceira tentativa.

— Em que apartamento você mora? — pergunto.

Novamente, ela passa um momento me estudando.

— No 102.

Graças a Deus ela mora no primeiro andar.

Cambaleamos desastradamente para dentro do prédio e entramos no corredor. Owen novamente tenta as chaves. Dessa vez, acerta de primeira. A garota vacila até o sofá. Owen tranca a fechadura de baixo — a da maçaneta — para que possa fechar a porta depois de sairmos e empurrar as chaves para dentro por baixo da porta. Ele puxa a porta e a fecha quando saímos.

Expiro novamente.

— Merda.

Ele sorri, aparentando cansaço e alívio.

Andamos até o carro.

— Como você sabia que aqueles caras não iam trucidar você? — pergunto.

— Eu não sabia. Se eles estivessem bêbados, eu teria ficado muito mais preocupado, porque pessoas bêbadas fazem muito mais coisas idiotas. Mas a maioria dos homens não quer briga.

Colocamos os cintos e ele dá partida no carro.

— Você já tinha entrado numa briga de bar antes?

— Não. Uma vez um amigo meu estava num bar e quase se meteu numa confusão, aí eu e um amigo meu corremos pro lado dele. O cara que queria brigar deu uma olhada na gente e se afastou. Acho que se você parecer pronto pra brigar, raramente precisará brigar de verdade.

— Caramba. Fico tão feliz de não ser homem.

— Você também manteve a calma esta noite.

— Não, eu pirei. Mas achei que, se eu ficasse do seu lado, a garota talvez entendesse que estaria segura com a gente.

— É preciso ter coragem pra fazer isso.

— Não me senti assim.

— É isso que é coragem. Fazer alguma coisa apesar de estar com medo.

— Acho que sim.

Passamos os quinze minutos seguintes da volta para casa em silêncio.

Ele pára na entrada da garagem.

— Acho que eu devia ir logo pra cama pra acordar bem e cedo para aturar mais um dia de escritório, agora que sou uma trabalhadora — digo.

— Trabalhar é uma verdadeira novidade pra você, não é?

— É. Não preciso trabalhar. Recebi a herança da minha mãe e dos meus avós.

— Você ganha dinheiro do seu pai?

— Se eu quisesse ou precisasse, ele mandaria a secretária me dar. Mas, como acabei indo morar naquele muquifo, não preciso de muito. A herança que ganhei da mamãe paga a faculdade e minhas despesas. Prefiro não depender do papai.

— Você tem só vinte anos. Ainda está na faculdade. Um monte de universitários ainda são sustentados pelos pais. Meus pais pagaram minha graduação.

— Pode ser. Mas também não estou morando embaixo da ponte ou coisa do gênero. Estou bem.

— Se você é tão rica, por que não tem o seu próprio carro? — indaga.

— Eu tinha um BMW na época do colégio, mas a gente vendeu quando fui embora pra fazer faculdade. O meu pai se entedia rapidinho com os carros, com isso ele sempre está vendendo os mais velhos, e velho quer dizer um ano, e comprando novos. Bom, não é necessário ter carro em Nova York. Ninguém que eu conheço lá tem carro. Além disso, o papai tem uns seis, então quando estou aqui pego um emprestado. É uma loucura, quando dirijo um dos carros dele, as pessoas, tanto garotos quanto garotas, buzinam e acenam pra mim. Ou estou entrando no carro e as pessoas param e começam a me fazer um monte de perguntas e me enchem de elogios. É como se dirigir um carrão fizesse de mim uma espécie de celebridade.

— Sério? Que estranho!

— Alguns dos carros valem tipo 250 mil. Você não acha impressionante?

— Não acho, não.

— O que te impressiona numa pessoa?

— Honestidade. Confiabilidade. Lealdade.

— Você nunca quis ser rico?

— Dinheiro é bom, não estou dizendo o contrário. Não quero ser duro, mas não, não tenho necessidade de ser rico.

O negócio é que acredito nele. Acredito que ele não está saindo comigo por causa de dinheiro, e isso é um alívio. Quando namorava Dan, no colegial, estava sempre preocupada se ao menos uma parte do que o atraía em mim não era o dinheiro e as relações de papai. Não tenho nada de concreto em que basear minha preocupação, mas, quando você tem muito dinheiro, sempre tem que se questionar se as pessoas gostam de você por quem você é ou pela conta de banco que tem.

Seu olhar é intenso. Não consigo entender o que seu sorriso significa. Eu o divirto? Sou uma espécie de novidade para ele? Ele vai para casa e vai escrever poemas sobre uma menina rica e excêntrica? Ele inclina-se em minha direção, toca em meu pescoço com as pontas dos dedos e me puxa mais para perto para um beijo. O beijo é ótimo, mas estou nervosa, travada e confusa. Não agüento isso. Afasto-me, digo a ele que me diverti muito e que o verei amanhã, no trabalho. Abro a porta e estou prestes a entrar em casa quando ele diz:

— Eu disse algo errado?
— Não, não, de jeito nenhum.
— Te vejo amanhã, no trabalho.
— Até amanhã.

Dentro de casa, me impressiono com a quietude. São duas horas da madrugada, então é claro que estaria silencioso, mas tenho a estranha sensação de que estou totalmente sozinha. Vou à cozinha pegar um copo d'água e vejo o bilhete que Claudia deixou na geladeira, preso com um ímã.

> Helaina,
> Seu pai tem uma viagem de negócios pra Califórnia neste fim de semana e eu tenho que assistir a um desfile em Nova York. Nos vemos domingo à noite.
> Claudia

O bilhete me lembra todos os cartões de Natal e de aniversário que ganhei, todos assinados "Com amor, mamãe e papai" com a letra de mamãe.

E sim, claro, aconteceu de ambos terem viagens de negócios neste fim de semana. Eles provavelmente estão em algum balneário na Califórnia bebendo champanhe e trepando sem camisinha.

Mas essa é a minha chance; tenho a casa toda só para mim. Finalmente posso investigar as coisas.

Corro para o quarto principal, que fica no primeiro andar, e empurro a porta. Foi ali que mamãe dormiu durante os últimos anos de casamento. Papai costumava dormir no quarto de hóspedes, no fim do corredor. Eles só dormiam juntos quando havia visitas. Sempre foi muito importante que todos pensassem que o casamento deles era feliz.

Eu costumava passar horas e horas nesse quarto com minha mãe. Sentava na cama e a observava se arrumando para as festas. Ela ficava de camisola e sentava à penteadeira para se maquiar. Nas noites em que papai estava viajando, mamãe e eu costumávamos chamegar na cama e ver filmes. Percebo que nunca havia realmente reparado na aparência do quarto antes. O quarto é todo feito em nuances de azul-claro — as paredes, a coberta de seda da cama, o carpete felpudo. A cor gélida faz com que o quarto pareça inóspito e frio de uma forma na qual nunca havia reparado.

Depois do enterro, fui embora sem mexer nas coisas dela. Sequer podia pensar nisso. Mas agora me pergunto se Claudia não pegou todas as coisas de mamãe. Não preciso de esmeraldas ou colares de ouro ou casacos de peles, mas por nada neste mundo gostaria que Claudia ficasse com eles.

Abro o closet. Está cheio de roupas e sapatos. Fecho a porta e vou até a cômoda e abro a caixa de jóias, que está repleta de brincos, anéis e colares reluzentes. A penteadeira ainda está coberta de maquiagens, escovas e perfumes. Mas não sei dizer se as roupas, maquiagens e jóias são de mamãe ou de Claudia. Há apenas duas peças das jóias de mamãe das quais me lembro nitidamente, e não vejo nenhuma delas. Não vejo a aliança de casamento nem o pingente de opala de fogo que uma amiga lhe trouxe da Austrália. É provável que ela estivesse usando ambas quando morreu e tenha sido cremada com elas. Ela usava a opala de fogo quase todo dia. Era um lindo colar. De um laranja extraordinário com tons leitosos, a pedra sempre me lembrou uma bola de cristal usada por videntes. Sua aliança de casamento também era especial. Papai acrescentou mais dois quilates quando do décimo aniversário de casamento e, dois anos depois, soldou uma terceira aliança com um diamante. Quando lhe deu o anel, durante o jantar — estávamos fazendo um cruzeiro pelo Caribe para celebrar o aniversário de casamento deles —, vi uma pequena centelha de desapontamento passar pelo seu rosto antes que ela sorrisse e agradecesse.

Não que o presente tenha sido uma surpresa. Ela sabia que ele faria algo com a aliança quando ele a pediu emprestada duas semanas antes da viagem.

— Por favor, não mude nada, gosto da aliança do jeito que ela é — protestou quando ele lhe pediu o anel.

— Só vou mandar limpar.

— Ela já é tão grande. Fica presa em tudo que é lugar.

— Só uma limpeza, prometo — jurou. Então, quando ele deu à mamãe a aliança maior, ela apenas agradeceu educadamente, mas eu sabia que ela não estava realmente grata.

Papai só ficou por metade da viagem de seis dias. Quando aportamos em uma ilha para um dia de compras, ele foi embora e pegou um avião de volta para casa com o intuito de voltar ao trabalho, com a justificativa de que era uma emergência. Um dia à tardinha, depois de ele ter ido embora, quando estava sozinha com mamãe, perguntei a ela se havia gostado da aliança. A forma como a aliança refletia a luz era estonteante, ofuscante como um globo de discoteca.

— Na verdade, eu gostava mais dela antes. Está um pouco demais. Fica prendendo nas coisas.

— Tem algo errado, mãe?

— Não.

— Eu sei que tem alguma coisa errada. O que é?

Ela suspirou.

— É que... querida, quando você vai dar um presente para alguém, deve sempre pensar no que essa pessoa gostaria de ganhar. Não no que você gostaria de ganhar ou no que você gostaria que a outra pessoa quisesse ganhar. Às vezes seu pai dá presentes não porque acha que eu gostaria de ganhá-los, mas sim porque é uma coisa que ele quer.

— Por que ele iria querer que você tivesse uma aliança de diamantes enorme?

— Ele quer que a esposa dele tenha uma aliança maior do que as alianças das outras mulheres dos executivos.

Amei o fato de ela ter conversado assim comigo, como se eu fosse uma adulta, e não apenas uma criança. E entendi o que ela queria dizer, de modo geral.

O closet de papai está cheio, o que indica que ele está dormindo aqui novamente. Atravesso a porta que dá para o quarto adjacente que mamãe usava tanto como ateliê quanto como escritório. As paredes são forradas de livros, os de ficção e os de arte de mamãe e os de negócios de papai. A escrivaninha dela fica em frente à janela. Há duas cadeiras reclináveis e um sofá no lugar onde mamãe gostava de se deitar e ler. Havia um cavalete onde ela trabalhava, mas ele e todas as telas e os outros materiais não estão mais lá. Era ali que mamãe ia para ficar sozinha, planejar jantares e para se certificar de que as contas da casa estavam em ordem. Também era onde ela pintava. Ela pendurou umas telas em nossa casa; não tenho idéia do que aconteceu com o resto.

Mas é só quando vou ao quarto, ao banheiro e ao ateliê pela segunda vez que percebo o que está diferente. Todas as fotos que mamãe tinha de mim junto com ela e as fotos dela com papai no casamento sumiram. Não consigo imaginar meu pai tendo tempo de recolher todas as fotos e se livrar delas. Deve ter sido Claudia. Ela provavelmente as jogou fora para não ter que competir com as lembranças de mamãe. Ou talvez fosse para não ter que encarar sua própria consciência cheia de culpa ao olhar nos olhos da irmã que traiu.

Tento me lembrar do Natal, lembrar em qual quarto Claudia ficou, mas não consigo. Meu palpite é de que ela ficou no quarto de hóspedes do outro lado da casa, então é para lá que vou.

Há alguns tailleurs pendurados no armário, alguns suéteres na prateleira. Não há roupa íntima ou meias em nenhuma das gavetas.

Há outros cinco quartos de hóspedes, e checo cada um deles, e em nenhum há sinais da presença de Claudia, o que significa que papai e ela devem estar dormindo juntos no quarto principal.

Como não percebi isso antes?

Volto ao ateliê/escritório de mamãe, sento-me à escrivaninha e começo a abrir as gavetas. Há uma pilha de folhetos com um intitulado "O segredo do sucesso: cada detalhe conta". É um prospecto da empresa de Claudia, Prima Facie. Há uma foto de Claudia, além de cartões de visitas. Tiro a pilha de folhetos, mas não há nada embaixo. Coloco-os de volta e abro a outra gaveta. Há envelopes, durex, régua, alguns cadernos vazios, uma agenda. Abro a primeira gaveta do lado oposto. Há canetas em uma cestinha, cartões de agradecimento, uma caixa de tachinhas, outra de grampos, um grampeador. Não há absolutamente nada de mamãe. Claudia deve ter se apossado da escrivaninha depois que mamãe morreu, eliminando qualquer vestígio de que mamãe um dia a ocupara. Está arrumada demais, no entanto. Não parece uma escrivaninha onde ela realmente trabalhe.

Olho o quarto inteiro. Observo com mais minúcia o laptop que está na escrivaninha e percebo que não é o de minha mãe. Ela tinha um HP cinza-escuro; este é um Mac cinza-claro. Ligo o computador e uma caixa aparece na tela. Mostra o nome do usuário "merrillc" e pede a senha. Digito "tornando-se" e entro de primeira. Ela é *tão* previsível. Ainda deleitando-se com a glória vinte anos depois.

Abro o navegador e checo o histórico de websites que ela visitou: vogue.com, glamour.com, forbes.com, entertainmentweekly.com, wallstreetjournal.com, nytimes.com, fortune.com. É difícil imaginar Claudia como leitora do *WSJ*, mas também não é uma descoberta brilhante.

Abro pastas ao acaso. Ela tem uma tabela de Excel com nomes de contatos seus e dois contratos de projetos de consultoria. Acho uma pasta chamada "contas a pagar" e a abro.

Harper, Ann: 12-13 de agosto, 16 horas @ $200 por hora = $3.200

Kennedy, Douglas H.: 14 de dezembro, 10 horas @ $200 por hora = $2.000

Lowe, Elizabeth P.: 23 de fevereiro, 40 horas @ $200 por hora = $8.000

Esses não podem ser todos os negócios que ela fez. Após pagar os impostos, com a facada que você toma quando é autônomo — Kendra e Lynne, que trabalha como atriz e escreve espetáculos como freelancer, respectivamente, reclamam disso o tempo todo —, ela ganharia uns $7.000 limpos por ano. Uma mixaria.

Olho todas as outras pastas, mas só o que acho são alguns documentos em Word com idéias fragmentadas para a coluna "A roupa certa no lugar certo": *Out*: Listra. *In*: Xadrez. *Out*: pagar caro demais por uma moda que já passou. *In*: o bom gosto clássico.

Desligo o computador e remexo as gavetas mais uma vez. Pego a agenda e viro as páginas. Há muito pouco ali. *Cortar cabelo c/ o Eric. Fazer as unhas com a Sara. Deadline do empréstimo. Reunião com Liz Lowe*. De acordo com a agenda e as quantias a receber, o negócio de Claudia está longe de ser lucrativo. Será que é apenas uma fachada para algo? Tipo o quê? Ela realmente tenta fazer negócios? Será que perdeu o entusiasmo por ser dona de uma empresa pequena quando percebeu que, como amante de um homem rico, ela jamais teria que trabalhar novamente?

Ponho a agenda de volta na gaveta e a empurro até fechá-la, depois a abro novamente. Abro a primeira gaveta do outro lado da escrivaninha. A da direita com canetas e grampeador parece mais rasa do que a do lado esquerdo. Ela *é* mais rasa — no mínimo uns cinco centímetros. Puxo a gaveta da direita para fora, tiro tudo que há nela, tateio e empurro delicadamente no fundo dela. Nada. Ponho a mão embaixo da gaveta, tateio o fundo e sigo as bordas com os dedos. Sinto um quadrado de metal do tamanho de um caractere em um teclado. Pressiono o quadrado e ele cede. O "fundo" da gaveta se abre para revelar outro fundo e um diário de couro azul do tamanho de uma brochura padrão. Meu coração dispara. O diário de Claudia. Isso me dirá o que preciso saber. Não sei o que é, nem o que farei com a informação quando a tiver, mas estou certa de que achei o que estava procurando.

Abro o diário e tomo fôlego. A letra é da minha mãe.

Meu coração está batendo forte quando ponho o fundo da gaveta de volta, ponho as canetas, grampeador e tachinhas na gaveta de novo e levo o diário para meu quarto. Entro debaixo das cobertas e abro o diário na primeira página com as mãos trêmulas.

15 de maio de 2005

A Dra. Anna diz que escrever as coisas pode ajudar. Não entendo a diferença entre escrever e falar sobre, e tenho falado com Anna duas vezes por semana neste último ano e as coisas não parecem estar melhorando. De fato, ela dobrou minha dose de Cipramil duas semanas atrás. Sempre me garante que esse é um dos antidepressivos mais leves que há, mas, ainda assim, não sinto nenhum progresso. O pior é como ela brinca comigo a respeito do Xanax. Sei que é viciante, mas o sono vem tão rápido. Não precisa ficar se revirando na cama eternamente, como já me acostumei a fazer. Apenas um doce e indolor esquecimento em minutos — adoro isso. Ela só me dá o suficiente para eu tomar uma noite ou outra. Faz três semanas que ela me deu outra receita e tenho tomado um por noite — desse jeito vai acabar no final do mês. Mas, em vez de ir com calma, estou pensando em coisas como ir a outro médico e ver se consigo fazê-lo me dar a receita — se pagar por isso do meu bolso, em vez de usar o plano de saúde, há um sistema de dados que saberia que vários médicos estão dando várias cópias de uma única receita? Ou talvez eu possa comprar mais pela internet ou no México ou de algum médico de araque. Estou tendo pensamentos loucos, mas é isso que a depressão faz, ela te enlouquece.

Então estou tentando esse treco de escrever como terapia. Eu tentaria qualquer coisa. Estou cansada de me sentir assim. Me sinto tão sozinha. Sinto que não tenho a quem recorrer.

Esperava que, ao convidar Claudia para viver conosco, eu finalmente iria conhecer minha irmã depois desses anos todos. Esperava que nos tornássemos amigas. Mas ela está aqui há três meses e continua esquiva como sempre.

Ela está tentando montar sua própria empresa de consultoria. Ela pede dicas e sugestões ao Gary o tempo todo. Claudia aceita as idéias dele entusiasticamente e Gary adora a atenção. É óbvio, todo mundo gosta de receber atenção. Gary me adorava há alguns anos, mas acho que estamos quites porque há tempos que eu já não o adoro também.

Sempre quis ter aquele tipo de irmã que fosse minha melhor amiga. Alguém com quem eu pudesse sair junto e me divertir. Durante todos esses anos, ela apenas me contou os detalhes mais superficiais de sua vida. Nunca conheci sequer um namorado dela. Nunca vi como ela estava arrumando os cabelos. Não sei que livros estava lendo. Queria ouvi-la falar dos dois quilos que perdeu naquela semana ou dos sapatos novos que comprou. Eu queria saber o que estava acontecendo na vida dela, com quem estava saindo e como ele a beijava. Queria saber os mínimos detalhes e tudo o que eu conseguia era comentários vazios, vagas lembranças.

Agora que ela mora comigo, vejo como ela arruma os cabelos e os sapatos que ela compra, mas emocionalmente ela está cada vez mais distante. Ela nunca me diz o que pensa ou o que sente. Em geral, esconde-se durante o dia. À noite, meu objetivo é procurá-la e perguntar como foi seu dia. Ela relata eventos insignificantes, nunca fazendo algum tipo de julgamento ou emitindo opiniões. Tento perguntar sobre os planos para a empresa, para ter alguma noção de seus objetivos e ambições, mas ela só me responde com monossílabos.

É completamente diferente quando Gary está por perto. Quando ele está aqui, ela fica animada e tagarela. Ela ri e faz piadas.

Um assunto sobre o qual não precisamos falar mais é dinheiro. Agora que ela tem os próprios cartões de crédito e uma "renda" própria (pensão seria o termo mais apropriado, mas temos de manter as aparências), ela não precisa mais passar pela humilhação a que nós duas nos acostumamos e que odiávamos tanto.

As contas de cartão de crédito vão direto para o contador do Gary, que as paga em silêncio. Claudia elaborou esse sistema logo de cara. Ela não queria que eu visse como ela gasta nosso dinheiro. Mas ela pensa o quê, que não vejo as roupas novas, os sapatos, os cortes de cabelo caros?

Não ligo para dinheiro. Bem, ligo e não ligo. Temos dinheiro, isto é certo. É de se imaginar que, se você ajudar alguém, a pessoa ficará grata. Que ela diria: "Obrigada, irmãzinha, vamos pegar um cineminha juntas, vamos almoçar fora."

Ela tem tanta raiva de mim, tanta inveja. Ela sempre teve inveja de mim, sempre, desde que éramos pequenas. Eu podia ficar acordada até mais tarde, pude dormir na casa de amigas antes dela, namorei, dirigi e arrumei um emprego na Dairy Queen antes que ela pudesse fazê-lo. Sei que fui abençoada de várias formas. Queria que Claudia estivesse pronta para se esquecer da minha boa sorte e se importar comigo como eu me importo com ela.

21 de maio de 2005
Acho que Claudia está louca para arrumar um homem. Ela anda pela casa de blusas com decotes lá embaixo, biquínis pequenos e pijamas quase transparentes (sem sutiã). Na maior parte do tempo, as únicas pessoas aqui somos eu, ela e Maria. Às vezes Gary chega em casa com um colega ou sozinho. Quando isso acontece, sinto vergonha por ela. Fico esperando que vista um robe ou alguma outra coisa, mas ela não dá sinais de estar se sentindo desconfortável. Deve ser por causa dos anos em que viveu em Los Angeles como atriz. Acho que atrizes sentem-se mais confortáveis com o próprio corpo do que as outras mulheres.

Tenho a sensação de não ter com quem falar além de Anna, e pago para que ela me ouça. Por algum motivo, não consigo conversar com Dana, Barb ou Christine sobre o que estou sentindo. Sei que, supostamente, elas são minhas amigas, mas não acho que posso mesmo contar com elas nem mesmo confiar nelas. Isso não é terrível? Não paro de pensar nas coisas maldosas, horríveis que disseram sobre Becky Donovan depois da última leva de cirurgias plásticas, sobre como ela estava tentando desesperadamente manter o marido interessado nela quando todo mundo sabia que ele a estava traindo com pelo menos duas mulheres diferentes, ambas vinte anos mais novas. É quase como se pensassem que, ao falar crueldades suficientes a respeito de Becky, poderíamos evitar ter esse mesmo destino, quando secretamente acho que todas podemos nos identificar com sua dor e tentativas ineficazes de não aparentar a idade que tem.

É exaustivo ficar sempre tentando fingir que minha vida é perfeita, mas parece ser a coisa mais segura a se fazer.

No momento, eu me sinto como se tivesse acabado de tomar três doses duplas de café. Estou tão nervosa. Estou ansiosa e não faço idéia do motivo.

A Anna quer que eu reserve um tempinho todos os dias para contar minhas bênçãos. É verdade que tenho muito a agradecer. Tenho uma filha linda, inteligente e talentosa que é cheia de energia. A energia significa que ela às vezes pode ser um pouco intempestiva, mas acho que a razão pela qual às vezes enervamos uma à outra é que, na verdade, somos muito parecidas.

26 de maio de 2005

Claudia tem me dito que eu devia viajar para um spa e ficar um tempinho longe de tudo. Ela fala toda hora que eu devia tirar um tempo pra ficar longe e relaxar. Minha filha foi fazer faculdade em outro lugar, Maria e Paul ficam responsáveis por cozinhar e limpar, não tenho emprego, só o que tenho que fazer é aparecer bonita em eventos de vez em quando. O que, exatamente, Claudia pensa que há de tão estressante na minha vida a ponto de eu precisar me afastar totalmente?

Sugeri que fôssemos juntas e tivéssemos um fim de semana de união fraternal. Ela disse que está ocupada demais com o negócio de consultoria. Não é que eu não acredite nela, mas isso não faz sentido. Nunca a vejo trabalhar. Nunca a vejo dando telefonemas ou enviando malas-diretas. Ela faz ginástica durante umas duas ou três horas por dia, depois se senta ao lado da piscina por algumas horas. Passa as noites tomando coquetéis na varanda e lendo revistas. Está bastante claro para mim que o que a está impedindo de viajar não é sua rigorosa agenda de trabalho.

A Helaina me ligou hoje. Meu Deus, como essa menina me diverte. Ela me contou que pisou num caco de vidro e ele ficou alojado tão profundamente que ela não conseguiu tirar e precisou ir para o hospital. Essa não é a parte engraçada da história, claro. Depois de me garantir que seu pé está bom, que só vai ficar doendo por alguns dias, ela me contou sobre as horas que teve de esperar para ser atendida por um médicos. Ela ficou presa numa maca no meio do corredor, esperando vagar um quarto, ao lado de uma mendiga que não parava de falar sobre sua luta contra o vício em drogas e sua galeria de doenças, inclusive diabetes, artrite e um câncer que agora está em fase de remissão. A Helaina falou que ela não conseguia fugir do pungente odor de urina que emanava da mulher que tagarelava de forma confusa e simplesmente não calava a boca. A Helaina imitou a mulher dizendo: "Éeuu uzz coca e reroína. Tem tanta violênzz nezz mund, por izz que eu uzz drogzz." O seco relatório que Helaina fez de seu dia simplesmente me fez chorar de rir. O telefonema dela realmente me alegrou.

Suponho que uma mãe melhor ficaria horrorizada por sua filha conversar com uma mendiga viciada em drogas num hospital, mas, em vez disso, fico orgulhosa de Helaina. Tantos amigos dela não podem sequer imaginar uma vida sem privilégios. A Hannah e a Marni são boas garotas, mas falam de roupas, sapatos e carros como se tivessem o direito de ser donas de tudo e qualquer coisa que queiram, e como se não fossem capazes de imaginar um mundo em que os adolescentes não dirijam carros de milhares de dólares. Embora a Helaina não consiga se lembrar de um tempo em que não éramos ricos, ela "cai na real", como dizem por aí. (Acho que é assim que se diz.) Ela tem os pés no chão. Acho que isso é o que mais amo na Helaina e, até aqui com a Helaina, há muito para se amar.

Enxugo as lágrimas quando leio estas palavras. Lembro-me do quanto fiz mamãe rir com a história de minha desastrosa incursão hospitalar. Gostaria de ter ligado para ela todos os dias. Talvez isso a tivesse ajudado a ficar mais animada.

1º de junho de 2005

Mal consegui sair da cama hoje. Os comprimidos para dormir me deixam tão grogue que simplesmente tenho de tomar café pela manhã para acordar, embora eu não deva fazer isso.

Depois de tomar meu café, fui fazer ginástica, como sempre. A Anna fica exaltando os benefícios mentais e físicos de se exercitar, mas eu apenas sigo a rotina de exercícios de sempre.

Ao menos matou algumas horas do meu dia. A vida se transformou nisso: unidades de vinte e quatro horas que preciso atravessar de algum modo.

Nem acredito que eu gerenciava uma agência de publicidade. Eu costumava administrar uma dúzia de artistas, escritores e gerentes de projetos enquanto aplacava os ânimos dos clientes. Eu tinha capacidade de criar uma filha e administrar um negócio, agora só o que consigo fazer é me servir de uma xícara de café e me lembrar de quando foi a última vez que comi.

Vim para casa, tomei banho, comi salada e peito de frango no almoço e fui ver quadros no museu. Essa é sempre minha parte predileta do dia, as horas que passo no museu. Apesar de ser só um trabalho voluntário, é gratificante circular com as pessoas e falar sobre as telas, ajudando-as a entender e apreciar mais profundamente o que estão vendo. Sinto-me confortada ao me ver rodeada por toda aquela beleza. Nada capta tanto o espírito de uma pessoa ou um lugar como quando é interpretado pelos olhos de um artista talentoso.

O jantar foi salada de alface com legumes decadentemente salpicados de sementes de girassol e molho de mostarda e mel. Fiz a refeição sozinha, como sempre. A Claudia apareceu do nada quando eu estava terminando. Essa noite ela estava vestindo um top de seda bem soltinho e shortinhos de seda que aderiam ao seu corpo, deixando pouco para a imaginação. O Gary chegou em casa às oito — cedo para o padrão dele — e conseguiu apreciar a vista. Ele sequer tentou mascarar o fato de que estava olhando para ela de forma provocativa, e eu estava sentada a apenas alguns centímetros de distância.

Mas eu disse algo? Não, só saí da sala, preparei um drinque para mim, me tranquei no meu escritório e comecei a escrever. Simplesmente não tenho mais energias para lutar.

Tenho de dizer a Claudia que ela tem de ir embora. Assim que conseguir juntar energia pra isso, eu o farei.

Meu coração está disparado agora, enquanto penso em Claudia e Gary na sala. Estou lutando para segurar as lágrimas. Mas já cansei de lutar.

Claudia o quer tanto, ela pode ficar com ele. Todo mundo já ficou.

A primeira vez que descobri que ele estava me traindo foi a mais dolorosa. A coordenadora de marketing de 22 anos dele na minha porta com olhos cheios de lágrimas e me dizendo que eles realmente se amavam. Ele a havia deixado por minha causa, mas eu não entendi, só porque eu era casada com ele isso não significava que estávamos destinados a ficar juntos. Era o destino, será que eu não enxergava?

Depois que ela foi embora, gritei, chorei e quebrei coisas. Ele me prometeu que não faria isso de novo. Escolhi acreditar nele. Estava com oito meses de gravidez. O que mais eu poderia fazer?

Foi a coisa mais dolorosa por que já passei. Eu o amava tanto, mais do que achava ser possível. Mas quando você ama alguém tanto assim, sua capacidade de ficar magoada também se torna mais intensa. Foi ainda mais difícil porque nosso casamento era muito recente. Não tinha nem um ano. E eu estava gorda e grávida de Helaina. Senti-me tão feia, tão cansada, tão doente.

Pergunto-me se não tive mais filhos porque não suportava a forma com que Gary me olhava quando eu estava grávida, a repulsa nos olhos quando via minha barriga enorme e o rosto inchado. Não agüentava seu ar de desaprovação perante a flacidez dos meus seios depois que ela nasceu. Então fiz cirurgia para levantar os seios e tomei cuidado para nunca mais engravidar.

As coisas que fazemos para nos sentirmos belas! Até onde vamos para tentar impedir nossos maridos de irem embora. Não há nada mais doloroso que a traição de um marido dormindo com outra mulher. Nada expressa mais claramente: "Você não é suficiente. Não é bonita o suficiente, não é inteligente o suficiente, não é charmosa o suficiente para prender minha atenção."

Eu não soube com certeza de nenhuma outra traição até a época em que a Helaina estava com doze anos. De novo ele me disse que terminaria o caso e de novo decidi acreditar nele. Não queria que a Helaina tivesse de passar por um divórcio feio. Fiquei aflita com a possibilidade de Gary mentir sobre suas finanças e Helaina e eu termos de viver de um salário mirrado. Vivia minha vida com medo. Tomei todas as minhas decisões por medo. Medo de não conseguir um bom emprego. Medo de que a Helaina não tivesse todas as oportunidades possíveis se perdêssemos a casa. Nem mesmo briguei para ver se o Gary iria pagar pensão para a filha. Eu também estava com medo de perder tudo.

As coisas com o Gary nem sempre foram assim. Quando estávamos namorando... nosso noivado... mesmo quando a Helaina ainda era pequena, ele era tão charmoso e tão divertido. Ele me fazia sentir a mulher mais especial do mundo. Porém, quando os negócios começaram a dar certo, foi como se ele tivesse ficado viciado no trabalho e no poder que vinha a reboque.

Eu sabia que papai havia traído mamãe, mas não imaginava que isso tinha começado logo no primeiro ano de casamento. Não é de se estranhar que ela tenha se tornado uma versão desbotada de si mesma com o tempo, como uma foto deixada à mercê no jardim.

13 de agosto de 2005

Aconteceu. Posso ver pela forma como os dois estão se olhando, o eterno sorriso no rosto da Claudia, é como se os dois fossem mais íntimos um do outro do que eu jamais poderia ser com qualquer um dos dois, como se soubessem a senha secreta, o código secreto para a felicidade, e sou deixada do lado de fora, examinando o que se passa lá dentro.

Pulo para novembro, umas trinta páginas depois.

5 de novembro de 2005

Há meses que não consigo dormir sem um sonífero, Xanax, alguns drinques ou, o que é mais comum, a combinação de todos esses elementos.

Eu não deveria beber enquanto tomo antidepressivos, mas o fiz algumas vezes, quando não consegui dormir, e não morri nem tive um ataque epilético, então me pergunto: por que não?

O Cipramil está me ajudando a não ter baixos tão baixos, mas também não me dá os altos. É como se, em vez de ter uma vida com altos e baixos, minha vida estivesse numa constante linha reta.

18 de novembro de 2005

Disse a Gary que vou falar para a Claudia que ela não pode mais ficar aqui. Ele disse que se eu fizer isso, ele me fará passar por um processo de divórcio bem doloroso e bem público. Ele disse isso com tanto ódio, como se finalmente pudesse se vingar de mim depois desses anos todos. Vingar-se de mim pelo quê, é o que quero saber. Só fiz apoiá-lo, ajudá-lo em sua carreira, ficar bonita para ele, colocar um sorriso no rosto e fingir estar feliz.

De qualquer forma, ele está blefando. Não seria bom para a carreira dele passar por um divórcio feio. Por um lado, o divórcio seria um sonho. Eu ganharia dinheiro suficiente para ter uma vida confortável até morrer. Poderia viajar com a Helaina, fazer cursos de artes e de redação, talvez até conhecer alguém, alguém que se preocupasse comigo, e não só com a própria carreira.

Então por que ainda estou aqui? Por que estou paralisada pelo choque e pela dor? Há anos que sei que nosso casamento é só para manter as aparências. Mesmo quando a Helaina era pequena, eu suspeitava de que Gary não estava passando as noites sozinho no quarto do hotel quando ele viajava a trabalho. Todas aquelas estagiárias e gerentes bajuladoras o ajudavam a passar o tempo felizes da vida.

Eu não costumava ter tanto medo, ser tão apavorada com minha própria sombra. Dez anos atrás, eu teria jogado panelas e copos e estátuas no outro lado da sala se descobrisse que minha irmã está dormindo com meu marido. Agora fico só espreitando pela minha própria casa como se fosse uma convidada, fingindo que não há nada de errado. Não é de se estranhar que o Gary tenha deixado de me amar.

Tenho passado horas e horas na sala de ginástica, todo dia. É gratificante ver os quilos se dissolvendo. Sinto que ao menos tenho controle sobre alguma coisa.

14 de fevereiro de 2006
É dia dos namorados e Gary está viajando "a trabalho". Claudia, só por acaso, também está viajando "a trabalho". Sei que os dois estão juntos.

16 de fevereiro de 2006
Fui ao salão de beleza hoje e, quando estava indo para os fundos para lavarem meu cabelo, senti todos os olhos voltados para mim. E não foi um olhar do tipo nossa-olhu-aquela-mulher-linda-e-glamourosa, uma sensação que nunca é demais para mim. Havia algo de resguardo no olhar delas, apenas um leve indício de risinho nos lábios.

Enquanto Eric lavava e massageava meus cabelos e couro cabeludo, não consegui relaxar como sempre. Tive certeza de ter ouvido um murmúrio de comentários rudes, mesmo com meu ouvido tapado pela água correndo.

De repente eu me senti angustiada, como se tivesse ido ao palco para participar de uma competição de canto e feito uma péssima apresentação, totalmente inconsciente de minha voz sem tom e chiada.

Eric e eu voltamos à cadeira usada por ele. Eric estava fofocando, me contando uma história que ele certamente achou engraçada quando Erma Schmitz entrou na casa da filha e encontrou o neto adolescente fazendo cookies. Ela achou uma doçura ele estar na cozinha, fazendo comida e, quando saiu uma fornada, ela insistiu em provar um cookie. Ela não conseguia entender por que ele não queria deixar.

Acho que o auge da história tinha a ver com ter maconha nos cookies, mas eu não estava prestando muita atenção. Estava ocupada demais me concentrando em Dana Sinha. Pelo meu espelho conseguia ver o reflexo dela em seu espelho enquanto o cabeleireiro arrumava seus cabelos. Ela tem 32 anos. Às vezes me esqueço de que, não importa o quanto você se cuide, não há substituto para a juventude.

Quando os cabelos de Dana estavam prontos, ela parou ao lado de minha cadeira.

"Oi, Ellen, que bom te ver."

Havia algo em seu tom de voz e na maneira como ela me olhou que deixava claro que ela sabia um segredo a meu respeito. Mas qual?

Foi aí que percebi que ela sabe sobre Claudia e Gary. Todo mundo sabe. Todo mundo sabe que meu marido está me traindo com a minha própria irmã, e que estou deixando-a viver embaixo do meu próprio teto, inclusive dando dinheiro a ela.

Terminar de cortar o cabelo sem perder a compostura tomou toda a minha energia.

Antes que eu fosse embora, o Eric sussurrou que tinha algo a me dizer. Ele disse que não sabia se me contar era a coisa certa a fazer, mas esperava que fosse. Não consegui falar nada. Só fiquei olhando para ele enquanto ele me dizia que Claudia e Gary estavam dormindo juntos.

"Você está bem?", indagou ele.

Fiz que não, mal conseguindo conter as lágrimas. Dei a Eric a gorjeta usual, andei aos trancos até o carro e chorei como não chorava há anos.

Isso dói tanto. Estou me sentindo tão humilhada. Como vou poder aparecer ali de novo? Tenho certeza de que ninguém ficaria surpreso de Gary ter me traído, mas ele sempre o fez dando uma certa distância, nunca com minha irmã, nunca com uma mulher que morasse debaixo do nosso próprio teto.

Há muito tempo só me preocupava em manter as aparências. Aos olhos dos meus amigos, eu tinha uma vida maravilhosa, e me conformei com isso. Há anos que não estou feliz com meu casamento, mas sempre me consolei com o fato dos outros acharem que éramos felizes. Agora não tenho mais nem isso.

Folheio as páginas. O último registro data de 17 de março, o dia em que minha mãe morreu.

> 17 de março de 2006
> Vou visitar a Rita no vinhedo este fim de semana. Tenho que sair daqui. Não suporto mais essa dor. Mesmo depois de uma dose dupla de Cipramil, um Xanax e um Bloody Mary bem forte, a dor é lancinante. Alguns dias longe é exatamente o que preciso. Droga, talvez umas semanas longe, meses, anos até.

E é isso. O registro final. Não prova que minha mãe se matou jogando de propósito o carro do barranco, mas certamente dá uma razão para ela não ter feito a curva. Xanax e álcool antes de pegar uma estrada, numa serra coberta de gelo. Papai e Claudia não a empurraram do penhasco, mas podiam muito bem tê-lo feito. Mamãe não conseguia deixar de pensar no marido e na irmã dela a traindo e arruinando sua reputação. A fofoca, esse cruel veneno para os ouvidos, matou minha mãe.

Fecho o caderno e olho para o relógio. São seis horas da manhã. Preparo um cappuccino duplo para mim e vou cedo para o trabalho. Quando Owen chega, eu lhe digo que papai e Claudia estão viajando, então a casa é só nossa naquele fim de semana. Não conto a ele sobre o diário.

Passo o dia pensando em mamãe, Claudia e papai. É tão injusto. Odeio o fato de o mundo funcionar assim, que as pessoas ambiciosas e inescrupulosas tirem vantagem de almas boas como minha mãe, como vampiros que tiram sua força dos mortos.

Não paro de pensar no que minha mãe escreveu: *Aos olhos dos meus amigos, eu tinha uma vida maravilhosa, e me conformei com isso. Eu não costumava ter tanto medo, ser tão apavorada com minha própria sombra. Aos olhos dos meus amigos, eu tinha uma vida maravilhosa, e me conformei com isso.* Pensamentos a respeito de minha mãe, Claudia e papai lotam minha cabeça como uma TV fora do ar que não posso calar. Só fica mais alta e mais alta.

Como faço para silenciar o barulho? Vingança? Não faz muito meu estilo. Quero que papai e Claudia aprendam com o próprio comportamento. O que significa tanto para eles que possa fazê-los mudar a forma como agem? Qual o maior interesse deles? Riqueza e prestígio. O que eu poderia fazer para causar um estrago em um dos dois?

Capítulo 9

No dia seguinte, meus pensamentos dão cambalhotas confusas em minha cabeça desde a hora que acordo. Não me sinto nada bem física ou espiritualmente no momento. Queria que Kendra estivesse aqui comigo ou que eu estivesse com ela em Nova York. Kendra leva muito a sério esse negócio de chás desintoxicantes e suplementos. Ela tem milhões de vitaminas diferentes e, quando eu ou Lynne pegamos uma gripe, Kendra logo nos prepara copos de Redoxon e espirulina.

Outra coisa que Kendra adora é vela. Gosto de velas, tanto do odor quanto da calmante chama tremeluzente, mas pessoalmente duvido que algumas velas perfumadas possam mudar o humor de alguém. Será que uma vela pode realmente trazer a alguém uma sensação de serenidade e bem-estar? Bergamota realmente pode energizar alguém? Lavanda é mesmo relaxante? O ylang-ylang é afrodisíaco de verdade? De qualquer forma, no momento estou tão desesperada que sou capaz de experimentar qualquer coisa. Não vai doer mesmo. Resolvo que irei a uma loja de produtos naturais para fazer um estoque de chás, suplementos e velas de aromaterapia assim que tiver energia.

Envolta em uma toalha, meus cabelos ainda molhados mas penteados de uma forma que parece estar em ordem, remexo minha gaveta de lingeries. A maior parte de minhas roupas íntimas poderia ser descrita como sapeca, e não sexy. Tenho muitas cores vibrantes e peças de seda estampadas com pele de leopardo, que bobeira, parece piada mas é sério. As calcinhas me fazem pensar num solteirão que se acha o gostosão do pedaço só porque tem algo tipo uma colcha com falsa estampa de animal.

Visto um conjunto preto de seda. Perdi tanto peso que a lingerie fica um pouco larga, como um balão parcialmente inflado. *Muito sexy.*

Já faz algum tempo que não me preocupo com a maneira como fico de lingerie, mas percebi que alguma hora Owen pode acabar me vendo desse jeito, e não quero parecer um colchão de ar inflado só pela metade. Vou tentar me lembrar de comprar mais, mas ando tão dispersa. Só quero ser uma menina de vinte anos normal, que vai fazer compras e tem um caso com um cara fofo. Não quero ficar me preocupando com morte ou traições.

Embora eu nunca vá admitir isso para ninguém, principalmente porque significaria que tenho uma dívida para com Claudia e porque estou determinada a não gostar dela (felizmente, na maior parte do tempo ela faz com que isso seja bem fácil), estou grata por ter um emprego. Apesar de não ter trabalho o suficiente para me manter ocupada, tenho Owen para conversar. Se eu ficasse sozinha em casa com meus botões, bem, só vou dizer que já sou maluca o suficiente com as coisas do jeito que estão.

Ainda que algumas pessoas achem que ando freqüentando festas demais ultimamente, as coisas eram bem piores na faculdade. Acordava direto vomitando algo de um tom verde radioativo. Tenho quase certeza de que, nessas manhãs, meu apartamento podia ser qualificado como um perigoso lixão controlado pelo governo.

Quando Owen chega ao trabalho, diz:

— Você está ótima, hein.

— Poxa, obrigada — respondo, irônica.

— Estou querendo dizer que você parece triste. Deixa eu te levar para sair essa noite e tentar te alegrar.

Concordo.

— Ok.

— Vamos fazer o quê?

— Que tal nos empenharmos em alcançar a serenidade e a paz interior?

— É um ótimo plano. Alguma sugestão de como fazer isso?
— Nem umazinha. E você?

Owen pensa por um instante.

— Já sei. Outro dia li no jornal sobre um restaurante ao ar livre que acabou de abrir, onde servem chá. Parece que há um lago da serenidade por lá.

— O que é um lago da serenidade?

— Um lago normal, acho eu, mas quando você o projeta tendo o feng shui em mente, a água acalma os nervos, algo assim.

— Então você acha que se a gente ficar perto de uma coisa serena, nós também vamos ficar serenos, como se fosse por osmose?

— Ei, dá um tempo. É o melhor que pude pensar, de um minuto pro outro.

— Parece legal, mas tenho uma pergunta e quero que você responda com sinceridade. Você toma chá mesmo?

— Tomo iced tea de vez em quando. Isso conta?

— Se você não toma chá, por que se ofereceu pra me levar num lugar de chá? Por que não cerveja ao ar livre?

— Cerveja ao ar livre também é uma boa idéia. Mas estou tentando te cortejar. Estou tentando te impressionar. Quero que você pense que sou um cara legal.

— Você não é?

— Sou. Só não sou do estilo que toma chá. Bom, dizem que esse lugar tem ótimas sobremesas, então eu posso me intoxicar de açúcar enquanto você fica bebendo chá em busca de iluminação.

— A verdade é que um encontro pra tomar chá seria pra lá de divertido.

— Você fazia reuniõezinhas de chá das cinco quando era pequena?

— Não. E também não tive Barbies. Eu tinha muitos bichinhos de pelúcia e uma obsessão total pelas coisas da Moranguinho, as bonecas, os livros, os brinquedos.

— Nunca ouvi falar em Moranguinho.

— Bem, meu amigo, você está perdendo. Minha mãe uma vez me arrastou para um chá das cinco, sim, quando eu era adolescente. Uma amiga dela abriu um restaurante que servia chá à tarde. Achei isso a coisa mais esquisita que eu já tinha ouvido e fiz um auê enorme para tentar me livrar do programa, mas a mamãe ganhou. Acabou sendo bem divertido. Na hora em que colocaram um prato de cookies e bolos na minha frente, comecei a gostar da idéia. E a minha amiga Kendra está sempre me enfiando chá goela abaixo, então tive que me acostumar a gostar. A Kendra acredita piamente em qualquer coisa escrita na caixa dos chás. Juro que, se algum chá dissesse que a tornaria rica e famosa, ela o beberia e ficaria lá, sentada, esperando uma oferta pra ser a protagonista de um blockbuster.

Após o trabalho, Owen me leva à casa de chás. O lugar me lembra os restaurantes em Nova York, pois é longo e estreito; não é uma caixa gigante como a maioria dos lugares na Costa Oeste. Os empregados são asiáticos desastrosamente modernosos de vinte e poucos anos. Há três mulheres e um homem e todos eles têm cortes de cabelo e roupas sensacionais — todos devem ter sido modelos lá em Tóquio, ou coisa do gênero. Vestem aventais transparentes de plástico. O restaurante mesmo tem as paredes de tijolos expostos e mesas e cadeiras em formato de blocos de madeira. Há uma fila de espera quando chegamos, então colocamos o nome na lista e ficamos em pé na entrada, que, se já é pequena demais para nós dois, imagine para os quatro grupos que também estão na fila. Acho que a crítica no jornal fez com que todas as pessoas de Denver ficassem animadas para conhecer o local.

Da área de espera apinhada de gente, vejo o lago da serenidade do qual Owen tinha falado. É mesmo tranqüilizador. A água sai borbulhando de um jato escondido. Seixos cobrem a base do lago e pétalas de flores flutuam delicadamente na superfície. Três peixes ornamentais, um deles preto, nadam pacificamente em círculos.

Enquanto esperamos, minha garganta fica cada vez mais seca e sedenta. Temos que esperar quarenta e cinco minutos porque simplesmente não há muitas mesas.

Finalmente, somos levados à nossa mesinha. Estudamos o cardápio e rapidamente decidimos dividir uma porção de scones, de damasco e de amêndoas.

— Parece gostoso — digo, apontando a descrição de um chá Chai. Entre os ingredientes, há gengibre e erva-doce, que, se me lem-

bro corretamente das discussões entusiásticas de Kendra acerca dos efeitos cura-tudo do chá, supõe-se que seja bom para a digestão.
— Nunca tomei Chai.
— Acho que é capaz de você gostar. É um chá temperado e misturado com leite. Faz sucesso nos restaurantes indianos.
— Vamos dividir um bule?
— Claro.

Fechamos os cardápios e esperamos avidamente pelo garçom. Não conversamos; ambos estamos ocupados demais tentando atrair a atenção do garçom, mas parece que somos invisíveis. Há quatro garçons e apenas umas dez mesas. Isso mesmo, estou contando. Seria de se imaginar que fossem incrivelmente atenciosos, mas não. Mal consigo pensar em algo para falar com Owen de tanta sede que sinto. Estou concentrada demais em observar atentamente os garçons servindo, com lentidão, as outras mesas, enquanto espero ansiosa que alguém pare aqui com copos d'água. Quanto mais tempo passa, mais irritada e menos serena eu fico. Será possível morrer de desidratação no meio de uma casa de chás? Que morte irônica...

Finalmente uma mulher de cabelos pretos brilhosos pára em nossa mesa com copos d'água do tamanho de uma lente de contato. Seco minha gotinha de água em menos de um segundo e lhe peço para tornar a encher o copo, depois fazemos o pedido.

Agora que o pedido foi feito, relaxo e olho para Owen.
— Esse lugar é uma gracinha — comento.
— Acho importante tentar coisas diferentes. Tenho a tendência de ir sempre aos mesmos restaurantes. Encontro uma coisa que gosto e volto o tempo todo.
— Eu faço exatamente a mesma coisa! Moro numa cidade que tem milhões de restaurantes, mas toda noite vou aos mesmos três.
— Nunca fui a Nova York.
— Você nunca foi a Nova York?!? Meu Deus, isso é um crime. Como você sabe que quer se mudar pra lá depois que se formar?
— É lá que estão todas as editoras. Há algumas na Califórnia também, mas elas publicam mais manuais de computação e revistas. Não me interesso muito por computador. Gosto de e-mail e da inter-

net, mas sinceramente não ligo pra como a tecnologia funciona ou quais são os produtos inovadores que surgiram.

— Você não é um gadget boy?

— Com certeza, não.

A garçonete retorna com um pequeno jarro de água. Tenho que encher meu copo umas oitenta vezes antes de ter líquido suficiente dentro de mim para que me sinta hidratada, mas ao menos a sede passou. Além disso, a água me ocupa enquanto salivo com a idéia de scones com chá. Não almocei hoje e estou com fome. Meu apetite anda tão confuso ultimamente que aceito agradecida a sensação de fome.

Estamos sentados, conversando há mais ou menos meia hora, quando a garçonete nos traz os pães.

— Finalmente — exclamo. — Quanto tempo se leva pra preparar uma porçãozinha de scones, um tanto de geléia e um tanto de coalhada? Sério mesmo.

Espero pacientemente até que ela volte com nosso chá, já que claramente não dá para comer um scone sem chá. Mas ela não volta com o chá. Em vez disso, ela vai atender outra mesa.

Esperamos. E esperamos. Os scones nos provocam, implorando para serem comidos. *Não faça isso!*, digo a mim mesma. *Se segura! Agüenta até o chá chegar.* Penso em contar a Owen a respeito do diário, depois decido não fazê-lo. Os pensamentos sobre esse assunto pesam em minha cabeça, mas quero me divertir.

Finalmente chega o chá. É trazido numa espécie de bule, ou seria apenas um pote com duas colheres? As xícaras que nos dão parece algo ou criado por uma criança de três anos ou por um ceramista bêbado que deixou a argila molhada cair e empurrou a criação amassada para dentro da fornalha assim mesmo. Nem me ocorre que devemos colocar o chá nas nossas xícaras com a colher. Pego o estranho bule e tento passar o chá para a xícara dele. Consigo colocar a maior parte do chá na xícara de Owen, mas uma quantidade agoniante é derramada na mesa e escorre até pingar no colo dele. O jeans só é salvo graças aos seus reflexos na velocidade da luz — ele apanha o guardanapo e seca o riacho de chá logo antes que ele caia pela borda da mesa.

— Acho que é pra gente servir o chá com a colher.
— Ah. Mas isso vai demorar séculos.
— O chá é um processo. É isso que o artigo que li dizia.
— Processo, que bobagem, que perda de tempo. Por que eles não trazem logo uma jarra ou um bule inglês? Pegar o chá com a colher...
— Balanço a cabeça devido ao ridículo da situação, mas começo a encher minha xícara laboriosamente a colheradas.

Dividimos a porção de scones ao meio para que ambos possamos provar dos dois sabores. Espalho uma espessa camada de coalhada e a cubro com uma camada generosa de geléia de framboesa. O doce e leitoso chá é um perfeito complemento para o nosso pequeno banquete e me sinto feliz e contente até que eu e Owen chegamos aos últimos nacos e nos vemos sem geléia. Peço mais à garçonete. Ela assente e presumo que irá botar mais uma colherada no pote e voltar logo. Mas ela não o faz.

Para passar o tempo, reclamo novamente da tolice de se servir chá num pote.

— É que nem pauzinho de comer comida japonesa. Você já ouviu a piada do *Seinfeld* sobre os pauzinhos?
— Acho que não.
— O Jerry diz algo do tipo "É preciso admirar os chineses... eles já viram o garfo, mas continuam a usar os pauzinhos".

Owen dá um risinho abafado.

— Quer dizer, os orientais contribuíram com um monte de coisas boas. Acupuntura, comida chinesa, biscoitinhos da sorte... Mas os pauzinhos, não sei, não.

Finjo estar conversando com Owen quando na verdade estou dando olhadelas a cada três segundos para ver onde diabos a garçonete pode estar com nossa geléia. Quanto tempo leva para trazer um pouquinho de geléia, pergunto eu?

A programação do dia, que era adquirir paz interior, foi mandada às favas por causa de uma geléia. Como uma pessoa pode alcançar a iluminação sem uma geleiazinha apropriada?

A garçonete passa perto de nossa mesa e faço sinal para que ela pare.

— Humm, oi, será que dava pra você trazer mais geléia pra gente?

— Já falei com a cozinha, mas eles estão sobrecarregados. Deve ficar pronta logo.

— Ah, obrigada. — Quando a garçonete sai, faço que não e digo: — Aparentemente há uma hierarquia complexa na cozinha em que só os chefs grandiosos têm permissão para dividir as rações de geléia.

Afinal, ela retorna com geléia suficiente para cerca de setenta e oito scones. Terminamos de comê-los e, depois de esperarmos quinze minutos comparativamente breves pela conta, nós a pagamos.

Owen vai para minha casa e ficamos ao lado da piscina até ele dizer que está com fome e que quer jantar. Preparamos o jantar com vinho tinto, brie e pão, morangos e uvas. Conversamos e bebemos mais vinho e, por volta das dez, sugiro irmos para o quarto.

Não quis dizer, necessariamente, ir dormir. Não necessariamente. Tiro meu short e consigo tirar o sutiã pela manga da blusa à la *Flashdance*, ficando só de blusa e lingerie. Owen entende a deixa e se despe, ficando só de samba-canção. Deitamo-nos na escuridão, nos beijando e abraçando. Espero a mão dele começar a descer por meus seios, minha bunda ou minhas pernas, mas ela nunca desvia-se da parte de trás do meu braço, onde ele me acaricia com delicadeza, seus dedos quentes contra minha pele.

— Você gosta de mim? — pergunto. Estou sussurrando, mas no quarto escuro e silencioso a pergunta mais pareceu um grito.

Ele ri.

— É claro. Por quê?

— É que, é que a maioria dos homens já teria tentado alguma coisa.

— E o que te faz pensar que sou como a maioria dos homens?

— Nada, nada mesmo.

— Não pense que eu não quero. Quero, sim. Quero mesmo. Mas você passou por muitas coisas recentemente, eu só quero ter certeza de que você está pronta.

— Legal — digo. Descanso a cabeça no peito dele e o abraço até dormir em seus braços.

Passamos a manhã de sábado pegando sol ao lado da piscina. Na casinha ao lado da piscina, preparo uma porção fresca de piñas coladas e as sirvo em copos de plástico em forma de taças. Dou um beijo longo e lascivo em Owen antes de me deitar em minha chaise-longue.

Reclino-me, fecho os olhos e relaxo ao calor do sol.

— Você parece estar bem melhor hoje — comenta Owen.

Percebo que estou sorrindo.

— Estou. Tem muitas coisas que estou tentando entender.

— É?

— É, sabe, é que tenho um monte de lembranças, sabe, e agora que sei o que sei, as coisas estão começando a fazer sentido.

— Não faço idéia do que você está falando.

— Fico me lembrando de uma vez, na época eu tinha doze anos, em que minha mãe ficou muito brava com meu pai porque ele perdeu meu recital, eles estavam discutindo, e de repente mamãe colocou os dedos indicador e médio no pescoço do meu pai assim — demonstro com minha mão no pescoço dele — e quando ela soltou, os dedos dela estavam com uma coisa que parecia cera, uma coisa rosa-avermelhada. Aí ela começou a berrar com ele, perguntando como é que *isso* era mais importante que o recital da filha dele? Ela ficou sacudindo as mãos na cara dele, como se fosse uma prova, e na época eu só era capaz de pensar "O que é isso?". Não percebi que era batom. Eu era só uma menininha boba. E em todas as brigas que eles tiveram ao longo dos anos, quando eu ouvia frases do tipo "Onde você estava?" e "Quem é ela?", eu não tinha idéia de quem e do que eles estavam falando, e agora eu tenho.

— Como você se sente a respeito disso?

— Não sei como me sinto. A mamãe sabia que ele a traía desde que ela estava grávida de mim. Acho que ela ficou com ele porque pensava que seria melhor pra mim, mas... — Argh. Estou tão cansada de ficar pensando nessas coisas. Quero pensar em outro assunto.

A piscina está cintilando à luz do sol. O pátio enorme e lindamente ajardinado é uma obra de arte botânica. Tenho vinte anos e devia ser capaz de aproveitar tudo isso.

Olho para Owen, que está deitado numa chaise-longue ao meu lado com uma sunga folgada verde-escura. Os braços e rosto estão bronzeados, mas seu peito claramente não viu muito sol neste verão. Ele tem um tórax largo e sexy e uma barriga reta que brilha com uma fina camada de suor. Estou vestida com biquíni, óleo bronzeador e nada mais.

Estranho o fato de Owen ainda não ter tentado transar comigo. É só porque ele é um cavalheiro ou ele é o único homem de vinte e quatro anos do planeta que realmente coloca o respeito pelas mulheres acima de seu próprio devastador impulso sexual? Na faculdade, estou habituada aos garotos me perguntando umas duas ou três coisas a meu respeito, e eles acham que esse é todo o cortejo necessário antes de tentarem devassar minha boca com suas línguas enquanto põem as patas nos meus seios. Obviamente Owen não é tão barbaramente inepto, mas ainda assim...

Ah, já sei o que é. Ele está com medo de que eu seja frágil demais. Odeio quando as pessoas pensam que sou fraca. Mas é que de fato me sinto emocionalmente fraca no momento. Costumava pensar que eu era uma pessoa muito forte, com idéias e objetivos próprios. Pensava ser uma mulher que não levava desaforo para casa. Agora, pareço não saber nada sobre quem sou.

Levanto-me. Sento-me em cima dele de pernas abertas e anuncio:

— Estou pronta.

Ele me lança um olhar inquisitivo.

— Você disse que não queria transar até eu estar pronta. Eu estou pronta — explico. Curvo o dedo indicador num gesto de "siga-me".

— Tem certeza?

— Absoluta.

Ele não faz movimento algum. Apenas me estuda.

— Quê? Você não gosta de mulheres agressivas?

Ele ri.

— Acredite, adoro mulheres agressivas. — Então ele se levanta. Seguro sua mão, entramos em casa e subimos as escadas para ir para meu quarto. Fecho e tranco a porta e me viro para ele. Ele passa os braços em torno de mim e põe os lábios nos meus. Ambos estamos um pouco suados; cheiro a coco por causa do bronzeador. Beijamo-nos suavemente por alguns instantes, depois Owen tenta avançar devagar até a cama. Ambos rimos de nossos passos desajeitados, tipo caranguejos andando para o lado. Caímos na cama em meio a risadas. Então me sento e fico cara a cara com ele. Ponho as mãos atrás das costas, onde está o fecho de meu biquíni. Faço uma pausa de efeito. Owen toma fôlego, seu olhar oscila dos meus seios aos meus olhos. Tiro a parte de baixo do biquíni languidamente e deixo a parte de cima cair. Owen respira mais rápido, me bebendo com os olhos.

— Minha nossa! — exclama ele, puxando-me para seu lado na cama.

Enquanto nos beijamos e nos tocamos e fazemos amor, tento não pensar em nada exceto em como me sinto, o cheiro de Owen, as sensações que meu corpo está experimentando. Tento somente ouvir o som de nossas respirações e gemidos e de um corpo contra o outro. Ainda sinto uma dor pequena dentro de mim, essa culpa e tristeza, então fodo Owen com mais força, como se para expulsar os sentimentos ruins para fora de mim. Não funciona totalmente, mas ajuda um pouco, ao menos naquele momento.

— Você não gozou, não é? — pergunta ele quando nos deitamos abraçados, nus e ainda mais suados do que no início.

— Acho que não. Mas não se preocupe. Não tem a ver com você. Eu nunca tive um...

— Não estou preocupado. Amo um desafio. Vai acontecer.

Sorrio. Acho que ele está certo. Se tem alguém que pode me ajudar a superar qualquer barreira emocional ou física que esteja me impedindo de ter um orgasmo, acho que essa pessoa é Owen.

Emergimos de meu quarto horas depois, ávidos de fome. Owen vestiu um short e, para meu desalento, uma camiseta.

— Mas eu quero ficar admirando o seu corpo — protesto.

— E se alguém chegar?

— Todo mundo foi passar o fim de semana fora.

— Inclusive todas as empregadas e tal?

— Tá bom, fica com essa droga de camiseta.

Ele me segue até a cozinha.

— Agora vou tentar fascinar você com minha habilidade culinária — diz Owen, olhando o que tem dentro da geladeira. — Mas claro, você tem um cozinheiro profissional, então não vou conseguir te impressionar tanto assim.

— Você ficaria surpreso. Nunca cozinho na faculdade. No máximo esquento uma massa ou faço uma salada, mas é só isso.

— Você não gosta de cozinhar?

— Não, e também não sou muito boa nisso. Não sei se não gosto de cozinhar porque não sou boa ou se não sou boa porque não gosto. Tenho pouquíssimos talentos, na verdade.

Owen me olha.

— Acabei de passar três horas sendo o terminal receptor de muitos dos seus talentos e posso atestar que você é, com certeza, bastante talentosa.

— Ah, cala a boca! — Dou-lhe um soquinho no braço.

— Nunca cozinhei pra um vegetariano. Não sei se meu tofu vai ficar bom.

— Temos empadinhas de frango de soja. Você pode prepará-las como se fossem frango de verdade.

— E tem gosto de frango?

— Não exatamente. Elas têm sabor de alternativa não-violenta à proteína.

— É, parece *uma delícia*. Muito animador.

— Ei, baby, não fale mal antes de provar.

Owen prepara um risoto com tomates secos e aspargos e grelha alguns pedaços de frango *faux*. Pego algumas garrafas de vinho tinto na adega enquanto ele faz o jantar. (Eu corto e limpo os aspargos e, quando dá, o ajudo a achar algum tempero ou pote que esteja procurando, mas é esse o alcance de minha assistência.) Sento-me em uma banqueta em frente à bancada, bebo vinho e observo Owen trabalhando. Meu corpo fica latejante e hipersensível quando me lembro de flashes das horas que acabamos de passar juntos.

Quando nosso jantar fica pronto, sentamo-nos de frente um para o outro. Não paramos de sorrir.

— Esse risoto está incrível — digo honestamente.

— Obrigado. Tem uns três pratos que sei fazer bem e esse é um deles. O "frango" também está ótimo.

— Tá vendo? Você tem que estar aberto a novas experiências.

Passamos quase o dia seguinte todo na cama, levantando-nos apenas para pegar algo para beber ou comer. Owen é um amante atencioso, calmo e sensual. Não apressa as coisas como meu ex-namorado, Dan, fazia. Ele me toca como um homem cego que nunca antes tocou o corpo de uma mulher, como se fosse a sensação mais surpreendente que já experimentou.

Ficamos deitados lado a lado, conversando, compartilhando aleatoriamente histórias sobre nossas vidas. O Natal preferido dele: quando ele e Laura acordaram e encontraram um tobogã embaixo da árvore que eles tinham no jardim, e aí a família toda passou o dia descendo a rampa juntos. Minha lembrança favorita de Natal: passar a noite da véspera do Natal fazendo cookies com mamãe e nos esgoelando junto com um CD de canções natalinas em ritmo de rock'n'roll. O estado que ele menos gosta no país: Nebraska. O meu: qualquer um que não seja Nova York (Colorado, tudo bem, eu cedo, mas só pra esquiar e visitar os amigos antes de voltar rapidinho para Nova York).

Gosto de tudo no corpo de Owen. Gosto do cheiro, das coxas musculosas, do sorriso. Gosto da forma como ele toma fôlego quando o beijo no pescoço, logo atrás da orelha.

Então, do nada, começo a me sentir angustiada, como se tivesse saído para fazer uma longa viagem e não conseguisse me lembrar se desliguei ou não o ferro. Aí percebo que estou angustiada porque papai e Claudia logo estarão de volta.

— Vamos sair — anuncio de repente, saltando da cama.

— Pra onde?

— Qualquer lugar. Vamos sair. Vamos encontrar uns amigos para jantar ou algo do tipo.

— Mas são só quatro horas.

— A gente pode ir beber antes. — Telefono para Marni.

— Alô?

— Marni, vamos sair pra jantar, ou sair pra fazer alguma outra coisa?

— Claro. O Jake voltou. Ele pode ir, não é?
— É claro. Onde a gente se encontra? — pergunto.
— Você está a fim de quê? — replica Marni.
— Não sei. Você decide.
— Que tal o Vesta's?
— Tudo bem. A gente se vê daqui a uma hora, mais ou menos.

Em seguida, ligo para Hannah, que diz que ela e Todd também nos encontrarão lá.

Tomamos banho e nos vestimos e estamos prestes a sair quando damos de cara com papai e Claudia — que por acaso estão chegando em casa naquele exato momento.

— Olá! — Claudia parece bem satisfeita. — Como foi seu fim de semana?

— Foi bom, muito bom — respondo. Eu me sinto como se tivesse acabado de furtar algo e dado de cara com um policial. Por que fico tão nervosa e com sensação de culpa?

— A gente recebeu um telefonema da Polly quando estava vindo do aeroporto pra casa. Ela quer todos nós lá amanhã à noite, pra um jantar. Ela tem grandes novidades para dividir com a gente — diz Claudia.

— Ela quer que eu vá? — Pergunto-me se todo mundo sabe a respeito de mim e Owen. Não sei que importância teria eles saberem, mas eu ser a namorada dele... se isso for, de fato, o que sou dele... é o único motivo pelo qual Polly me convidaria para jantar com eles.

— Ela quer que a família toda vá.

Encolho-me ao ouvir a palavra "família". Olho para Owen. Ele dá de ombros, como se para dizer "claro, tudo bem". Digo a Claudia que ambos estaremos lá.

Quando chegamos ao restaurante, Hannah e Todd já estão nos esperando num sofá perto da entrada.

— Oi. Oi. Oi — garganteio.

Hannah levanta-se para me abraçar.

— Queriiida — diz ela. — Você está maravilhosa. — Ela se afasta para inspecionar o esforço que fiz para me bronzear. — Passou um tempo ao sol, estou vendo. — Ela se inclina e sussurra em meu ouvido: — E, a julgar pelo sorriso no seu rosto, você também tem passado um tempinho embaixo do edredom.

— Quem sabe. — Abro ainda mais o sorriso.

Owen e eu nos juntamos a Hannah e Todd no sofá para esperar Marni e Jake.

— Então, Todd, como andam as coisas no mundo da contabilidade? — pergunto.

Hannah me lança um olhar feroz que Todd não vê. Lembro-me de ela ter falado que não agüenta ter de ouvi-lo falando de trabalho. Oops. Estava só tentando ser educada.

— As coisas estão bem. A Able é a empresa líder no Colorado. Estou orgulhoso de estar trabalhando pra eles, mesmo que seja só meio expediente.

Ele soa como se estivesse fazendo entrevista para um emprego. É engraçado como as pessoas pensam que tenho algum tipo de poder sobre o que acontece na Able ou sobre como meu pai conduz os negócios. Felizmente, Marni e Jake chegam neste exato instante. Trocamos abraços e cumprimentos, depois nós seis somos levados à nossa mesa. Para começar, pedimos duas garrafas de vinho e alguns aperitivos.

— Então, Jake, como foi lá na Europa? — indago.

— Incrível.

Marni faz bico.

— Eu queria ter ido com ele.

— Por que não foi? — pergunto.

— Eu tinha trabalho voluntário para fazer — ela responde, dando de ombros.

O que eu penso é que ela tem a vida inteira para fazer trabalho voluntário, mas só se tem algumas chances de viajar pela Europa com a pessoa que se ama.

— Então, conta tudo pra gente — peço.

Jake começa a nos contar sobre os castelos que viu na Irlanda quando Todd o interrompe:

— Quando fui à Irlanda, só visitei a parte interna dos pubs.

Sorrimos e depois voltamos nossa atenção para Jake.

— Depois fomos às Ilhas Aran. Olha, acho que nunca vi um lugar tão lindo na minha vida. É como...

— Você não achou Dublin apaixonante? — pergunta Todd.

— Quê... ah, achei sim. Bem... — Jake continua a contar sua história aos trancos e barrancos, entre as interjeições de Todd. Tenho a sensação de que é muito importante para Todd que todos saibamos que ele já foi à Irlanda, embora ele só tenha ido a Dublin, enquanto Jake teve duas semanas para explorar o país.

— Preciso ir ao toalete — anuncia Marni. — Helaina?

— Já que você vai.

Sigo-a até o toalete.

— Acho o Todd um pouquinho difícil de aturar — diz ela.

— Um pouquinho?!?

— Então, você e o Owen...?

Assinto. Ela berra e bate palmas.

— E?

— E foi maravilhoso.

— E?

Sei que ela está me perguntando se já tive um orgasmo.

— Não, ainda não.

— Logo, logo.

Faço que sim.

— Você acha que ama ele?

— Ah... ah, meu Deus, não sei, Marni. Eu gosto dele. Mas amar?

— Você é tão indecisa. Precisa saber se ama ou se não ama.

Abro a porta do toalete e dou uma espiadela em Owen.

— Mas como a gente sabe que sabe?

— Acredite em mim, você sabe.

Mas não sei. Não tenho certeza de nada.

Capítulo 10

Na noite seguinte, vou de carro com papai e Claudia até a casa de Polly, que fica num distrito de Highlands Ranch. Highlands Ranch é, supostamente, logo ao sul de Denver, mas me parece que demoramos um século para chegar lá. Talvez seja porque me sinto em uma armadilha por estar dentro de um carro com o casal.

— Todas as casas são iguais — diz Claudia, com desdém.

Estamos num pequeno distrito. O que ela estava esperando?

— Parece até que estamos numa concessionária de utilitários, há tantos estacionados na estrada — comenta papai.

Claudia urra de rir e dá um tapinha no braço dele, mostrando apreço.

— Você é tão engraçado! Você é *hilário*!

Meu pai sorri.

Papai está dirigindo o Porsche. Ele me mostra todos os botões do carro e suas funções. Assinto e ouço atentamente, mas, de modo geral, não tenho idéia do que ele está falando.

Sinto um alívio enorme quando chegamos. Praticamente corro para o lado de Owen e imediatamente me sinto mais segura.

Somos somente nós cinco, já que Laura está em algum lugar da Europa fazendo algo *financeiro e corporativo*. Polly prepara martínis para papai e Claudia. Encho uma taça de vinho e sento-me ao lado de Owen no sofá.

— Esse lugar é enorme só pra duas pessoas — observo. — Uma, na verdade, porque na maior parte do tempo você fica na universidade.

— Meu pai e a Polly se mudaram pra cá uns anos atrás, depois que Laura e eu fomos embora pra fazer faculdade. Não sei como ela mantém a casa sozinha. Quer dizer, papai tinha uma apólice de seguro de vida bem decente, mas a essa altura já não deve ser lá grande coisa.

Polly nos chama para sentarmos à mesa. Uma salada de folhas verdes com vinagrete de framboesa foi colocada em cada prato. Polly fica de pé à frente da cabeceira da mesa e bate levemente o garfo contra a taça de vinho para silenciar as conversas.

— O motivo pelo qual chamei todos vocês para virem aqui esta noite é que tenho um aviso maravilhoso para dar — diz Polly. — A *Cores Locais* está concorrendo a um prêmio da Western Region Magazine Association, a mais prestigiosa associação de publicações nesta parte dos Estados Unidos.

— Que beleza, Polly. Parabéns. E o prêmio é pelo quê? — indaga Owen.

Ela continua a falar como se não o tivesse escutado.

— Todas as revistas de turismo, negócios e entretenimento locais estão participando e, acreditem, há centenas. E, entre todas essas publicações, estamos concorrendo à melhor coluna de entretenimento com "A roupa certa no lugar certo", da Claudia.

Claudia grita e bate palmas. Papai a beija na bochecha e a parabeniza. Sinto-me como se tivesse levado um soco no estômago.

Todos falam ao meu redor, mas não ouço o que dizem. Isso não é tão importante assim, não é, não? Quem já tinha ouvido falar em Western Region Magazine Association? Mas para eles é como se ela tivesse ganhado um Pulitzer.

Seco minha taça de vinho e a encho novamente.

Não é assim que o mundo deveria funcionar. E aquela história de "aqui se faz, aqui se paga"? Quando Claudia irá pagar?

As pessoas me passam pratos. Pego um pãozinho, um pouco de arroz, alguns vegetais e pulo o frango, mesmo assim nem consigo comer as pequenas porções que coloquei no prato. Finalizo minha segunda taça de vinho com um longo gole. Não como nada há sete horas e já começo a sentir uma agitação.

Owen se inclina e me pergunta, sussurrando:
— Você está bem?
— Ela sequer escreve a coluna.
— Eu sei que tem sido duro pra você os dois dormindo juntos.

É só isso, não é? Um marido mulherengo, um pai ausente, uma amante para quem não importa quem ela tenha que usar para conseguir o que quer. Não é uma história inédita. Por que dói tanto? Talvez porque todo mundo esteja prosseguindo com suas vidas como se mamãe nunca tivesse existido, como se sua vida não tivesse tido importância.

E daí que papai faz com que eu me sinta uma merda? Muitos pais são assim. Sou eu que o deixo fazer isso comigo. É tão fácil acreditar nas porcarias que ele fala de mim. Posso ir embora para Nova York amanhã. Nunca mais precisarei vê-los.

Porém, eu sentiria saudades de Owen. Não sei se é apenas um rolo ou apenas uma coisa para me ajudar a tirar mamãe da cabeça, mas, se eu puder escolher, ainda não quero que termine.

Sirvo-me de mais vinho, esvaziando a garrafa.
— Nossa, acabou rápido — diz Polly.
— Você não acha que está bebendo rápido demais, não? — Claudia me pergunta.
— Você só pode estar de brincadeira comigo. Por acaso isso saiu da boca de uma pessoa que acabou com a própria carreira por causa da bebida? — Ai, merda.

Claudia me olha; seu olhar endurece de tanta fúria.
— Peça desculpas à sua tia — manda papai.
Sinto-me mal pelo que falei, sim, mas não sei o que dizer. Estou com raiva demais para dizer "desculpa".

Então fico calada. Afasto a cadeira da mesa e estou prestes a correr para fora da casa quando percebo que não vim dirigindo, então não posso ir. Estou presa. Merda.

Corro para cima. Owen vem atrás de mim. Ele me alcança no corredor do segundo andar.

— Helaina? Helaina!

— Qual é o seu quarto?

Ele abre uma das portas para revelar um quarto simples. Há uma cama, uma escrivaninha e uma cômoda. Não há qualquer decoração nas paredes, apenas pilhas e pilhas de livros. Tranco a porta atrás de nós. Owen e eu nos sentamos na beirada da cama.

— Que foi que aconteceu lá embaixo?

— Não sei. — Estou tão envergonhada. Por que ainda não consegui me recompor, caramba? — Não dá pra eu pensar nisso agora. Tô tão cansada. Tô exausta. Você já esteve com os músculos e os ossos e seu ser todo cansado?

— Por que você não descansa um pouco? Talvez uma música te ajude a relaxar. — Ele tem um som grande no chão, ao lado da cama. Quando ele se levanta do colchão, escorrego, caindo da beirada da cama até o chão. Embora esteja com um humor horrível, começo a rir.

Do meu ângulo privilegiado no chão, vejo um gatinho preto-e-branco que buscou refúgio embaixo da cama.

— Ah, vem cá, gatinho, gatinho — chamo. — Esse é qual?

Owen olha embaixo da cama.

— Esse é o Salinger.

— Cadê a Calíope?

— Provavelmente dentro do armário. É o lugar preferido dela pra dormir.

Ambos olhamos para cima ao mesmo tempo e, como era de se esperar, um gato cinza de pêlos longos que parece manso como uma nuvem está descansando confortavelmente sobre uma pilha de blusas de moletom na prateleira em cima do cabideiro onde Owen pendura as camisetas.

— Eles são tão fofos. Quantos anos eles têm?

— Vejamos, Laura pegou eles um ano antes de ir embora pra fazer faculdade, então eles têm nove.

— Pensei que eles fossem seus.

— Agora eles são meus, mas antes eram da Laura. Ela os deixou para trás quando foi embora. — Owen me ajuda a voltar para a cama. — Apenas descanse um pouquinho.

— Não me deixe sozinha.

— Não vou deixar. — Ele se deita ao meu lado. Não consigo identificar a música que está tocando, Beethoven, talvez? Bom, é algo reconfortante.

Tento me acalmar. Eu ouço Owen sair, fechando a porta atrás de si. Mas estou agitada demais, então me levanto e vou lá para baixo. As vozes estão vindo da cozinha.

— Estou preocupado com ela. Ela tem bebido demais ultimamente — diz Owen.

— É claro que ela está chateada, a mãe dela acabou de falecer. A Helaina sempre foi uma pessoa muito emotiva, que nem a mãe. Ela vai ficar bem — diz papai.

— Ele pode estar certo, Gary. Ela tem agido de uma forma muito raivosa — diz Claudia. — Ela está excessivamente deprimida e antissocial. Eu sei que ela está passando por muitas coisas, mas ela está levando isso mais a ferro e fogo que outras pessoas. Isso pode ser sinal de um problema maior. Sei de um lugar na Nova Inglaterra pra onde ela podia ir descansar. É uma das melhores clínicas do país. Os médicos podem dar alguma coisa que a acalme e a faça se sentir melhor.

Eles estão falando de mim como se eu fosse uma doente mental. Abro as portas. Quatro pares de olhos voltam-se para mim.

— É verdade, ando deprimida nesses últimos meses, mas tenho um bom motivo: minha mãe acabou de morrer. Não preciso ser jogada num hospício. Só preciso ficar de luto por um tempo. Droga, se alguém está agindo de forma estranha são vocês. Claudia, sua irmã morreu. Sua única irmã se foi. Seria normal você estar triste. Pai, a mulher com quem você foi casado por vinte e um anos está morta, e parece que você não está nem aí pra isso.

— É claro que estou arrasada. Só que não preciso deixar todo mundo à minha volta tão infeliz quanto eu estou — diz Claudia.

— É, eu me esqueci de que você é uma excelente atriz. É muito nobre da sua parte manter uma fachada de fortaleza. — Viro-me para Owen. — Pensei que eu pudesse confiar em você. — Passo varada por ele, dando-lhe um forte solavanco. Ele me segue até a sala de estar. Quero sair dali correndo, mas me lembro novamente de que não vim com meu carro.

— Só estou preocupado com você. Sei que você está triste, mas nada vai melhorar fazendo o que você está fazendo — diz Owen.

— Caramba, minha mãe acabou de morrer. O que você quer que eu faça?

— Helaina, eu entendo a sua dor. Minha mãe se suicidou quando eu tinha nove anos. Ela foi maníaco-depressiva a vida toda. Tenho tios e tias dos dois lados da família que sofreram de depressão. Sei um pouco sobre isso. Sei que, se você continuar a se esconder da sua dor, nunca vai conseguir superá-la.

— Olha, eu estou tentando, tá bom? Por favor, me leva pra casa. Não dá mais pra eu ficar aqui.

— Tá, claro, levo sim.

Nada falo nos primeiros vinte minutos do caminho. Por que faço umas merdas idiotas que nem essa, enlouqueço e saio xingando todo mundo? Isso não vai resolver nada. Queria apagar esta noite da memória de Owen, da memória de papai, da memória da Claudia, da memória da Polly. De minha própria memória. Papai já me acha um traste total mesmo, isso apenas confirma o que ele pensa.

— Owen — digo, afinal. — Eu sei que tenho me exaltado muito ultimamente, mas se você está preocupado devia ter falado comigo.

— Eles são a sua família.

— Papai e Claudia só são família em termos de sangue. No sentido de a família estar do seu lado e se preocupar contigo, eles não são esse tipo de família. Mal sei te dizer quantas peças papai perdeu, quantos recitais, formaturas e premiações em que ele não estava. Ele sempre prometia ir e nunca aparecia. O trabalho sempre veio em primeiro lugar. Passei a vida toda tentando impressioná-lo.

Owen pára na entrada da garagem, parecendo pesaroso.

— Eu sei que não tenho me alimentado bem nem tenho cuidado de mim mesma. Eu sei que preciso deixar meu corpo saudável e vou fazer isso. No momento simplesmente não tenho forças pra me cuidar. — Suspiro e olho pela janela. — Você quer entrar?

— Você tem certeza de que quer que eu entre?

— Ainda estou pê da vida com você, mas não quero passar esta noite sozinha.

— Ok, vamos.

Lá dentro, Owen senta-se na cadeira de minha escrivaninha com a cabeça para trás, seus olhos fechados, a mão massageando a testa como se ele estivesse com dor de cabeça.

— Quero te mostrar uma coisa — digo.

Ele abre os olhos. Entrego-lhe o diário de mamãe.

— É da minha mãe. Eu achei uns dias atrás. Quero que você leia. Acho que vai te ajudar a compreender meus sentimentos por papai e Claudia.

Ele assente.

— Vou ler.

— Vem cá.

Ele vem para a cama e nos deitamos, nossos braços enlaçando um ao outro. Embora ainda esteja brava com ele, eu me agarro a ele, minha vida como uma frágil balsa num mar revolto.

Capítulo 11

Owen deve ter ido embora durante a madrugada, pois quando acordo na manhã seguinte ele não está mais. Quando o vejo no escritório, logo cedo, sequer percebo que estou de cara feia até o momento em que ele me pergunta o que há de errado.

— Acordei com um humor perigosamente azedo hoje, só isso.
— Você parece cansada.
— Bom-dia pra você também.

Ligo meu computador e finjo trabalhar. Após alguns minutos, uma caixa aparece na tela anunciando: "Você tem um novo e-mail. Deseja ler agora?" Clico no "sim". O e-mail é de Owen. No assunto, lê-se: "e-poesia. Não use isso contra mim quando eu for um poeta famoso."

Você sabe que está indo pelo caminho errado
Vivendo a vida como uma sonâmbula
A mão pairando sobre a tarântula
Considerando, buscando coragem

Devagar, devagar
Reviravolta
Ainda há tempo
De um outro caminho buscar

Seu poema tolo me deixa brava, mas alguns segundos depois recebo outro e-mail que melhora meu humor.

Assunto: e-poesia, parte dois

Por que me importo?

Porque você não se faz de tola
Você tem opinião para dar

Porque seu sorriso se abre devagar
Primeiro só um indício no canto da boca
Depois no rosto inteiro
Como uma flor a desabrochar

Porque seus olhos são como um caleidoscópio
Camaleão na cor
Mas sinceros no olhar

Porque não passo o dia no trabalho entediado
Nada melhor do que você durante oito horas pra se admirar

Não consigo me segurar, por mais que esteja brava com ele, sorrio.
— Me perdoa?
— Volte ao trabalho, senhor. Não o pagamos pra ficar escrevendo coisas doces pra sua namorada. — Releio o primeiro poema. Eu *estou* vivendo minha vida como uma sonâmbula. — Devagar, devagar/Reviravolta/Ainda há tempo/De um outro caminho buscar.
— Poesia rimada? Você não poderia ser expulso da oficina de escritores por causa disso?
— Com certeza. Sou tipo um político conservador com uma namorada de quinze anos. Você poderia me destruir. Estou confiando em você.
— É melhor você ficar bonzinho.
— Mas é claro.

Enquanto trabalhamos, lembro-me novamente das horas que passamos conversando e rindo, e fazendo amor. Durante o fim de semana, nosso mundo praticamente se resumiu à minha cama. Tive muitas horas para estudar a luz espalhada nos pêlos castanhos em seu tórax, braços e pernas. Lembrando-me da forma como ele sorriu para mim e me provocou com palavras e toques... bem, só posso dizer que espero que não haja ninguém que possa ler pensamentos, pelo menos não por aqui.

Na hora do almoço, Owen diz que precisa fazer umas coisas na rua. Sinto-me esnobada por um instante, depois percebo que estou reagindo de forma exagerada. Temos ido almoçar juntos na maioria dos dias, demorando o máximo possível para comer nossos sanduíches, sendo que eu não consigo dar mais que algumas mordidas. Mas sei que não é justo de minha parte relutar em conceder a ele uma hora sozinho.

Como não tenho Owen para ir almoçar comigo, decido não ir. Costumava ter um apetite voraz. Lembro-me de quando estava namorando Dan, tinha vezes em que eu comia mais que ele, apesar do fato de que ele era dezoito centímetros mais alto e uns trinta quilos mais pesado do que eu. Hoje em dia não consigo fazer muito além de brincar com a comida no prato.

A tarde passa devagar. Já terminei todas as críticas do mês. Perguntei a Amanda se não podia ajudar em alguma outra coisa e consegui um calendário de eventos vindouros que tomaria uns dois dias para digitar, mas agora terminou o trabalho novamente e estou entediada. Ainda assim, acabo permanecendo no escritório até muito depois do que seria, tecnicamente, minha hora de ir embora.

Não quero ir para casa e ter que encarar papai e Claudia. Tenho medo de que eles estejam me esperando com alguma espécie de intervenção.

Quando chego em casa, não há ninguém. Há, porém, um pacote endereçado a mim. Subo as escadas e levo o envelope até o meu quarto, onde vou direto ao frigobar para preparar um dry martíni, quando lembro-me de que prometi a Owen que ia reduzir as bebidas.

Pego uma tesoura e abro a caixa. Dentro, há um cartão de Owen. Há também um chá desintoxicante de pêssego, duas velas — uma de baunilha e a outra com cheiro de floresta tropical — e vários suplementos vitamínicos, incluindo um frasco de vitamina C, um de multivitamínico, aloe vera comestível, que dizem ser bom para o sistema imunológico. O melhor de tudo, porém, é que na caixa ele incluiu vários quadradinhos coloridos de confetes com letras — cartolina cortada por ele em quadrados de três centímetros, cada um com uma palavra como "saúde", "paz", "felicidade", "amor", "força", "coragem", "equilíbrio" e "verdade", escritas com sua bela letra.

No cartão, lê-se:

Helaina, eu sei que você está passando por um momento difícil, mas, embora eu te conheça há pouco tempo, vejo que você tem força interior para vencer isso. Vá com calma. Relaxe. Tome conta de você o melhor que puder. Há muitas pessoas que querem vê-la saudável e feliz novamente.

Owen

Fico tão tocada que lágrimas brotam de meus olhos. Não sei se alguém já me deu algum presente tão bem sacado assim antes.

Ligo para Owen.

— Recebi seu kit de cuidados. Obrigada. Acho que esse é o presente mais carinhoso que já recebi em toda a minha vida.

— De nada.

— É estranho, porque eu estava exatamente pensando em como preciso de um chá e que eu devia comprar umas velas. É como se você tivesse lido minha mente.

— Eu só quero que você fique feliz.

— Ei, você quer pegar um cineminha?

— Adoraria.

É uma válvula de escape, mas sem substâncias químicas. Parece promissor.

* * *

No dia seguinte, no trabalho, Polly chama todos à sala de reuniões e anuncia que decidiu mandar tudo pro espaço: nós vamos sexta-feira para um relax em equipe.

— Precisamos de um descanso. Precisamos passar o fim de semana longe dessa loucura e unir nosso grupo — explica Polly.

Amanda parece verdadeiramente horrorizada.

— *Essa* sexta? Polly, nossa programação já está atrasadaça. A gente não pode tirar um dia pra descansar depois que mandarmos a revista pra gráfica na semana que vem, quando a gente tiver um tempinho mais livre na programação?

— Alguém cancelou com a Linda, foi por isso que ela conseguiu um lugar pra gente tão rápido. Nossa programação é sempre tão frenética. Precisamos *fazer* a hora. Sexta de manhã, às oito, nos encontraremos aqui e o ônibus vai nos levar pras montanhas. Será ótimo!

Polly sai da sala e várias pessoas a seguem. Owen, Amanda, Jill, o Barba de Bode e eu permanecemos.

— Ótimo — reclama Amanda. — Eu já ia ter que vir pro escritório no sábado; agora vou ter que vir no domingo também. Se eu quisesse trabalhar oitenta horas por semana, teria ido trabalhar pra uma boa revista em Nova York e ao menos receber o salário que mereço. Meu marido vai pedir o divórcio; meus filhos vão me odiar. Jesus, não posso mais perder outro jogo de futebol.

— Cultivar o espírito de equipe! — acrescenta Jill. — Que monte de asneira. Eu vejo vocês todo santo dia e, sem querer ofender ninguém, se é pra ficar longe do escritório, prefiro passar esse tempo com a minha família, e não com vocês.

Na sexta de manhã, a equipe se encontra no estacionamento, como nos disseram para fazer. Fazemos hora em círculos abertos, resmungando em silêncio para nós mesmos e segurando copinhos da Starbucks. Todos estamos com blusas de flanela amarradas na cintura, preparados para o clima frio da montanha.

O ônibus chega com alguns minutos de atraso e subimos como crianças em passeio escolar. Leva duas horas e meia para chegarmos ao haras. A maioria de nós está tão cansada que ninguém fala muito no caminho, à exceção de ocasionais trocas de murmúrios com a pessoa sentada no banco ao lado. Owen e eu nos sentamos lado a lado, Jill e Amanda sentam-se juntas, o pessoal de vendas senta-se junto, Polly senta-se sozinha. Por enquanto, não estamos indo lá muito bem no exercício de construir o tal espírito interdepartamental.

Quando chegamos ao haras de Linda, somos requisitados a assinar um documento escrito em letras angustiantes de tão pequenas. Nunca fui uma dessas pessoas que lêem um contrato em seus detalhes, mas acho que a essência deste é que, se cairmos e ficarmos com a cabeça aberta, a culpa é todinha nossa, então não devemos nem pensar em processar o haras Pine Creek.

Somos divididos em três equipes. Fico desapontada, pois Owen não está na minha. Jill e Amanda são separadas, o pessoal de vendas é separado, e o pessoal de arte e produção é separado. Acho muito vil, se você quer saber.

A guia da nossa equipe é uma mulher robusta de voz áspera e postura grosseira. Ela explica que vamos receber um Sistema de Posicionamento Global (GPS) para monitoramento/caça a ferraduras/aventura a cavalo. Várias ferraduras estão escondidas ao longo de alguns hectares de terra montanhosa, e supostamente vamos achá-las usando o aparelho de GPS. O dispositivo é mais ou menos do mesmo tamanho que um walkie-talkie. Você digita alguns números e ele te dá as coordenadas de onde está a próxima ferradura. Então outro membro da equipe usa essas coordenadas e olha para a bússola para nos dar o rumo certo. Gostaria de salientar que devemos segurar o aparelho enquanto cavalgamos. Desculpe, quero perguntar, mas quando você está fazendo tudo o que pode para evitar ser empurrado para a morte do topo de um animal deslealmente grande, você não acha que a gente deveria usar todos os membros possíveis para se segurar?

O nome de meu cavalo é Sombra. Enquanto esperamos o jogo começar, olho de meu poleiro em cima do Sombra para baixo, para o chão enlameado, e de um lugar ao outro parece haver uma longa, longa distância.

— Tem alguém aqui que nunca andou de cavalo antes? — pergunta a Guia Robusta.

— Sim, bem, quer dizer, já andei, mas só uma vez, eu tinha doze anos e foi numa festa de aniversário, há séculos — grunho eu.

A Guia Robusta resmunga e diz, desdenhosa:

— Vai dar tudo certo.

Há cinco membros em minha equipe e a guia puxa dois de lado e explica como usar o GPS e a bússola. Aparentemente, essas duas pessoas depois puxarão de lado mais dois de nós para a rodada seguinte e vão nos explicar como usá-lo, e ao seguir uns aos outros e guiar uns aos outros, nos tornaremos uma equipe unida e produtiva, várias partes trabalhando juntas como se fossem uma só.

Encontramos a primeira ferradura sem maiores riscos. O Barba de Bode passa o aparelho de GPS para mim e me explica como usá-lo. Agora só cabe a mim guiar meus companheiros de equipe até a ferradura seguinte. Segurando a bússola com uma mão, eu me sinto ainda mais perigosamente posicionada. Guio a equipe por parte do caminho até nosso destino quando, sem qualquer motivo aparente, Sombra alça vôo como se entendesse que acabamos de entrar no Grande Prêmio Kentucky Derby. Com minha mão livre, puxo à toa as rédeas.

— Pára! Pára! — grito, mas ele não presta atenção aos meus pedidos e continua em disparada. Meu coração troveja dolorosamente e visualizo um futuro perdido numa cadeira de rodas, como tetraplégica. Conheci um cadeirante que não podia usar o banheiro sozinho e tinha que usar um cateter e sair por aí com um saquinho com sua própria urina. Não se apreciam as coisas simples da vida, como ser capaz de usar o vaso sanitário, até ser arrastada por uma montanha rochosa em cima de um cavalo psicótico que quer te ver toda arrebentada.

Finalmente, meus puxões nas rédeas surtem efeito — ou isso ou Sombra simplesmente se cansa — e paramos. A guia, transbordando de condescendência, vem cavalgando ao meu lado para me repreender.

— Não deixe o cavalo sair correndo desse jeito! — reprova ela. Desculpe-me, mas *deixá-lo* sair correndo? Não creio que ele tenha perguntado minha opinião a esse respeito. Enquanto ela continua a depreciar minha habilidade em lidar com o animal, tudo o que consigo pensar é: "Olha só, minha senhora, vamos rever os fatos. Eu trabalho em um *escritório*. Não creio ter mencionado a capacidade de controlar um corcel de quinhentos quilos através de um terreno traiçoeiro em algum lugar do meu currículo."

Após acharmos a ferradura, passo o GPS adiante e continuamos o jogo com a ferradura seguinte. Duas coisas logo se tornam evidentes. Uma é que meu cavalo, apesar de ter o nome de Sombra, deveria ser batizado de Peidorrento. A segunda é que o cavalo de Amanda ama de paixão as emissões fétidas do Sombra. Docinho é indomável: não pára de enfiar o focinho no traseiro do Peidorrento e, a cada passo desagradável que damos, Peidorrento apita, ritimado como um rap: O trrraque que troca traque trrruco treco. O trrraque que trrraca trrruco. Embora seja vergonhoso para mim — certamente mais um grave fracasso no quesito decoro eqüestre, o fato de eu ser incapaz de impedir o meu cavalo de emitir tal eflúvio na atmosfera —, temo que a situação esteja bem pior para Amanda, que está exatamente na linha de fogo do Peidorrento.

Enquanto o ar se torna um miasma cada vez mais tóxico a cada passo que damos, pelo menos conseguimos encontrar as duas ferraduras seguintes sem que algum cavalo decole em direção ao Alasca e sem que alguém sofra danos corporais graves. Então chega minha vez de ficar com a bússola eletrônica e Amanda fica com o aparelho de GPS. Ela me passa as coordenadas e eu as insiro na bússola eletrônica.

— À direita! — convoco eu, uma corriqueira Pedro Alvarez moderna. A bússola diz que estamos a um quilômetro de distância de nosso destino. Por alguns momentos calmos, tenho tempo apenas de absorver a beleza ao meu redor, para apreciar o ar fresco da montanha e pensar que talvez esse passeio não seja tão ruim assim, afinal.

Então a guia me pergunta se não queremos acelerar um pouquinho o ritmo.

Meus clamores de "Não! Não!" são sobrepujados pelos entusiásticos Queremos! Queremos! de meus companheiros de equipe. Perdão, mas desde quando meus conciliatórios colegas de trabalho tornaram-se destemidos cavaleiros escaladores de montanhas?

Assim que os outros cavalos começam a correr — a Guia Robusta alega que estamos apenas trotando, mas sou magrinha e, deixe-me dizer, a única palavra que me vem à mente é *sutiã esportivo*, como na frase: Papai do Céu querido, por que não pus um sutiã esportivo para vir a este evento selvagem? —, olho a bússola e vejo que, de repente, estamos a três quilômetros de distância de nosso destino. Como viemos parar tão longe?

— Humm, precisamos dar meia-volta e ir por aquele caminho — digo à minha equipe.

Eles seguem minha orientação por alguns minutos.

— Você tem certeza disso? — pergunta a Guia Robusta. Estou dizendo, suspeito veementemente de que essa mulher come unhas no café-da-manhã e mata animaizinhos por esporte.

— Humm, não.

— Qual o número que aparece no canto superior esquerdo da tela?

Há um número no canto superior esquerdo da tela? Três. Oops. Aparentemente, quando estávamos correndo pelas montanhas à velocidade da luz e eu estava sendo jogada de um lado para o outro como uma boneca no meio de um furacão, esbarrei no botão da bússola e ela me deu as coordenadas da terceira ferradura, quando estamos procurando a sexta e última.

Com vergonha, explico o que aconteceu e a Guia Robusta me olha como se eu fosse a Bin Laden do espírito de equipe. Ela me ajuda a voltar para as coordenadas certas e finalmente encontramos a última ferradura. Meu erro, entretanto, nos custa um tempo valioso e somos a última equipe a retornar ao campo, o que significa que somos os grandessíssimos perdedores do dia, um fato que a Guia Robusta parece ver como uma afronta pessoal.

Em suma: o que meus colegas de trabalho aprenderam a meu respeito hoje foi que sou uma esquisitona em quem não se pode confiar e que não tem nem um pingo de espírito de liderança. Que ótimo! Simplesmente *iupiii*.

Mas pelo menos a perigosa caça à morte chegou ao fim. Estou supremamente aliviada de ter descido de minha máquina da morte de quatro pernas. Os cavalos são lindos, mas prefiro apreciar sua beleza a distância, em vez de apreciá-la de pertinho. Não tenho nem uma gota de sangue caubói em meu corpo.

— Você se divertiu? — me pergunta Owen.

— Exceto pela minha quase-morte, foi ótimo. *Ótimo*.

Capítulo 12

Chego em casa e encontro Claudia sentada à mesa da sala de jantar, jogando bridge com Barb, Dana e Christine, as amigas com quem minha mãe costumava jogar. Claudia está sentada onde mamãe sentava-se.

— Oi, Helaina querida — exclama Claudia. — A gente estava falando sobre reformar o banheiro lá do primeiro andar. Eu estava pensando em fazer o chão em preto-e-branco, uma coisa meio retrô, anos 50. O que você acha?

Dou de ombros. Por que ela está falando em redecorar como se esta casa fosse dela? Por que essas mulheres estão jogando bridge com Claudia? Isso era tudo que minha mãe representava para essas mulheres, a quarta e substituível jogadora de baralho?

— Não é uma maravilha o programa de TV? — pergunta Barb.

— Que programa de TV?

— Ainda não pude contar a ela — diz Claudia. — Depois daquela matéria sobre mim na *Redbook*, recebi um telefonema de um agente.

— Que matéria?

— Você não sabia? Estou na capa da *Redbook* deste mês. Bom, eles querem que eu seja a estrela de um sitcom. Seria sobre uma atriz que já... passou um pouco do apogeu, digamos, mas ainda está batalhando para fazer sucesso como atriz. O resultado é que ela faz uns bicos doidos, como um comercial fantasiada de frango, esse tipo de coisa. Parece que vai ser bem divertido. E eles querem que todos os episódios tenham a participação especial de alguma atriz que já foi popular um dia. Sabe, tipo alguém que teve um programa de sucesso há quinze anos e ninguém mais ouviu falar.

— Não é uma maravilha? — pergunta Barb novamente.

— Viajo pra gravar o piloto em setembro. Vão lançar o programa em fevereiro bem na época boa de conseguir anunciantes. Estou tentando não me animar demais, mas é tão maravilhoso ter a chance de atuar de novo.

Minha boca fica seca.

— Parabéns, Claudia.

— Tem um exemplar da revista na mesinha de centro, caso te interesse.

— Ah, tá bem.

Minhas mãos tremem quando abro a revista e procuro a página da matéria.

Atriz recomeça a vida como mulher de negócios

O sucesso não veio da noite para o dia para Claudia Merrill, mas parece que o fracasso, sim.

Merrill interpretou vários pequenos papéis em filmes e programas de TV, do fim da adolescência até os seus vinte e poucos anos. Em 1986, quando tinha apenas 24, teve sua grande oportunidade. Protagonizou o filme *Tornando-se*, um sucesso instantâneo de bilheteria. Por algum tempo, Merrill esteve no topo do mundo.

Mas isso não era tudo o que o destino guardava para ela. Quando parecia que ela ganharia o jogo, ele foi cancelado por causa do mau tempo.

Numa série de escolhas infelizes — de Merrill e de sua empresária, April Cooney —, os três filmes seguintes foram fracassos de bilheteria. Os produtores começaram a se perguntar se Merrill havia perdido o que era preciso para atrair o público. Em meio a tudo isso, o marido a havia deixado — com dívidas consideráveis.

Quando os papéis pararam de ser oferecidos, Claudia Merrill ficou tão deprimida que chegou a pensar em suicídio.

"Fui atriz minha vida inteira. Um dia o dinheiro acabou, eu não conseguia trabalho, meu marido havia me deixado, eu senti que minha vida tinha chegado ao fim. É muito difícil ser atriz aos trinta. Os papéis somem; Hollywood não quer nem saber de você."

Mas Merrill não desistiu. Depois de anos de luta, ela encontrou um novo papel para si mesma: o de empresária bem-sucedida. É o melhor personagem que ela já interpretou.

Merrill abriu sua própria empresa, Prima Facie, há mais de um ano. A empresa de consultoria ajuda homens e mulheres de negócios a se vestirem para o sucesso.

"Estudos mostram que pessoas bonitas alcançam o sucesso mais rápido do que pessoas simples. Gostando ou não, suas roupas e sua aparência são parte importante na hora de fazer uma venda ou conseguir uma promoção. Mas a maioria das pessoas não sabem que cores e estilos lhes caem bem. É aí que eu entro. Em geral, trabalho com uma pessoa de um dia a uma semana. Começo indo ao escritório e vendo como é o ambiente. Tanto o ramo no qual trabalham quanto o lugar do país são relevantes na hora em que faço minhas recomendações. Não vou dizer a um sujeito que trabalha numa agência de publicidade em Nova York, por exemplo, para se vestir de forma conservadora — isso o afastaria dos colegas de trabalho. O chefe iria pensar que ele não tem criatividade para inventar coisas novas. Da mesma forma, eu não diria a uma mulher que trabalha com marketing em Denver para usar salto alto. O Oeste é muito mais descontraído que o Leste. Uma mulher que usasse salto alto seria vista como alguém ligada demais à aparência, superenfeitada, e não como alguém com os pés no chão. O que interessa é a percepção."

Quando ela compreende o trabalho do cliente, examina o guarda-roupa junto com ele e lhe diz o que deve sair e o que deve ficar. Depois, compram roupas, sapatos e/ou acessórios novos. "Dou conselhos sobre cortes de cabelo. Ajudo as mulheres a escolherem a maquiagem certa para seu tom de pele. Não dá para transformar um sapo em príncipe, mas chego bem perto. Além disso, empresários ocupados não conseguem acompanhar as revistas de moda. Eu consigo. Tenho alguns clientes que me encontram todo ano para que eu atualize o armário deles e mantenha-os na moda."

Além da consultoria, Claudia tem uma coluna de moda na sofisticada revista *Cores Locais,* de Denver. Claudia também é membro do conselho diretor da Able Technologies, uma das maiores empresas de telecomunicações do mundo...

Isso só pode ser uma brincadeira. Ela faz parte do conselho? Isso é ridículo. Ela não tem nenhuma experiência nos negócios. Cacete, como ela foi parar no conselho diretor?

Ai, meu Deus — papai. Papai deve ter dado um lugar a ela. Não faz sentido. O conselho é formado por empresários extremamente bem-sucedidos — com MBA e anos de experiência que ajudam a empresa a tomar decisões estratégicas. Incluir uma atriz desempregada nesse grupo é totalmente absurdo.

Não consigo terminar de ler o artigo. Deixo a revista na mesa.

— Que ótimo, Claudia. — Sinto que o chão está se abrindo embaixo dos meus pés; estou pisando em areia movediça. — Eu tenho que ir lá pra cima e me arrumar. — Sinto-me uma marionete; alguém está fazendo minha boca abrir e fechar e forçando as palavras a saírem, mas não tenho absolutamente nada a ver com isso.

Tento atravessar a sala e subir as escadas com pernas que não têm ossos nem músculos, instáveis como uma geleca.

Chego à minha cama e me concentro em inspirar e expirar, inspirar e expirar. Não posso ficar nessa casa junto com ela.

Tremendo, pego o telefone e ligo pro Owen.

— Olá, Owen, você tá ocupado?

— Não, tô só de bobeira.

— Eu preciso sair. Eu preciso muito sair e me distrair. Quer sair comigo pra dançar?

— Ótimo. Tem alguma coisa errada?

Expiro.

— Eu te conto quando te encontrar.
— Combinado. Eu te pego em uma hora, mais ou menos.
— Ótimo. Até já, então.

Passo a hora seguinte me arrumando e andando de um lado para o outro. Sento-me à minha escrivaninha, passo delineador nos olhos, depois me levanto num salto. Ando até meu closet, mudo de idéia e vou até a caixa de jóias na penteadeira, ponho relógio e brincos, depois vou de novo até o closet, mas esqueço o que queria pegar.

Não acredito que papai a tenha colocado no conselho diretor. Isso é muito pior do que só comê-la. Isso significa que ele a leva a sério.

Sento-me à escrivaninha me sentindo confusa e impotente. Eu quero *fazer* alguma coisa. Mas o quê?

Leva algum tempo até eu identificar o barulho como uma batida na porta.

— Helaina? É Maria.
— Ahn? Humm, sim?
— Owen está aqui.
— Ah. Obrigada.

Tonta, pego minha bolsa. Desço as escadas correndo. Assim que vejo Owen, meu coração fica mais leve.

— Ei, linda.
— Oi.
— Então, aonde você quer ir?
— Sei lá. Você é quem sabe. Qual é seu lugar preferido pra dançar?

Ele reflete por um instante.

— Você prefere ir ao Epic ou ao Turnsol?
— Tanto faz. Você escolhe.
— Ai, gatona, você é impossível.

Ele me leva ao Turnsol. Ainda é cedo, então está quase vazio, mas não me importo por sermos só Owen e eu na pista de dança. Ele também não parece ligar para isso. Embora esteja totalmente sóbria, enlouqueço e, em alguns minutos, já estou suando.

Owen é um ótimo dançarino.

— Você é um homem de muitos talentos — digo-lhe.
— O quê?!? — grita ele.

— Você dança muito bem!!! — berro, enunciando com clareza para que ele leia meus lábios. — Adoro homens que não têm vergonha de requebrar na pista!

Não tenho certeza se ele entendeu tudo o que eu disse, mas ele faz que sim e sorri.

Pouco a pouco, a pista vai ficando cheia.

Não me lembro qual foi a última vez que saí para dançar sem beber. Na verdade, nem sei se já saí para dançar totalmente sóbria. Gostei. Gosto de estar alerta o suficiente para ser capaz de observar as pessoas ao meu redor.

Owen e eu paramos algumas vezes para descansar e tomar garrafas e mais garrafas de água, mas, exceto pelas pausas de dez minutos aqui e ali, nos acabamos na pista até uma hora da madrugada. Alterno entre fechar meus olhos e me perder no anonimato da multidão de corpos balançantes, meu corpo se movendo com a música sensual e pulsante, e observar as pessoas à minha volta. Os bons dançarinos. Os desajeitados. As pessoas que estão fazendo todo o esforço possível para parecer alternativas ou sexies.

Apesar de estar exausta e melada de suor, quando chegamos em casa, ajo como uma psicopata estrela pornô, arrancando as roupas de Owen e o empurrando para a cama.

Depois, após tomarmos fôlego, digo:

— Meu dilema é o seguinte: estou suada, fedorenta e louca por um banho, mas também estou exausta e não tenho energias pra me mexer.

— É, eu queria que alguém escovasse meus dentes pra mim.

Não nos mexemos. Continuo deitada em seus braços, minha cabeça em seu peito, e durmo minutos depois.

Acordo antes dele. Ele fica tão angelical quando está dormindo...

Queria ter apresentado minha mãe a ele. Ela teria gostado muito dele. Queria ir encontrar com mamãe no café-da-manhã, talvez sair para tomar café com ela. Gostaria de conversar com ela sobre Owen. Queria perguntar a ela se acha que devo ficar em Denver e arriscar o trauma psíquico que papai e Claudia parecem querer me infligir, ou se devo voltar a Nova York e talvez perder Owen.

 Como é que posso me casar sem uma mãe? Quem vai me acalmar quando eu ficar nervosa antes de entrar na igreja? Quem vai me ajudar a escolher o vestido? Se Hannah e Marni forem procurar vestido de noiva comigo, sei que vou acabar com uma coisa super hiper fashion e avant-garde que provavelmente vai cair no meio da cerimônia. Se eu for com Kendra ou Lynne, vou acabar parecendo uma riponga com uma musselina barata caindo em cima de mim como uma nuvem cênica folgada de tecido. Mamãe seria a única que não iria me convencer a não usar o que eu quero, e sim me faria sentir que eu estaria tomando a decisão certa.

 Quero que mamãe esteja aqui quando eu fizer meu primeiro filme. Quero perguntar-lhe se vai fazer chuva ou sol. Quero minha mãe de volta.

Capítulo 13

Quase consigo tirar a cerimônia de premiação de minha mente até a manhã do evento, quando acordo assustada e me lembro de que será esta noite. Fico ansiosa, meu coração está tão acelerado que chega a doer. Parte de mim quer simplesmente não aparecer, mas outra acha que o evento me dará algum tipo de oportunidade, apesar de não saber exatamente qual.

Visualizo-me indo à cerimônia e, sem querer querendo, fazer Claudia tropeçar ao se levantar para receber o prêmio. Quero fazer a coisa de forma tão desleixada e hábil que ninguém notará que foi intencional. Imagino-me derramando drogas psicodélicas na taça de vinho dela e vendo-a proferir um discurso de agradecimento doidaço perante centenas de pessoas. Sei que são pensamentos bobos e que nunca os levaria adiante, mas quero fazer *alguma coisa*.

Owen nota minha ansiedade assim que entro no escritório.

— O que aconteceu? Você está parecendo nervosa — pergunta ele.

— Acho que tomei café demais de manhã. Isso me deixou um pouco irrequieta. O que foi? Por que você está me olhando desse jeito?

— Li o diário — conta Owen.

— O que você achou?

— Acho que seu pai e a Claudia trataram sua mãe de uma forma desumana. Acho que chegou uma hora que sua mãe perdeu as estribeiras. Ela deixou de acreditar em si mesma.

— Bom trabalho do papai e da Claudia.

— Você conhece bem seu pai e a Claudia? Acho que eles não tentaram machucar sua mãe de propósito. Acho que é assim que eles são.

— Então porque eles são manipuladores e egoístas por natureza, devemos deixá-los fora dessa enrascada?

— Eu só acho que você devia tentar ver as coisas da perspectiva deles.

— Me desculpe, mas estou ocupada demais tentando ver as coisas da perspectiva da minha mãe.

— Você está brava comigo?

— Não. Só acho que você deveria me deixar ficar com raiva.

— Se você deixar emoções negativas crescerem dentro de você por muito tempo, elas vão te destruir.

— Preciso de mais tempo. — Levanto-me.

— Aonde você vai? — pergunta ele.

— Preciso de mais café. Não tenho dormido muito bem ultimamente.

— Nem imagino o motivo — Owen brinca. Mas estou irritada com ele e não acho graça.

Na cozinha, há quatro pessoas matando trabalho, conversando sobre a cerimônia de hoje à noite. O Barba de Bode levanta a mão na horizontal, com a palma para cima, como se estivesse segurando a base do prêmio, e a outra mão um pouco arredondada, como se segurando a estatueta.

— Eu queria agradecer à equipe da *Cores Locais*, que tornou isso possível, em especial Jill Henderson, que, na verdade, escreveu a coluna.

Há mais piadas, mas percebo que ninguém (além de mim) realmente se importa com o fato de ela ganhar, pois qualquer notoriedade será boa para a revista.

Volto à minha mesa, mas não tenho trabalho algum a fazer. Envio e-mails para meus amigos de Nova York, visito todos os sites e todas as páginas de notícias de cinema imagináveis e olho para o relógio a cada onze segundos.

Decido procurar endereços de lugares para onde posso enviar meu filme. Meu entusiasmo inicial por mandá-lo para festivais de cinema meio que morreu depois que o mostrei a papai. Não quero me humilhar perante os manda-chuvas da indústria cinematográfica, mas por outro lado, se eu não tentar, nunca vou construir uma carreira. Concluo que não faz mal algum catar os nomes e endereços de algumas produtoras para que eu possa mandar o filme quando tomar coragem.

Depois do trabalho, percebo que não tenho nada para vestir na festa de premiação — nada que caiba em mim, de qualquer forma. Eu poderia muito bem vestir algo que fique folgado em meu corpo, mas acho importante estar bonita esta noite. Preciso de toda autoconfiança que possa reunir.

Vou a lojas num bairro chique de Denver, chuto qual tamanho estou vestindo hoje em dia e abro caminho em direção ao provador. Mesmo sendo um número abaixo do que uso normalmente, o vestido fica como um saco de batatas. Quantos quilos perdi? Preciso começar a comer de novo. Estou sumindo. Bom, graças a Deus existe o Wonderbra.

Visto-me novamente e saio do provador. Seleciono alguns vestidos de diferentes números pequenos, já que não tenho mais nem noção do que me serve hoje em dia. Acho um vestido preto de seda. É um modelo original de Niki Dresden, uma estilista de Denver que vende as roupas que faz exclusivamente em lojas pequenas como essa. O vestido é quase lindo demais para ser usado. Só quero admirá-lo com veneração e acariciar sua suavidade com reverência, mas o visto de qualquer forma. Ele revela minhas costas, ombros e braços, e cria a ilusão de que tenho seios. É clássico e casualmente elegante. Sinto-me bonita com o vestido (exceto pelos meus braços ossudos e finos, que estão estilo Calista Flockhart demais), então eu o compro, junto com meias-calças pretas de náilon ridiculamente caras. Tenho sapatos pretos de salto alto perfeitos que comprei sob a influência de Hannah no feriadão de Natal e nunca usei.

Quando chega para me pegar, Owen me diz várias vezes o quanto estou linda.

— É a centésima vez que você me diz isso. Esses elogios todos vão me subir à cabeça — repreendo, embora esteja lisonjeada com os comentários.

Papai e Claudia saíram antes. Owen pede a Maria que tire uma foto nossa. Ela gasta quase um rolo inteiro de vinte e quatro poses.

— Estou me sentindo como se estivesse indo pro meu baile de formatura do segundo grau. Já chega! — peço.

— Ninguém na minha faculdade vai acreditar que eu namorei uma garota tão linda e tão rica, quero provas — diz Owen. — Agora diga "xis".

Finalmente saímos e chegamos ao salão de baile do hotel onde a cerimônia acontecerá. O salão está decorado com enfeites em vermelho e dourado, com o teto tremendamente abobadado e vários candelabros gigantes que parecem capazes de matar algumas dezenas de pessoas, caso um deles caia de onde está pendurado.

Faltam vinte minutos para a hora do coquetel acabar. Pego um drinque para mim e outro para Owen, depois vou para a mesa que nos foi designada. A mesa de papai, Claudia e Polly é praticamente do outro lado do salão. Owen está conversando sobre banalidades com um casal mais velho que está na mesma mesa que nós. Há algo nesse salão que torna a respiração difícil. Sua própria amplitude de algum modo me deixa com claustrofobia.

— Owen, vou lá fora rapidinho pra respirar ar fresco.

Ele assente.

— Está bem.

Vou ao terraço. Está escuro. O céu está cheio de estrelas tremeluzentes como os candelabros do salão. Um homem de meia-idade bem-vestido chega ao terraço ao meu lado.

— Boa-noite.

— Oi.

— Wayne Hammond.

— Prazer em conhecê-lo. — Estendo a mão. — Helaina... — Não sei qual sobrenome usar. Ele pode conhecer o "Merrill" por causa de Claudia. Ele definitivamente conhece o nome "Denner". Em vez disso, digo: — Estou estagiando na *Cores Locais* nessas férias, escrevendo as críticas cinematográficas, fazendo o calendário, essas coisas.

— Ah, você está gostando?

— Não sei. Acho que estou aprendendo muito sobre como funciona o mundo real.

— Como assim?

— Tipo, digamos, o quanto a administração da revista é incompetente.

— Como assim?

— Tipo minha chefe, ela chega tarde e sai cedo. Ela nem sabe o que está acontecendo. Toda vez que tenta gerenciar alguma coisa, sai pior do que seria sem ela. Pelo que sei, ela só chegou onde está porque se casou com o cara que dirige tudo ali. Mas ela tem duas ótimas editoras sênior; as duas fazem com que tudo dê certo apesar dela. Elas são muito boas, mesmo. Mas trabalham demais e ganham de menos, isso eu te garanto. Além disso, acho que a política editorial da Polly realmente impede a revista de chegar aonde poderia. Ela mantém tudo tão morno que não tem muita disposição. Eu acho mesmo que a revista poderia atingir um público mais amplo se fosse mais ousada. A revista tem a profundidade de um corte de gaze.

— Interessante — diz ele.

— É, e ainda tem o problema das moscas. É nojento. Nós já chamamos a manutenção e eles só deixaram uma fitas antimoscas pra que a gente possa assistir a hordas de insetos morrerem lentamente, são mortes horríveis. Tudo o que posso dizer é que fico feliz de ser só um estágio, e não minha vida real.

Alguém sobe ao palco e pede a todos que achem seus assentos. Digo a Wayne que foi um prazer conhecê-lo e volto à minha mesa, lá onde Judas perdeu as botas. O mestre-de-cerimônias, um homem alto de cinqüenta e poucos anos, começa a anunciar os prêmios para diferentes categorias: reportagem especial, cobertura de notícias, melhor investigação jornalística local. Isso continua ininterruptamente até chegar à melhor coluna. Há cinco pessoas concorrendo ao prêmio. Quando ele diz "Claudia Merrill" e ela se levanta e acena como uma Miss América, tenho vontade de gritar. Então, quando ele anuncia a vencedora, e é Claudia Merrill, e ela sobe ao palco usando as jóias de minha mãe e um vestido caro pago por meu pai e expressa sua gratidão a Gary Denner por toda a ajuda, à Polly Kirkland por ter lhe dado essa oportunidade, e a outras zilhões de pessoas —

mas não à minha mãe —, penso que não vou mais conseguir manter a compostura. Tenho vontade de me levantar e gritar: "Ela é uma fraude! Ela nem escreve a coluna!"

Por um segundo me imagino fazendo isso, realmente fazendo. Posso até imaginar as expressões de horror no rosto do público. Mas não demoliria Claudia, só achariam que sou uma jovem desajustada, amargurada com a morte de minha mãe e com inveja do sucesso de minha tia.

— Você está bem? — pergunta Owen, sussurrando.

— Estou de saco cheio de todo mundo ficar me perguntando isso o tempo todo!

— Acho que isso já responde à minha pergunta.

— Vamos embora, por favor?

— Agora?

— Por favor?

— Eu deveria ficar até a premiação terminar; dar os parabéns a Polly e Claudia.

— Te espero no carro. — Afasto minha cadeira da mesa e, com um suspiro, Owen me segue.

Quando chegamos em casa, digo a Owen que prefiro que ele não entre, pois quero ficar sozinha. Entro no meu quarto e caio na cama ainda vestida, as lágrimas rolando pelo meu rosto.

Quando acordo de manhã, demoro alguns instantes até me lembrar da razão pela qual me sinto presa dentro de uma nuvem negra. Então me lembro. Deito-me na cama com o cenho franzido, desejando que haja algo que eu possa fazer para honrar minha mãe. Todo mundo tem agido como se ela nunca tivesse existido. Mas o que eu poderia... Não sou boa em nada. O que fiz da minha vida? Fiz um curta decente...

Tenho uma luz... um pensamento vago. Será que eu poderia fazer um filme sobre ela? Sento-me. Talvez eu possa escrever um roteiro. Talvez possa intitulá-lo *A esposa do executivo*. O filme mostrará ao mundo a mulher incrível que minha mãe era e que tipo de pessoas papai e Claudia são de verdade. Não vai ser um documentário, nem nada disso; vou fingir que é ficção, mas os críticos, os jornalistas e o público vão saber quem é meu pai. Eles vão saber que minha mãe morreu em circunstâncias misteriosas e que Claudia morava conosco, e vão especular que o filme se baseia em histórias reais de minha vida. Haverá rumores em abundância, e o mundo finalmente saberá quem Claudia Merrill é de verdade.

Pego um caderno e uma caneta. Por onde começar? Merda. Não consigo pensar direito.

Vai ser sobre o quê? Talvez possa ser que nem *O clube das desquitadas*. As mulheres de tudo quanto é lugar vão se identificar com o marido cúmplice, a amiga/irmã traidora, os sacrifícios que passaram despercebidos. As pessoas vão rir, vão chorar. Não vai ser um filme-cabeça. Não pode ser. Ele precisa atingir um público o mais amplo possível. Não vai ser meu filme ganhador de Oscar. Não precisa ser.

Por enquanto, só preciso descobrir como começar o maldito roteiro. Pego um dos meus livros sobre como escrever roteiros. Leio cerca de trinta páginas, depois pego o caderno e escrevo: "Fade in."

Redijo pedaços aleatórios de diálogos durante umas duas horas. Não tenho ilusões de que será fácil ou de que o primeiro esboço (ou mesmo o décimo ou o vigésimo) será bom, mas tenho que começar de algum ponto.

Capítulo 14

Marni me liga de tarde e pergunta se não quero encontrar-me com ela e Hannah para tomarmos uns drinques.

— Cadê o Jake?

— Ele tem uma festa de aniversário com uns amigos dele.

— Ah, tá — replico. Sempre achei Jake um garoto legal, mas ele é do tipo que não abre a boca até te conhecer muito bem. Marni já me disse que ele é muito engraçado e tagarela, mas apenas com ela. Acho que acredito nela, mas às vezes tenho a impressão de que deu a louca em Marni e ela começou a namorar um amigo imaginário, alguém que só ela pode ver e conhecer, só ela.

— A gente se encontra no Tin Man às quatro.

— Ótimo. — Ponho o telefone de volta na base. Será bom para mim sair e me divertir com minhas amigas... vai me inspirar artisticamente, com certeza.

Quando chego ao bar, Hannah já chegou, está lendo o jornal.

— Oi. — Sento-me diante dela. Atrás de Hannah há uma mulher mais velha sentada com uma xícara de chá, mas fora isso o bar está deserto a essa hora do dia.

— O que você está fazendo? — pergunto.

— Tá sabendo que Lana Garnand foi acusada de matar o marido? — pergunta. Lana é uma ex-atriz, como Claudia, e as duas têm mais ou menos a mesma idade.

— E — continua Hannah — de acordo com uma matéria da *Enquirer*, Lana é necrófila.

— A *Enquirer* é conhecida por ser uma fonte jornalística confiável, então com certeza devemos levar as acusações muito a sério.

— Ouve só isso. "Após ser vítima de assédios sexuais quando criança, Lana prefere ter relações sexuais com alguém que possa controlar. Segundo o dr. Vance Hardwig*...

— Dr. Vance Hardwig? Cê tá brincando? Que espécie de nome é esse? Onde é que alguém...

— A total submissão de um cadáver pode ser um fator excitante para algumas pessoas. A notória necrófila Leilah Wendall, autora do livro *Necromancia*...

— Ai! Ai! Pára! Eu não agüento mais. Eca, eca, eca.

— O que eu quero é...

— Me torturar, obviamente.

— É dizer que, se Lana realmente é necrófila, talvez seja por isso que ela matou o marido. Ela *é* excêntrica, afinal.

Olho para a delicada senhorinha que está sentada ao meu lado, mirando-nos com olhos esbugalhados de horror. Ofereço-lhe um sorriso cordial e volto minha atenção para Hannah.

— É a pior motivação para um assassinato que já ouvi na vida.

— Muitos assassinos guardam cadáveres pra transar com os corpos. Ed Gein, o cara no qual o filme *Psicopata americano* é baseado, Ed Kemper, Ted Bundy, aquele canibal russo...

— Tá, tá, ok, já entendi.

Hannah volta a ler o jornal.

— Sua carreira começou quando ela tinha dezessete anos, com o popular sitcom de 1975, *The New Kid in Town*. Quando o sitcom saiu do ar, em 1980, Garnard sumiu, aceitando pequenos papéis aqui e ali. Ela foi à falência em 1984, e apareceu nos jornais várias vezes seguidas em 85, primeiro quando foi achada perambulando nua em um subúrbio de Los Angeles, mais tarde concluiu-se que ela havia usado cocaína, e depois quando ela bateu com o carro numa

---

* Hardwig: Peruca dura, peruca firme.

cabine telefônica e, conseqüentemente, foi mandada para a reabilitação. Nem um pio sequer foi ouvido de sua boca até 1990, quando conseguiu um papel no filme independente *As coisas que esquecemos*, que lhe brindou com a indicação à melhor atriz coadjuvante. A agitação do Oscar logo revitalizou sua carreira e ela conseguiu fazer algumas participações especiais em programas de TV e um outro papel pequeno num filme aclamado pela crítica. Nos anos seguintes, ela se tornou a personalidade preferida dos tablóides, ficando atrás só de Michael Jackson, graças à sua excentricidade. Ela coleciona obras de arte funéreas...

— O que isso significa?

— É coisa tipo lápide, urnas, estatuetas. Mas também é, tipo, sabe, um cemitério da era vitoriana é diferente de um cemitério europeu moderno. É gostar de cemitérios vitorianos em vez de, sei lá, arquitetura vitoriana.

— Daí as acusações de necrofilia.

— Hã-hã.

Sinto-me um pouco culpada de ficar falando sobre essa mulher que nem conhecemos, mas, ao mesmo tempo, é bem divertido. Lana é linda e rica e pelo menos um pouco famosa. Quem sabe provavelmente sua equipe de relações públicas não tenha inventado as acusações de necrofilia a fim de trazer seu nome de volta às manchetes e revitalizar sua carreira? Embora eu creia que as acusações possivelmente não tenham fundamento, é divertido brincar com a idéia de que ela é tão excêntrica assim. Isso também me faz pensar em Claudia — talvez alcançar a fama tão jovem e depois sair dos holofotes cause algo nas pessoas.

— Oi, pessoal, desculpa, estou atrasada. — Marni atira sua bolsa Kate Spade na mesa e puxa uma cadeira. — O que eu perdi? Quais são as novidades?

Hannah dobra o jornal que estava lendo, já entediada com as fofocas do dia. Conto a elas que Claudia ganhou o prêmio e que foi chamada para interpretar um papel na TV.

— Não?!?!? — sibilam Marni e Hannah em uníssono, demonstrando o nível de ultraje que eu esperava. — Que coisa mais injusta!

— Me conta isso direito.

Amo o fato de que ambas, de cara, detestam Claudia, apesar de nunca a terem conhecido. É importante ter amigos que tomam seu partido independentemente de qualquer coisa. Não suporto aqueles amigos que te encorajam a ver as coisas da perspectiva do outro. Sério mesmo. Às vezes a pessoa simplesmente precisa ficar pê da vida.

Pedimos uma rodada de Bushwhackers, um drinque enganosamente inócuo — é cheio de frutas e bem doce e vem com guarda-chuvinhas. Ele desliza pela garganta que nem Ki-suco.

Depois de uns três goles, estamos prontas para ficar bêbadas, e então dois garotos inacreditavelmente gatos se aproximam e se apresentam para nós.

— Eu sou o Chris, esse é o Kai.

Olho para trás, tentando achar as mulheres com quem eles queriam realmente falar. Acho que Hannah está acostumada a ser cantada por homens bonitos, mas eu em geral só tenho que evitar os típicos bajuladores que usam a tática espaguete-na-parede: eles despejam um monte de cantadas ruins para ver qual cola. Então, quando um bonitão de carne e osso se aproxima, acho difícil acreditar que seus olhos estão voltados em minha direção.

Quando tento melhorar a situação, o que não acontece com freqüência e, certamente, não nesse momento, consigo me fazer passar por "tesuda". Isso requer uma enorme quantidade de delineador e rímel e muitas camadas de batom vermelho. A melhor descrição para meus penteados é animal-selvagem-torturado-até-ser-domesticado até o instante em que saio do banheiro, aí ele vira um cachorro que salta para cima do sofá assim que o dono sai de casa — ele sabe o que deve fazer, mas não o faz. Não sou bela por natureza, é isso que quero dizer.

Kai é um louro nórdico, o que em geral não faz meu tipo, mas, como Chris começa a conversar com Hannah, Kai se senta ao meu lado e me diz que trabalha no ramo de restaurantes. Eles nos pagam outra rodada de drinques.

Enquanto converso com ele, começo a sentir falta de Owen. Kai é fofo, mas não é Owen, só isso. Estou confusa por causa do álcool, então quando ele pressiona os lábios contra os meus, minha reação é demorada e levo alguns longos segundos até afastá-lo. Imediatamente, meu coração começa a martelar e olho o bar inteiro, repentinamente temerosa de que alguém que conheça Owen tenha me visto e vá contar a ele o que aconteceu. É assim que todos os aspectos de minha vida têm sido ultimamente — tenho andado por aí numa névoa, indistinta e inútil. Parece que não tenho controle sobre nada em minha vida.

— Kai — digo eu, afastando-o. — Estou saindo com uma pessoa. Sério mesmo, eu só vim aqui hoje pra me divertir com as minhas amigas.

Ele sorri.

— Desculpa. Vou te deixar em paz. E aí Chris?

Chris, que estava contemplando os olhos de Hannah, ergue os olhos.

— Seus namorados não precisam ficar sabendo.

— Ela está certa, a gente só veio aqui pra se divertir entre amigas — explica Hannah sem nenhum sinal de arrependimento.

— Caso vocês mudem de idéia, aqui está meu cartão. Me liguem. — Chris põe um cartão de visitas na mesa com tanta agilidade quanto o faria um mágico com um baralho.

— Bom, eles eram bonitinhos — comenta Marni, olhando enquanto se afastam.

Dou de ombros.

— Você não gostou do Chris? — pergunto a Hannah.

— Olhe só pra eles. — Ela anui na direção dos caras. Já estão conversando com outras duas garotas. — São uns galinhas. Totalmente galinhas.

É estranho — na verdade, estou magoada porque estão cantando outras mulheres. Apesar de estar namorando outra pessoa e de só ter tido umas conversas de bêbados e alguns beijos confusos com ele, quero acreditar em amor à primeira vista, atração e compromisso. A idéia de que o sexo pode ser tão descompromissado e superficial me machuca, por algum motivo. Talvez, percebo, seja por isso que a coisa toda do papai e de Claudia me dói tanto — eles não estão me deixando crer que o tesão, a atração e o amor possam durar por vinte anos de casamento. Eu quero muito acreditar nisso.

— Meninas, vocês já fizeram sexo anal? — indaga Hannah.
— Não. Ai! Você já? — retruca Marni.
— Já tentei uma vez. Doeu. Não foi lá muito bom.
Elas olham para mim.
— De jeito nenhum.
— O que eu acho é: por quê? Há outra entrada ótima logo ali — diz Marni.
— É isso aí, menina — concordo.
— Sabe, tenho pensado na possibilidade de sossegar. — Hannah escava a bolsa, procurando o maço de cigarros.
— Quê? Você? — Fico pasma. Ponho minhas mãos em forma de L em torno de meu rosto, como se o estivesse emoldurando. — Essa é a expressão que faço quando estou em dúvida. — Levanto a sobrancelha. — Se vocês um dia quiserem saber como é que eu fico quando estou achando difícil acreditar numa coisa, é exatamente assim que eu fico.
— Sério, Han, ela está querendo nos falar uma coisa séria.
— Bem, é o seguinte. Vocês sabem que já dormi com minha quota de homens.
— Ahã, ahã — Marni e eu concordamos em uníssono, assentindo.
— E com cada um deles você faz aquela série de perguntas, "do que você gosta?", "do que você não gosta?", quando você está nua na cama. Estou achando difícil não confundir as coisas. Tipo, meu ex adorava quando eu lambia o saco dele. Todd berra e se contorce toda vez que me esqueço de que ele sente cócegas no saco. Não é esse o efeito que quero causar em alguém com quem eu esteja na cama. Só quero ficar com um cara tempo suficiente para me lembrar se ele gosta que lambam seu saco ou não.

Rimos e tomamos outro gole de nossos drinques. O papo continua assim durante grande parte da noite. Sabe como é, questões profundamente ímpares acerca dos mistérios da sexualidade humana, esse tipo de coisa. De vez em quando, olho Kai e Chris de relance. Eles fizeram parte de nossas vidas por menos de quinze minutos, mas algo na troca me incomoda. A cantada deles me faz recordar a forma como "cortejar" funciona durante o carnaval. Na vida real, talvez você consiga um abraço no primeiro encontro, um beijo no segundo, e sexo, se acontecer muito rápido, será no terceiro encontro. Mesmo quando se vai para a cama no primeiro encontro, em geral a pessoa passa a noite toda conversando com a outra antes de decidir ir para a casa dela. Mas no carnaval, a azaração é acelerada como o nascimento de uma flor desde a mudinha num vídeo com velocidade XX2, em que se pode ver um botão florescer por completo em dez segundos: os caras chegam em você, perguntam seu nome e de onde você é, e aí tentam enfiar a língua na sua garganta, como se as respostas a essas duas questões tivessem se mostrado tão perspicazes que agora os dois têm uma relação séria e podem começar a apalpação e o sexo.

Quando vejo Kai e Chris saírem com as mulheres com quem estavam batendo papo por uma hora, sinto um vazio dentro de mim. Tomo outro gole do drinque. Estou grata à paz nebulosa que ele traz, embora seja só temporária.

Capítulo 15

☆☆☆☆☆☆☆☆☆

O café do escritório é um tipo especial de inferno. É isso que penso enquanto me sirvo de uma necessária mas indesejada xícara, tentando misturar o tristonho creme pulverizado que nada tem a ver com leite. A única semelhança entre os dois é que ele também faz com que o café fique um pouquinho mais claro, e esse é o único motivo por que tento misturá-lo. Ergo o olhar para Owen, cujo rosto está deformado por uma expressão de frenesi.

— Você já está sabendo?

— Sabendo do quê?

— A Polly foi demitida. A Amanda e a Jill ganharam um aumento e tanto e foram promovidas a co-editoras-chefes.

— Você está brincando! O que foi que aconteceu?

— Um dos donos do grupo editorial, Wayne Hammond...

— Wayne Hammond?

— É, ele disse que queria controlar as coisas aqui mais de perto e que não estava satisfeito com o trabalho dela. O que é muito esquisito, se levarmos em consideração que a revista acabou de ganhar um prêmio. Bom, estou com tanta pena da Polly. Sei que ela não era uma ótima editora-chefe, mas não queria que ela fosse despedida. Vai ser impossível ela arrumar outro emprego como editora por aqui. Quer dizer, talvez como colaboradora ou jornalista júnior, mas nada que dê pra manter o estilo de vida que ela tinha. Ela terá que vender a casa. Nunca vai conseguir saldar as dívidas. Ela entrou mesmo pra lista negra por aqui. Ainda que ela se mudasse, não acho que iria conseguir as referências necessárias para receber uma proposta decente.

— Ai, meu Deus.

— A Jill gosta de você e de mim, então acho que ela vai deixar a gente ficar aqui até o fim das férias, mas não é nada garantido. — Ele faz que não com a cabeça. — Você está bem? Tá um pouco pálida.

— Ah... Eu estou muito surpresa. — Merda. O que eu fiz? Como consegui fazer com que essa mulher fosse demitida? O que ela vai fazer agora?

— Eu sei, eu também estou. Eles ligaram pra ela hoje cedo, depois o conselho se reuniu com a Jill e a Amanda. Isso aconteceu há coisa de uma hora.

Jill adentra a cozinha.

— Oi, pessoal. Vocês já souberam? — Assentimos. — Como sua madrasta está? — ela pergunta a Owen.

— Não sei. Ainda não a encontrei. Eu soube através das fofocas hoje de manhã.

— A gente vai chamar todo mundo para uma reunião às dez e meia na sala da diretoria.

Owen assente.

— Bom, parabéns, Jill, você merece.

— Obrigada. Você vai ficar bem?

— Estou surpreso. Mas vou ficar bem quando o choque passar.

Owen e eu voltamos às nossas mesas.

— Como você está? Tá parecendo muito chateada — diz ele.

— Estou chateada pela sua madrasta, só isso — explico. E se Owen descobrir que fui eu quem causou a demissão de Polly? Se eu não lhe contar, será a mesma coisa que mentir. Mas, se ele descobrir, será que vai terminar comigo? Ele é a única coisa boa que aconteceu na minha vida em muito tempo. Não sei se o amo, mas amo sua aparência, seu cheiro, a forma como ele me faz rir, como eu me sinto quando estou com ele... não posso perdê-lo.

Na reunião de equipe, o clima está mais para estupefação do que alegria. Embora Polly não fosse uma chefe muito querida, é difícil comemorar sua demissão — isso faz com que as pessoas pensem no quanto seus próprios empregos são descartáveis e frágeis.

Amanda conduz a reunião. Diz que, assim como todo mundo, ela ficou chocada com o que acontecera de manhã.

— As coisas não estavam perfeitas por aqui, e há muito o que melhorar, mas estamos numa boa situação. Ter ganhado o prêmio na sexta-feira à noite... — alguém lá atrás resmunga — só vai nos ajudar em nosso empenho para crescer e aumentar os lucros. Não quero que vocês pensem que a demissão de Polly é o início de uma demissão em massa. Isso não está nem perto de ser verdade. Vamos contratar outro redator, outro editor, e quando as férias acabarem e nós perdermos o Owen e a Helaina, vamos contratar outros dois estagiários para manter a carga de trabalho aceitável. Em termos de faturamento e de fluxo de trabalho, estamos em boa situação.

No trabalho, no dia seguinte, minha primeira pergunta a Owen é como está Polly.

— Nada bem. — Owen senta-se e liga o computador. — Você não me parece muito bem. Você está realmente bem?

— Não consegui dormir direito essa noite. — Não preguei os olhos. Sei que preciso fazer alguma coisa para ajudar Polly, mas não sei direito o que posso fazer. — Mas ela vai ficar bem, né?

— Uma hora vai. Vai levar algum tempo.

— Você sabe que eu posso emprestar dinheiro a ela...

— Helaina, é muito legal de sua parte, mas é sério, ela vai dar um jeito.

Nada muda no escritório nos dias seguintes, em termos de Owen e eu recebermos trabalho para fazer. Estamos entediados como sempre. O tédio parece uma forma particularmente cruel de punição, pois me deixa com muito tempo para me torturar por ter falado mal de Polly pelas costas. Por que é tão difícil ser um ser humano decente? Será que é difícil para todo mundo?

Tento pensar em alternativas de ajudar Polly. Minha primeira idéia é armar uma espécie de loteria falsa ou uma aposta em corridas de cavalos e simplesmente mandar para ela um cheque gordo o suficiente para cobrir um ano de salário, mas descarto a idéia por ser ridícula. A única forma de ajudá-la seria arrumar-lhe um novo emprego. Tenho alguns contatos em Nova York. Já conheci vários editores e jornalistas em eventos e festas. Durante o colegial, mamãe e papai me levavam a Nova York com freqüência para eventos com figuras da alta sociedade, e fui a algumas festas com Gilda, que conhece praticamente qualquer pessoa que seja alguém. Assim que ela me apresenta a alguém na indústria editorial como filha de Gary Denner, esse alguém quer ser meu melhor amigo. Talvez seja hora de usar o fato de ser filha de Gary Denner para mexer os pauzinhos.

— Helaina?

— Ahn? — Ergo os olhos e vejo Jill de pé diante de mim.

— A Amanda quer que você dê um pulinho na sala dela.

— Ah, claro. — Levanto-me e assim que começo a andar sei, simplesmente *sei*, que Amanda sabe que fui eu quem causou a demissão de Polly. Merda.

— Obrigada por vir, Helaina. Sente-se. — Eu me sento. — A Jill e eu passamos os últimos dois dias debatendo como será o próximo número. Fomos encarregadas de tornar a *Cores Locais* mais "ousada". Você acha que agüenta uma carga de trabalho mais pesada?

O quê? Ela vai me dar mais trabalho? Ela realmente não sabe nada a respeito de Polly?

— Humm, claro.

— Ótimo. Acho que tanto você como o Owen são redatores talentosos, e quero ampliar as atribuições de ambos. Vocês vão dividir a área de entretenimento. Vou determinar três perfis pra você fazer. Quero que cada um deles tenha umas oitocentas palavras. Podemos publicá-los a qualquer momento, mas quero que você já comece a trabalhar nesse. — Ela me entrega um *release*. — Um produtor vai começar a gravar um sitcom que será filmado em Denver. Quero que você descubra coisas sobre ele, o programa, por que motivo escolheram Denver, e quais são os desafios de ser um dos poucos programas de TV que não são gravados em L.A., Vancouver ou Nova York. Faça uma pesquisa, prepare suas perguntas e depois ligue para ele nesse número aqui. — Ela dá um tapinha no *release* que estou segurando. — Acha que dá conta?

— Sim, claro.

Ela me passa algumas informações sobre a banda da cidade e o restaurante local que ela quer que eu critique, depois retorno à minha mesa. O resto do dia passa voando, e eu não poderia estar mais feliz. Owen também recebe várias tarefas, e passamos a tarde em plena atividade.

Na quinta-feira de manhã estou sentada à mesa da cozinha tomando meu café com leite e comendo uma tigela de cereal quando papai entra correndo. Ele está com a pasta na mão e com um casaco esportivo jogado sobre os ombros.

— Oi, querida — diz ele. Ele põe o casaco sobre uma cadeira e se serve de uma xícara de café.

— Está indo viajar?

— San Francisco. Volto na segunda.

— A Claudia tem alguma viagem de negócios nesse final de semana?

Ele faz que não.

— Não que eu saiba.

Bebo um golinho do meu café com leite.

— Como você está, pai?

— Como assim?

— Só estou querendo saber como você está, como estão as coisas.

— O mercado de ações não está indo tão bem quanto há umas semanas. Quer dizer, isso estava pra acontecer, mas faz com que os investidores e os banqueiros fiquem tensos.

— Não era bem isso que eu...

— Foi ótimo conversar com você. Eu tenho que ir. Te vejo na segunda. — Ele me dá um beijo mecânico na testa e sai correndo.

Obrigada por me perguntar como estou, se estou gostando do trabalho, como estão as coisas com Owen.

Relaxe. Respire. Simplesmente relaxe...

* * *

Já que papai viajou, convido todo mundo para ir lá em casa na sexta-feira à noite, depois do trabalho. São mais ou menos onze horas e a galera está toda ali: Hannah e Todd, Marni e Jake, eu e Owen. Estamos sentados numa banheira quente, bebendo cosmopolitans.

— Estou com fome — comenta Hannah.

— Vamos pedir uma pizza — sugere Marni.

— Boa idéia, vou pedir uma vegetariana. O que vocês, carnívoros, vão querer? — indago.

— Meia calabresa — propõe Todd. — E meia lombinho canadense com pepperoni.

— Peço pra vir com um desfibrilador junto?

— Acho que Jake e eu vamos querer uma de mussarela mesmo. Talvez com tomates e champignons, se vocês quiserem — diz Marni.

— Não sou fã de calabresa — diz Owen. — Mas por mim pode ser uma só de pepperoni.

— Você já comeu *headcheese*? — pergunta Hannah a ninguém em especial.

— O que é *headcheese*? — retruca Marni.

Decido que já estou legal de banheira quente, então saio, me enxugo e visto meu robe curto de tecido felpudo. Ao fundo, ouço Todd definindo *headcheese*, e a conversa se torna uma discussão sobre os méritos relativos de foi gras e caviar.

Trouxe minha câmera de vídeo para cá mais cedo, pois pensei que devia gravar algumas coisas para me ajudar a recordar os dias de Owen, Hannah e Marni e dos meus vinte anos e de beber cosmopolitans demais. Vai ser divertido mostrar cenas do filme no casamento de Hannah ou de Marni, o quanto todos vão dar risadas, e o sucesso que vai fazer.

Ligo a câmera e ando em volta da banheira.

— Seis amigos, uma banheira quente, um estoque inesgotável de vodca. O que a noite nos trará? — pergunto.

— O próximo Steven Spielberg está trabalhando — diz Todd.

— Estava pensando mais em Ang Lee ou David Mamet — respondo.

— E a gente vai poder dizer que te conhecia nessa época — diz Hannah.

Viro a câmera para Marni e Jake.

— Então, conta pra gente, Marninha, quando você soube que era amor de verdade?

— Ele era o único judeu da escola; eu não tive escolha. — Ele faz cócegas nela e ela dá risadinhas.

— Acho que eu soube antes mesmo da gente sair juntos pela primeira vez — explica ela. — Nós ficamos tentando sair pra jantar e ir ao cinema, mas sempre acontecia alguma coisa, minha avó morreu e eu tive que ir ao velório em Wisconsin, depois ele torceu o tornozelo e teve que ir pro hospital, essas coisas loucas. Então a gente passou umas duas semanas só se falando por telefone, tentando ver quando poderia se encontrar, e nós sempre passávamos horas e horas conversando, nunca faltava assunto. Eu sabia que tinha encontrado minha alma gêmea.

— Alma gêmea, grandes coisas. E a pizza? Pensei que a gente fosse pedir pizza — lembra Hannah.

Estou prestes a dizer-lhe **para** não se preocupar, pois já vou pedir a pizza, quando um terrível som de metal se estilhaçando troveja no ar. Viramos em direção ao lugar de onde vem o barulho — a garagem. A parte da frente do Mercedes de papai está amassada como um acordeão contra o canto da garagem.

— Puta merda.

— Jesus.

— O que foi que aconteceu?

Não consigo ver o motorista dali, então corro pelo quintal até a entrada da garagem.

É a Claudia! Ela dá marcha à ré, endireita o carro e o joga de novo contra a parede.

— Puta merda — digo novamente.

Owen, Marni, Todd, Jake e Hannah vêm para trás de mim, enrolados em toalhas e ensopados.

— É a Claudia — digo a eles. — Venham. — Corremos para dentro de casa pela porta da cozinha e entramos na despensa. Fecho a porta.

— Shhh! — ordeno eu. Minha câmera ainda está gravando. Espio através da lente, por entre as frestas da porta. Claudia entra cambaleando, totalmente embriagada.

— Ela tá bêbada que nem um gambá — sussurro. Ela joga as chaves no canto da bancada; elas caem no chão. Claudia não as pega, ela tropeça pelas portas da cozinha até chegar à sala. Filmei tudo.

Mal posso esperar papai chegar em casa. Não preciso executar nenhuma vingança contra Claudia, afinal de contas. Papai tomará conta disso por mim.

Capítulo 16

Papai deve retornar de viagem hoje, então chego do trabalho pronta para ouvi-lo descarregar sua ira sobre a Claudia. Por volta das oito e meia ou nove horas, estou em meu quarto, tentando ler um livro, quando papai bate na porta do meu quarto e pergunta "Posso entrar?" em um tom que soa mais como "Abra essa porra dessa porta".

Destranco a porta e papai entra, furioso. Seu rosto está vermelho, as mandíbulas trincadas. Ele anda pelo quarto, gira abruptamente, me olha, olha para outro lado e começa a andar de novo.

— Eu estou tão decepcionado com você. Estou furioso com você.

Pergunto-me se papai já ficou sabendo do carro ou se isso tem a ver com a demissão de Polly ou algo do gênero.

— O que está acontecendo?

— Não me venha com essa. Não finja que você não sabe do que estou falando.

— Me desculpe, mas eu realmente não sei do que você está falando.

— Você tinha que pegar o Mercedes. Você sabe que esse carro significa muito mais pra mim do que todos os outros juntos. E aí você sai e bebe. Beber e dirigir, grande idéia, Helaina.

— Pai, não fui eu. Chamei uns amigos para virem aqui na sexta à noite. Tenho cinco testemunhas que podem atestar o fato de que não fui eu, foi a Claudia.

— Que interessante! A Claudia me disse que a responsável foi você.

— Você tá brincando?!? — Não há qualquer sinal de que ele esteja brincando. Seu rosto está carrancudo. — Eu juro, não fui eu. Foi a Claudia.

— Infelizmente, não acredito em você.

— Você não está falando sério, né?

— Você anda roubando garrafas de vinho da adega, você tem bebido sem parar ultimamente. Na verdade, estou até surpreso por isso não ter acontecido antes.

— Eu não sabia que não me era permitido pegar vinho. Posso pegar comida na geladeira, ou isso também é roubar?

— Não inverta as coisas. Eu fiz vista grossa por muito tempo. Vou te mandar pra uma clínica de reabilitação. Se não funcionar... — Ele faz que não com a cabeça. Não está olhando para mim, está olhando para o chão como se fosse achar ali a resposta de como lidar com uma problemática como eu. — Vou ter que ser mais duro.

— Mais duro do que me mandar pra reabilitação? Você vai me mandar pra uma prisão na Turquia, ou sei lá onde? Pai, que coisa mais doida, eu nem bati com o carro, foi a Claudia.

— Eu sei que você não gosta da Claudia, você tem sido rude com ela as férias inteiras. Ela é uma parte importante da minha vida e não vou deixar que você continue tratando ela assim. Vou pedir pra minha assistente procurar programas de reabilitação e volto a falar com você. É pro seu próprio bem.

Solto um riso meio abafado. Não consigo me conter, tudo isso é surreal demais.

— Vou ficar esperando com a respiração suspensa.

Papai sai do quarto irado, batendo a porta atrás de si.

Inacreditável. Puta que pariu. As lágrimas se precipitam em soluços extravagantes. Que babaca! Não dá para acreditar. Eu nem mesmo...

O vídeo! Esqueci do vídeo.

Considero a idéia de ir correndo até a sala ou seja lá onde papai estiver e mostrar-lhe o filme, mas não posso sair do quarto histérica e com o rosto manchado de lágrimas. Tenho que me acalmar.

Não acredito que ele acredite em Claudia em vez de acreditar em mim. Sim, acredito sim. Claudia lhe presta um serviço útil; eu sou só uma preguiçosa imprestável.

Um primeiro sinal de problema na minha vida e a solução dele é me mandar pra reabilitação.

Espera aí, papai não pode fazer isso comigo, pode? Sou uma adulta. Mesmo assim, só de ele querer, assim do nada. Se livrar de mim, me despachar.

Nunca senti tanta raiva de meu pai. Nesse momento, eu o odeio, odeio de verdade. Vou voltar para Nova York. Nunca mais vou falar com ele. Não que ele vá sequer perceber.

Não. Melhor ainda: se ele estiver fraudando, eu mesma vou achar as provas. Vou procurar nos registros dele. Vou entregar as provas à polícia ou ao FBI ou sei lá quem... e eu mesma vou ajudar a colocá-lo na cadeia.

Chego ao trabalho cedo no dia seguinte para usar a internet. Tenho computador e banda larga em casa, é claro, mas é provável que papai tenha aquele software que rastreia todos os meus movimentos.

A primeira coisa que faço é procurar o nome "Claudia Merrill" e aparecem dezenas de sites. Começo a ler. Algumas das informações são bem interessantes, aliás.

Reviro minha bolsa para achar o cartão de visitas de Gilda e envio-lhe um e-mail começando assim: "Lembra que você ficou me devendo uma? Bom, tenho um favor a te pedir que você pode até gostar de fazer." Copio o texto de alguns dos sites que visitei e alguns endereços adicionais. Gilda é uma garota esperta — ela vai captar a mensagem.

Em seguida entro no site da Able Technologies e leio as besteiradas marketeiras, a biografia dos executivos, a história da empresa, as informações a respeito das relações com os investidores.

História da Empresa

A Able Technologies, Inc. foi fundada por Gary Denner e Charles Sinha sob o nome de D-S Technologies, como uma empresa de informações e comunicações sediada em Boston, Massachusetts.

Quando a D-S mudou sua sede para Denver, Colorado, eles divulgaram que estavam mudando o nome para Able Technologies. Nos últimos anos, a empresa aumentou substancialmente sua ênfase e seus recursos devotados aos negócios de serviços de informações e comunicações. Com a aquisição da Avec Communications, a Able solidificou sua posição como uma das maiores prestadoras de serviços de informação no mundo.

— Você sabe alguma coisa sobre o mercado de ações? — pergunto a Owen quando ele chega ao trabalho.

— Um pouco. Por quê?

— Como é que ele funciona? Como você sabe que ações comprar e por que algumas ações valem mais que outras?

— Um monte de coisas influenciam, mas em geral o que acontece é que os analistas financeiros examinam as declarações de renda e os relatórios de vendas e das indústrias, e aí eles fazem projeções e recomendações com base nisso.

— Uma empresa poderia mentir e dizer que está indo melhor do que realmente está para elevar o preço das ações?

— Bom, sim e não. Há espaço pra criatividade, mas elas são legalmente obrigadas a relatar as perdas e a renda. Há uma certa liberdade de movimento de como e quando declarar esses custos e lucros. Tipo, vamos supor que a Microsoft tenha vendido $250 em softwares. Eles declaram que só ganharam $175 agora, dizendo que vão ter que oferecer suporte técnico para o produto mais tarde e, portanto, vão ter perdas depois. Ela está tentando fingir que ganha menos dinheiro por ano do que realmente ganha para não parecer que é um monopólio.

Passo várias horas lendo *Fortune* e *BusinessWeek*, examinando meses e mais meses de colunas e artigos antigos em que falam sobre as ações da Able e a indústria de telecomunicações em geral.

— Owen, vou fazer uma pausa pra almoçar. Talvez uma longa pausa. Preciso clarear as idéias — digo.

— Quer companhia?

— Se não tiver problema pra você, eu realmente prefiro ficar sozinha no momento.

— Sem problemas.

Vou de carro até a sede da Able Technologies. Sei que, se algo estiver acontecendo, vou descobri-lo no departamento financeiro e na contabilidade, então é para lá que vou.

O financeiro fica no 12º andar. Sei disso porque ia lá quase todo ano durante o colegial para o Dia do Desenvolvimento da carreira. Uma pessoa supermotivada do RH nos mostrava o lugar e falava das diferentes opções de carreiras e quais os diplomas e estágios necessários para ser bem-sucedido na área escolhida. Pessoas diferentes de departamentos diferentes se levantavam e falavam de seus trabalhos e do quanto amavam fazê-los.

Observo os homens em suas camisas brancas e gravatas, as mulheres em seus terninhos ou saias e suéteres sendo sacudidos junto. Todos parecem estar com muita pressa.

O que estou pensando que vou fazer? Ir andando até um computador sem dono e acessar o servidor? Sequer sei onde está o servidor — só ouvi essa expressão num filme. Preciso achar o Todd.

Não perambulo por muito tempo até encontrá-lo.

— Oi, tudo bem? — pergunto.

— Ei, menina. E aí? O que você está fazendo aqui?

— Você não vai acreditar nisso, mas na verdade vim aqui pra falar com você.

— Ah, tá bom.

— Não, sério. Queria que você me ajudasse numa coisa. Estou pensando em mudar de curso na faculdade, talvez administração, economia, coisa assim.

— Ah, *tá bom.*

— Tá, tudo bem. A verdade é que estou fazendo pesquisa pra um roteiro que estou escrevendo.

— Por que você não fala com o seu pai?

— Conseguir a atenção do meu pai por mais de três segundos é como tentar construir uma máquina que funcione eternamente. Ele é um homem muito ocupado. Isso não vai ser possível. Você é jovem, você é bacana, achei que poderia me ajudar a achar o que preciso.

— Vou ver o que posso fazer. Você está procurando o quê?

— Bem, vocês estão se preparando pro, humm, se chama declaração financeira do investidor, coisa assim?

— Declaração de faturamento?

— É, isso aí mesmo.

Ele dá um tapinha numa pilha enorme de papéis sobre sua mesa.

— É, sei tudo sobre isso. Quem me dera não saber!

— Então é uma coisa supercomplicada?

— Não se você souber o que está procurando.

— Bem, acho que essa é exatamente a minha questão. Se você fosse um investidor, como saberia o que procurar? Ei, sabe, quer ir almoçar comigo? Por minha conta. Eu imprimi algumas planilhas financeiras do site da Able, seria ótimo se você pudesse me ajudar a entendê-las, se me respondesse algumas perguntas.

— Claro. Sem problemas. — Ele sorri.

Descemos e entramos no meu carro. Enquanto dirijo até o restaurante, eu lhe pergunto novamente o que os investidores procuram numa declaração de faturamento.

— Bem, em geral os investidores não sabem o suficiente sobre essas coisas para ler a declaração. Investidores lêem publicações tipo o *Wall Street Journal* e vêem o que os jornalistas escreveram com base nos relatórios dos analistas financeiros.

Todd parece tão presunçoso e contente consigo mesmo que me pergunto por um momento se acha que estou flertando com ele ou algo do gênero.

— Estou muito feliz com o Owen, sabe — digo do nada.

— O quê?

— Só quero que você saiba que não estou te convidando pra almoçar por estar interessada em você. Só preciso saber como isso funciona.

— Não pensei que você tivesse qualquer motivo secreto.

— Ok — digo, ainda pouco segura.

Estaciono e nós dois andamos até o restaurante. É um lugar chique, com pouca luz e toalhas de mesa vermelhas e velas bruxuleantes.

Depois de fazermos o pedido, digo:

— Eu li uns artigos sobre como a Able fica acumulando dívidas comprando cabos de fibra óptica e que ela tem fluxo de caixa negativo, mas o preço das ações não pára de crescer. Não entendi.

Todd gargalha.

— Não posso te contar as especificidades financeiras da Able, mas posso te falar o básico de como essas coisas funcionam.

— Tudo bem, aceito.

Duas horas e dois martínis depois, Todd já havia respondido a muitas de minha perguntas e me dado um curso básico sobre investimentos. Ainda tenho mais perguntas do que respostas, tem tanta coisa que não sei, mas, para o que preciso, não há necessidade de ser uma especialista. Só preciso de ajuda para colocar um especialista na direção certa.

Depois de deixar Todd, volto ao escritório e entro na fortune.com. Após procurar um pouco, acho um colunista que escreveu recentemente um artigo mordaz acerca do preço supervalorizado das ações de uma empresa. Clico no link para o e-mail de Steve Tyson. Aí percebo que não devo enviar-lhe um e-mail usando minha própria conta, então vou ao Yahoo e crio uma nova: informantepreocupada432@yahoo.com.

Na linha de assunto, coloco: "Quanto realmente valem as ações da Able?" No corpo do e-mail, digito: "Nos últimos três anos, a Able Technologies relatou um crescimento impressionante. Muito disso se baseia na carteira de ações, pois o fluxo de caixa de operações, segundo os últimos relatórios, estaria em $1,3 bilhão negativo. Além disso, eles continuaram a acumular dívidas para construir centenas de quilômetros de cabos de fibra óptica e o investimento ainda não deu nenhum retorno. A Able tem sido acusada de fraudar relatórios de faturamento extremamente complexos, mas os analistas ainda assim continuaram a lhe dar o benefício da dúvida. Mas talvez não devessem. Questione-se como as ações da Able conseguiram permanecer tão fortes apesar do mercado estar estagnado. E questione-se por que, se a Able está indo tão bem, o presidente da Able, Gary Denner, vendeu mais de $35 milhões em ações só este ano."

Envio o e-mail e fixo o olhar na tela como se isso fosse me permitir prever se Steve Tyson sequer lerá o e-mail ou se irá fazer algo a respeito e, caso faça, se isso causará impacto sobre papai ou a Able.

— Já passa das cinco — diz Owen.

— Quê?

— São mais de cinco. Você não vai pra casa?

Sorrio.

— Não sei. Talvez eu seja carregada pra reabilitação se for pra casa.

— Quê? Por quê? Parece que você mal tem bebido ultimamente.

— Reabilitação não é pra me ajudar, é pra me punir. A Claudia disse pro papai que fui eu quem destruiu o Mercedes, e ele acreditou nela.

— Como a Claudia pôde mentir sobre isso?

— Sabendo que o papai acreditaria nela. E ela estava certa. Embora as lutas dela contra o alcoolismo tenham sido notícia em revistas importantes, ele escolheu acreditar nela.

— Há cinco testemunhas que podem atestar que não foi você.

— Eu disse isso a ele e ele disse que vocês são meus amigos e mentiriam por mim.

— Você tem isso filmado.

— É, mas quando ele estava me acusando fiquei tão irritada que me esqueci disso.

— É duro, Helaina, sinto muito. Você pode ficar na minha casa até seu pai se acalmar.

— Ele não vai se acalmar com o Mercedes. Eu dei uma arranhadinha de nada no carro dele quando estava no colegial e ele agiu como se eu tivesse intencionalmente arrancado os membros dele e tacado fogo neles, como se tivesse a intenção proposital de machucá-lo. É bem patético porque ele tem seguro e, mesmo que não tivesse, não importa o quanto o carro seja caro, para ele é só um trocado. De qualquer forma, se ele quiser me achar, o primeiro lugar onde vai procurar vai ser na sua casa. — *Se ele quiser me achar.* Ele realmente gastaria o tempo dele procurando? — Sabe, talvez ficar com você seja uma boa idéia. A gente passa lá em casa pra eu pegar umas roupas. Meu pai ainda não vai ter chegado do trabalho, então estarei a salvo.

Vamos para casa e abro só uma frestinha da porta, como se fosse uma espiã amadora ou algo do tipo. Não vejo nada, então faço sinal para Owen entrar e nos esgueiramos para o andar de cima, tão silenciosos quanto possível.

Ponho na mala roupas, sapatos e lingeries suficientes para pelo menos duas semanas. Quando chegamos à casa de Owen, ele destranca a porta da frente e a segura aberta para eu entrar. Paro abruptamente na entrada, paralisada ao ver Polly, que está sentada em uma cadeira parecendo uma doente mental totalmente sedada, fitando distraída a parede. Ela está pálida e com o cabelo sebento. Está vestida com um robe de seda estampado com flores em cores vivas sobre uma legging preta e um moletom da University of Colorado. Meu corpo é tomado por um pavor opressivo, o fardo pesado da culpa.

— Rã-Rã — Owen pigarreia brincando atrás de mim, insistindo que eu siga adiante, pois estou bloqueando seu caminho.

Entro na casa.

— Oi, Polly, como você está?

Ela me olha por um instante antes de atinar quem sou.

— Vou ficar bem.

— Bom te ver.

— A Helaina vai ficar aqui com a gente por alguns dias. Vou fazer jantar pra nós três — diz Owen. Sigo-o escada acima, em direção ao quarto.

— Ela está péssima — comento.

— Ela vai ficar bem. Ela só está em estado de choque. Conversamos uma noite; acho que ela vai colocar a casa à venda. Ela vai encontrar uma casa menor em algum lugar, mas acho que ela não vai ficar no Colorado. Vai ser difícil arrumar emprego aqui. Ela está passando por muitas mudanças ao mesmo tempo. Vai levar algum tempo pra ela superar.

Depois de deixarmos minhas bolsas no quarto de Owen, ele sugere que a gente vá lá para baixo e faça o jantar.

Sou covarde demais para encarar Polly, mas não vejo alternativa. Será que devo contar a Owen a verdade, que fui eu quem causou a demissão dela, mesmo que não tenha sido intencional? Mas que bem isso traria?

Owen e eu vamos para a cozinha e ele começa a abrir e fechar armários.

— Não sei bem o que a gente tem aqui que seja vegetariano. Na verdade, também não temos muitas coisas carnivorianas, aliás. Talvez a gente tenha que ir até o mercado.

— Carnivorianas? Isso é uma palavra? Acho que vou ter que te entregar à polícia gramatical.

— Por favor, não faça isso. Vou me comportar melhor.

— Promete?

Ele me olha com uma sinceridade zombeteira e assente.

— Tudo bem. Dessa vez você está fora de perigo.

Owen abre a geladeira.

— Vamos lá. Temos ravióli de champignon e uns pães franceses.

Ele pega uma fatia de pão da geladeira e eu a inspeciono, curiosa.

— Pão de alho congelado? Uau. Achei que eu e minhas colegas de apartamento fôssemos as cozinheiras mais preguiçosas do universo. Isso aqui é pior ainda.

— Eles põem tanta manteiga que fica até melhor do que pão fresco. Você até consegue sentir suas artérias entupindo um pouco mais a cada mordida.

— Parece que eu vou me deliciar.

Quando o jantar está pronto, levamos um pouco para a quase catatônica Polly, que mexe a comida de um lado para o outro com o garfo.

— Vou perder a casa — murmura ela. — Minhas economias só dão pra eu sobreviver pelos próximos dois meses.

— Polly, não vamos deixar você perder a casa — prometo. — Eu posso te emprestar dinheiro. E tenho certeza de que papai e Claudia vão te ajudar depois de tudo que você fez pela Claudia e por mim.

— A conta de gás vai ser uns duzentos. A TV a cabo uns cinqüenta e poucos. A de telefone vai dar... — ela prossegue balbuciando uma lista de números. — E se eu não conseguir vender a casa? E se eu *vender* a casa? Pra onde eu vou?

Minhas garantias de que não vou deixar nada acontecer a ela passam despercebidas. Penso nos telefonemas que fiz para meus contatos em Nova York. Por favor, faça com que eles dêem frutos. *Por favor.*

Exceto pela culpa que sinto a cada vez que vejo Polly, ficar na casa de Owen é ótimo. Vamos para o trabalho juntos, voltamos para casa e preparamos o jantar juntos, ficamos no quarto dele vendo filmes, lendo ou escrevendo. Ainda estou meio perdida tentando desenvolver meu roteiro. Temo que, em vez de sair um Monet, como eu gostaria, será algo mais na linha Bebê Pintando com os Dedos — muitos pontos por intenção e empenho, mas não muitos pela execução. Ainda assim, sei que vou levar anos para trabalhar minha arte. Quanto mais trabalhar duro agora, menos tempo vou levar para chegar ao nível em que eu não mais seja uma chatice.

Continuo esperando ser carregada em uma camisa-de-força num camburão, mas os dias passam e não tenho notícias de papai nem de Claudia. Até onde eles saibam, eu poderia estar morta, não que eles se importem com isso. Papai provavelmente não teve tempo de dar-se ao trabalho de pensar em como me encarcerar. É provável que ele prefira que eu simplesmente me mate sozinha enchendo a cara.

Leio o fortune.com todo dia e a versão impressa toda semana, mas não vejo nada a respeito da Able escrito por Steve Tyson ou qualquer outra pessoa.

Na quinta-feira a secretária de papai me liga no trabalho e diz que meu pai gostaria que eu estivesse presente a um jantar em nossa casa na noite de amanhã. Posso convidar Owen e é muito importante que eu esteja lá.

— É às sete. Então, você vai?

O primeiro pensamento que me passa pela cabeça é de que se trata de uma intervenção. Mas então por que Debbie me diria que tudo bem eu convidar Owen? É aí que a ficha cai: o jantar não é concernente a mim. Eles convidarão os amigos e colegas de papai e as amigas de mamãe que Claudia confiscou para si e anunciarão que vão se casar.

— Lógico, eu irei — digo finalmente.

Capítulo 17

Há cerca de vinte pessoas na festa. Todos os diretores da Able estão ali. O agente de Claudia, Dennis, veio da Califórnia com sua namorada acrescida de uma boa quantidade de solução salina, Monica, em seu braço. Monica é totalmente loura falsa, com batom cor-de-rosa perolado, unhas gigantescas ao estilo zé-do-caixão, roupas com estampa de leopardo e seios tão firmes e sintéticos quanto os da Barbie. Ficaria bastante surpresa se a palavra "stripper" nunca tivesse aparecido no currículo dela em algum ponto de sua carreira.

Barb, Dana e Christine vieram com os maridos. Polly está notavelmente ausente. Agora que não é mais a editora-chefe de uma revista, não é mais necessária. Há mais alguns casais que não reconheço.

Claudia contratou uma equipe extra para esta noite, e eles circulam distribuindo *hors d'oeuvres* e mantendo as taças de vinho cheias. Rodamos pela sala, pegando aperitivos das bandejas e bebericando nossos drinques. Claudia está elegante como de costume. Ela realmente é uma mulher extraordinária. Está trajando um vestido verde estonteante com tiras douradas entrelaçadas que circundam a clavícula, passam pelos ombros e descem por suas costas nuas. A maquiagem, os cabelos com reflexos louros e a manicure estão impecáveis. Os sapatos de salto alto verdes brilhosos reluzem como esmeraldas. Está usando um colar de platina simples com um pingente de esmeralda de muito bom gosto — é provável que seja um presente recente de papai.

— Você está quieta esta noite — Owen me diz. — Está tudo bem?

— Vai ficar — respondo. Não conto a ele que passei a noite anterior toda tramando. Depois de meses me sentindo impotente, partes de mim estão começando a se sentir mais fortes.

— Dennis — diz Claudia. — Você não sabe a honra que é você estar na nossa casa esta noite. — *Nossa* casa.

— Você já deve ter ouvido a piada — diz Dennis. — Um ator chega em casa e vê que ela pegou fogo. Os policiais dizem pra ele: "Seu agente veio aqui esta noite. Estuprou e matou sua mulher e pôs fogo na sua casa." O cara diz: "Meu *agente* veio à *minha* casa?"

Todo mundo ri, principalmente Claudia.

— Monica — continua ela. — Estou tão feliz que você pôde vir com ele. Você também é do *métier*? Atriz de cinema? TV?

— Fiz algumas peças de teatro, mas por enquanto nada de filme ou TV. Espero que o Dennis mude isso.

— Ela é genial. Simplesmente genial — elogia Dennis.

Pode até ser, mas, com seus seios redondos como bolas de basquete, não imagino que papéis ela poderia conseguir além de prostituta, estrela pornô ou a outra.

— Mas claro que não estamos aqui pra falar da Monica — diz Dennis.

— Vocês estão aqui para conhecer Gary Denner — retruca Claudia, e de novo todo mundo ri.

— É verdade que nesse negócio nunca se tem amigos demais — replica Dennis.

— Verdade mesmo. Pessoal, o jantar está pronto. Vamos nos sentar?

Passamos para a sala de jantar e nos sentamos em volta da enorme mesa retangular. Owen senta-se à minha esquerda e um cara de trinta e poucos anos senta-se à minha direita. Dezenas de velas em castiçais de prata estão espalhadas ao longo da mesa. A luz das velas bruxuleia como um silfo sobre a prata, a louça e os cristais.

O jantar, no cômputo geral, é um suplício embaraçoso e exageradamente formal, como de hábito. Há um momento, porém, que quase me deixa de bom humor.

Ele acontece quando Maria tropeça na cadeira de Monica e a bandeja de gaspacho que ela estava segurando sai voando pelos ares.

A sopa respinga em vários convidados que tiveram o azar de se sentar próximos ao local de detonação, inclusive Monica. O gaspacho molha seus cabelos e rosto e um pedaço enorme de tomate fica preso entre seus seios de aço.

— Uuuuh! — Monica balbucia de choque e ultraje.

Alguns convidados vão correndo em seu socorro, ignorando a encabulada Maria, que vai andando de costas nas pontas dos pés, na esperança de escapar sem ser percebida. Os convidados também ignoram as poças trêmulas de gaspacho entre eles e a horrorizada Monica, então saem escorregando por todos os lados como se fossem os convidados especiais de um episódio de *I Love Lucy*. O pé de alguém lança-se contra o ar e ele cai de bunda, numa queda ruidosa.

Em poucos instantes, uma equipe tipo SWAT de pessoas contratadas enxameia a área atingida, brandindo frascos de desengordurante em uma mão e panos na outra.

Enquanto Monica é acompanhada até o banheiro para se limpar, a sala de jantar volta ao seu esplendor cintilante em segundos.

Owen e eu continuamos a ter ataques de risos durante alguns minutos, mas papai faz o melhor que pode para rapidamente apaziguar toda a diversão existente e logo o jantar volta a ser um negócio fatigante e interminável, preenchido com discussões contínuas acerca dos preços das ações, os mercados estrangeiros e nem sei o que mais, já que imediatamente entrei em estado de coma de tanto tédio.

Após o jantar, papai bate com o garfo na taça de vinho e fica de pé.

— Juntei todos aqui esta noite porque tenho novidades emocionantes para dividir com vocês.

Meu coração acelera e tenho dificuldade de respirar quando percebo que é agora, essa é a minha chance. Levanto-me. Papai me olha, inquisitivo.

— Eu também quero fazer um pronunciamento. Papai, se não tiver problema, queria dividir minhas novidades primeiro. — Sigo em frente antes que papai tenha tempo de argumentar. — Como muitos de vocês sabem, eu estudo cinema, e tenho um pequeno vídeo caseiro que queria mostrar a vocês esta noite. Maria? — Maria chega empurrando um rack com uma televisão grande e um dvd. — Neste mundo, a reputação é tudo. Fofocas e insinuações podem abrir caminhos ou acabar com uma pessoa. Conseguir um emprego, conseguir progredir, tudo isso depende de quem você conhece e quem são suas referências. Num mundo em que a reputação é mais importante que a pessoa, a fofoca pode ser um veneno cruel. Acho que, de certa forma, tive a sorte de aprender quanto dano umas poucas mentiras ou palavras mais duras podem causar. Sei de primeira mão que, quando se tenta responder às alegações feitas contra você, as pessoas acham que sua atitude defensiva é mais uma prova de que você é o culpado. As pessoas acreditam no que querem. Na minha casa, por exemplo, a Claudia me acusou de ter batido o estimado Mercedes do meu pai na garagem.

— Isso é desnecessário — diz papai. — Helaina, sente-se agora.

— Já vou chegar aonde quero, pai. Só peço mais alguns minutos de seu tempo, se você fizer a gentileza de conceder um espaço para um filme de uma cineasta em formação. Como eu estava dizendo, percepção é tudo no mundo. E, na maioria dos casos, as palavras ferem mais do que as armas. Quando a Claudia me acusou de ter batido com o carro, papai acreditou sem questioná-la. E por que ele não iria acreditar? Há quatro meses, desde a morte da minha mãe, estou superdeprimida. É fácil imaginar que eu pegaria o carro do meu pai, encheria a cara e voltaria para batê-lo um pouquinho, talvez pra descarregar um pouco da raiva. Porém, como eu disse tanto pro papai quanto pra Claudia, na sexta-feira à noite fiquei em casa com cinco amigos meus e não peguei o carro. Mas o que papai e Claudia não sabem é que minha câmera estava ligada bem no instante em que o acidente de carro ocorreu. — Aperto o "play". — Dennis, imagino que você saiba que sua cliente tem a triste fama de encher a cara e se comportar mal, e penso que você vai achar esse vídeo especialmente interessante.

O dvd começa a passar a partir do momento em que estou entrevistando Hannah e ouvimos a batida. "Puta merda", digo eu, indo em direção à garagem. Dá para ver o Mercedes dando ré. "Jesus", diz a voz de Hannah atrás de mim.

A câmera continua a focalizar a garagem e o carro; a imagem ficou tão tremida quanto aquelas filmagens de operações policiais quando corro pelo quintal.

Quando me aproximo, dá para ver perfeitamente que é Claudia quem está no assento do motorista.

A Claudia, em tempo real, solta um ruído que fica entre o suspiro e o grito.

— Isso é uma mentira! — exclama ela. Mas o dvd continua rolando...

"Venham", minha voz no vídeo sussurra. Na tela, o que se vê é grama, pares de pés descalços, depois a porta, e então o chão de granito da cozinha. "Shhh!" Ouvem-se os pés contra os azulejos e nossos murmúrios enquanto os seis se amontoam na despensa. Na tela, vê-se Claudia entrar trôpega na cozinha através das frestas da porta. Ela joga as chaves no canto da bancada e elas se espatifam no chão. "Merrrda", xinga Claudia, bêbada. "Ela tá bêbada que nem um gambá", sussurro eu.

Desligo o vídeo.

— Por que você não me mostrou isso antes? — indaga papai. Sua voz está num confuso tom raivoso. Seu rosto está roxo de fúria com sobrancelhas enrugadas e lábios retorcidos.

— Por que você não acreditou na sua única filha?

Volto-me para os outros convidados.

— Bem, obrigada a todos pela atenção. Espero que aproveitem o resto da noite. Dennis, eu te desejo muita sorte com sua nova cliente.

Meu coração bate furiosamente, mas tento permanecer tão serena quanto possível quando então me retiro da sala de jantar. Assim que a porta se fecha atrás de mim, corro pela sala de estar, subo as escadas em espiral acarpetada e sigo em direção ao meu quarto. Bato a porta e a tranco e luto para recuperar o fôlego. Achei que fosse me sentir bem depois de mostrar o vídeo, achei que me sentiria triunfante, mas em vez disso me sinto infantil. Sinto-me horrível.

Alguém bate à porta.

— Quem é?

— Eu — responde Owen. Destranco a porta e o deixo entrar. — Que atuação a sua!

Dou de ombros.

— Não sabotei o freio do Lexus dela ou fiz com que ela fosse presa por um crime que não cometeu.

— Então essa é a sua vingança?

— Eu só estava mostrando a verdade. Foi a Claudia quem mentiu, lembra?

Owen faz que sim.

— O que está acontecendo lá embaixo?

— A Claudia saiu de lá soprando fogo pelas ventas e seu pai se desculpou pelo incômodo e pediu aos convidados que ficassem para tomar um conhaque e fumar charuto.

— Você acha que eu sou uma monstra, não acha?

— Não, acho que eu não teria feito isso dessa maneira, mas entendo sua raiva.

Começo a chorar e Owen me abraça.

Capítulo 18

Na segunda-feira de manhã recebo um e-mail de Gilda com uma mensagem que diz: "Me diga o que você acha disso." Clico no link e sou levada ao site do jornal para o qual Gilda escreve.

The New York Citizen
A HEROÍNA DE HOLLYWOOD E O MAGNATA DA TECNOLOGIA
Gilda Lee

Era uma vez, há muito tempo, uma atriz que se destacou um pouco no cinema. O nome dela era Claudia Merrill e ela fez alguns filmes medíocres, um grande sucesso e depois uma série de fracassos de bilheterias. Hollywood pode ser muito indulgente ou muito implacável, dependendo de quanto dinheiro pode ganhar com isso e com a série de fracassos, a personalidade difícil, o ganho de peso e a batalha perdida contra o alcoolismo de Claudia Merrill, os diretores decidiram não dar a ela o benefício da dúvida. Ela desapareceu do radar de Hollywood da noite para o dia.

Quem também desapareceu foi seu dinheiro e, pouco depois, o marido com que se casara havia pouco tempo.

Claudia passou alguns anos acumulando dívidas no cartão de crédito para pagar cirurgias plásticas, numa tentativa de reavivar sua carreira. Com o busto aumentado e a cintura reduzida, Claudia conseguiu atrair a atenção de Hayden Van Horn, herdeiro da dinastia editorial Van Horn. Van Horn era um pobre menino rico com muito dinheiro para gastar. E ele já gastava há muitos anos com filmes B cheios de peitos e bundas e aspirantes a atrizes de pouca importância. A senhorita Merrill ficou grata por conseguir se juntar a elas.

Claudia estrelou os três filmes seguintes de Van Horn. Depois ele decidiu que já havia aprendido a arte de desperdiçar milhões de dólares em filmes que ninguém via. Voltou-se para o capital de risco quando um empresário de voz mansa o convenceu a fundar uma empresa de telecomunicações. Pela primeira vez, parecia que Van Horn havia feito algo certo. Dentro de poucos anos, a Avec Communications tornou-se um dos sucessos repentinos que a era da informação produziu aos montes.

E onde estava Claudia enquanto isso? Alguns meses antes de a Able Technologies engolir a Avec, a ex-atriz desempregada e sem um tostão apareceu na porta de sua irmã. A irmã, por acaso, era casada com o presidente da Able Technologies. Alguns meses depois de sua chegada, sobrevivendo da generosidade da irmã, Ellen, dirigindo carros caros e vestindo roupas caras, apesar de não ter emprego nem talento perceptível, Ellen convenientemente (para Claudia, pelo menos) morreu em um estranho acidente de carro. Poucos meses depois do enterro, há rumores de que Claudia e Gary Denner estão noivos. Estejam ou não as bodas nos planos futuros, há algo de obviamente podre no lar dos Denner: Claudia continua a morar com o cunhado quatro meses depois da morte da irmã. Fontes me relataram que Gary e Claudia estavam dormindo juntos bem antes da morte prematura de Ellen Merrill Denner. Claudia ainda estava em contato com seu velho amigo Hayden van Horn? Foi Claudia quem encorajou seu amante, Gary Denner, a gastar 50 milhões em uma empresa cujas ações agora valem menos da metade dessa quantia? Por coincidência, Claudia tinha milhares de dólares em ações da Avec na hora em que a empresa foi comprada. Digam-me, como uma ex-atriz desempregada adquire milhares de dólares em uma das ações mais quentes do momento? Parece que Claudia Merrill achou o equivalente à fórmula alquímica do ouro — como ganhar dinheiro sem fazer esforço algum e sem arriscar nem um centavo sequer.

A coluna provavelmente seria esquecida pelo público em geral se não fosse por uma coisa: os relatórios trimestrais de faturamento da Able foram anunciados no dia seguinte.

Fortune
NEGÓCIOS
Judy Riley
1º de julho, 2006

No que diz respeito ao muito aguardado faturamento da Able: a empresa anunciou que venderá sua divisão de hospedagem de sites a fim de diminuir suas dívidas. Investidores pareceram gostar da notícia — a ação valorizou 87 centavos, chegando a $36.84 —, mas a Moody's lembra que está reexaminando todos os endividamentos a longo prazo da Able para talvez rebaixá-la.

Capítulo 19

Todos os dias leio os jornais online na esperança de que falem algo sobre a Able, e isso logo acontece.

Fortune
INDÚSTRIA DE TELECOM SENTE TODO O IMPACTO DA CRISE ECONÔMICA
Steve Tyson
15 de julho, 2006

... As ações da Able Technologies, empresa baseada em Denver, têm balançado significativamente nos últimos meses.

A tarefa de restabelecer a glória da Able recaiu sobre seu diretor-geral e presidente, Gary Denner. Isso não será fácil. "A qualidade geral de seu faturamento se deteriorou, o nível da engenharia financeira por trás dos panos aumentou e, de modo geral, a Able afundou perante Wall Street", escreveu o analista Jim Schneider, da UBS Warburg, num relatório recente. Apesar de Denner insistir que está tudo bem, os investidores hesitam em apostar na empresa. As ações da Able agora valem cerca de $31, uma baixa de 40% após 52 semanas em alta.

Uma das razões para Denner ter tanta dificuldade de se sair bem dessa é o fato de as finanças da Able estarem tão claras quanto um muro de concreto. Wall Street já esteve disposta a acatar as declarações da empresa sobre seu desempenho financeiro, agora não está mais. E, já que a Able oferece tão pouco material em cima do qual os analistas poderiam trabalhar, a construção de modelos independentes é quase impossível.

E há também a aparente deserção do próprio alto escalão da Able. Segundo o analista Jeff Atchley, compras baseadas em informações privilegiadas têm acontecido — e os preços das ações têm caído. Enquanto os executivos da Able continuam possuindo a maior parte das ações, o próprio Denner vendeu $35 milhões só no último ano, o que nos leva a perguntar se ele teria usado criminosamente informações privilegiadas em proveito próprio...

Leio essas declarações com uma curiosa sensação de distanciamento. Como nunca vejo meu pai, não sei como ele se sente a respeito disso. E também não conheço o mundo dos negócios o suficiente a ponto de saber se o que está acontecendo é uma catástrofe ou apenas parte dos negócios. Duvido seriamente que eu tenha algo a ver com isso, mas fico preocupada com meu pai. Deixo mensagens com a secretária e no celular pessoal dele, mas ele não retorna minhas ligações.

Depois do trabalho, Owen e eu compramos quentinhas de comida chinesa a caminho da casa dele. Quando chegamos, encontramos Polly em seu melhor estado desde que foi demitida.

— Você parece estar ótima — digo.

Ela sorri.

— Do nada, recebi o telefonema de uma editora de Nova York. Eles me fizeram uma proposta! O salário é um pouco maior do que o que eu recebia, mas é óbvio que o custo de vida vai aumentar, então acho que no fim dá na mesma. Parece ser um bom cargo. Talvez eu não tenha o tipo de ingerência que eu tinha na *Cores Locais*, mas sabe, quem precisa daquele estresse? Bom, não é uma maravilha?

— Polly, isso é incrível — exclamo. — Estou muito feliz por você. Sério. Você nem sabe o quanto.

* * *

Na noite do concurso de leitura de poesias, Owen e eu vamos direto do trabalho para o Mercury Café.

O Café tem um restaurante e um bar e, no segundo andar, um palco para performances como as do concurso.

Qualquer pessoa pode se inscrever, e é isso que Owen faz. Ele pesca um número dentro de um chapéu e fica sabendo que será o sétimo dos doze concorrentes. Cada pessoa tem dois minutos de apresentação. São três jurados. Um deles, uma mulher delicada de cabelos pretos curtos e óculos pequenos, explica as regras.

— Se ultrapassar o limite de tempo, o concorrente será desqualificado. Os poetas que não forem desqualificados serão julgados por duas coisas: a reação da platéia: entusiasmo, receptividade, aplausos, e os caprichos dos juízes. — A platéia ri. — Agora vamos começar com um poeta da nossa própria cidade, Denver, Colorado...

Gosto dos primeiros poetas mais do que esperava. Um garoto negro apresenta um poema tão lírico quanto qualquer poesia tradicional e seu ritmo é tão cativante que a platéia é praticamente forçada a acompanhá-lo com palmas. O poema fala que os hispânicos em breve ultrapassarão os negros como minoria mais numerosa, mas que eles sequer tiveram um programa de TV desde *Chico and the Man*. Já os negros são praticamente os donos da rede UPN, o que é obviamente hilário, já que não é lá grandes coisas: a UPN não é exatamente conhecida por sua programação maravilhosa e erudita. O resto do poema versa a respeito do que os hispânicos podem aprender com os erros dos negros, como, por exemplo, os ativistas negros norte-americanos, que mudavam toda hora a nomenclatura, de negro para preto para afro-americano de volta para preto e até para a palavra que começa com "c". "Vê se decide/Pelo que você luta/Pra batalhas mais importantes/guarde sua fúria", finaliza ele.

— Boa-noite e Deus abençoe todos vocês. — Ele acena e faz uma reverência.

Outro concorrente é uma mulher cujo poema é sobre o medo de estar grávida. Ela conta que tomava pílula todos os dias há três anos, mas sua menstruação não veio e seu destino dependia de um traço cor-de-rosa se formar no teste de gravidez. Na verdade, o poema é até bem engraçado, embora a poetisa claramente demonstre estar com raiva do fardo extra com que as mulheres têm de lidar. Ela diz que, enquanto esperavam o resultado, o namorado lhe disse: "Um dia nós vamos querer que esse teste dê positivo." Ela retrucou: "Que merda de *nós* é essa? O que está em jogo aqui não somos *nós*, sou *eu*, meu útero, pílulas azuis e traços cor-de-rosa."

Owen sobe ao palco em seguida. Seu poema é sobre a namorada que foi espancada por uma gangue e de vez em quando simplesmente se retrai e mergulha na dor das lembranças. Ele descreve a cicatriz na coxa dela, onde um dos garotos marcou suas iniciais com o caco de uma garrafa de Cutty Sark quebrada. A idéia principal do poema é que ele se sente impotente para ajudá-la, para ajudar a curar a dor. Até ele estar no palco eu não tinha percebido o quanto estava nervosa. Seria por medo de que ele pagasse mico? Ou por mim, por não querer vê-lo passar vexame? Mas sinto-me aliviada e, estranhamente, orgulhosa, porque ele é bom, muito bom. Não só como poeta, mas também como artista performático. Ele é articulado; dá pra sentir a dor em sua voz, dá para ver a dor em seu rosto e em seus olhos. Não sei se é por causa das imagens viscerais, da voz ou dos olhos, mas começo a chorar. Tento secar as lágrimas, mas ele diz outro verso e elas voltam. Olho de relance o salão inteiro, a fim de ver se sou a única maluca a chorar —, tenho chorado que nem louca desde que mamãe morreu, então talvez eu esteja usando qualquer coisa como desculpa para chorar — mas não sou só eu, pelo menos uma dúzia de pessoas da platéia também estão chorando.

Ele diz que o ataque aconteceu anos atrás, mas ela ainda acorda gritando devido aos pesadelos. Às vezes ela começa a chorar durante o sexo ou mesmo quando está lavando louça. Ele finaliza dizendo que o tempo não cura todas as feridas, algumas continuam supurando, deixando escapar um pouco mais de veneno a cada vez.

Estou pasma com a maneira como Owen expressa as emoções. Enquanto ele fala, me ocorre que ele é o extremo oposto de meu pai. Não só está pouco se lixando para dinheiro e poder, como também não se esconde de seus sentimentos; ele se revela através deles. Ele os estuda, disseca e depois sobe ao palco e os divide com qualquer pessoa que queira ouvir.

O aplauso é potente. Eu me junto ao resto da platéia, batendo palmas com tanta força que minhas mãos chegam a arder.

Quando desce do palco, um juiz o puxa de lado e sussurra em seu ouvido. Owen volta e senta-se ao meu lado.

— Foi incrível — elogio, secando as lágrimas. — Incrível mesmo. Com certeza você vai ganhar. Havia cerca de um quarto da platéia chorando.

— Fui desqualificado. Passei quase dois minutos do limite de tempo.

— Tá brincando.

— Não, mas tudo bem. O importante não era eu ganhar, é muito legal as pessoas ouvirem o que eu tenho a dizer.

— Meu Deus, que idiota! — Eu olho para o próximo poeta que sobe ao palco, depois volto-me para Owen. — Você pelo menos mandou o poema pra ser publicado em alguma revista?

— Não. Mas vou fazer isso.

— Quando?

— Amanhã, no trabalho?

Faço que sim, aprovando.

O negro vence e a garota do medo da gravidez fica em segundo lugar. O prêmio é cerveja de graça, duas para o ganhador e uma para o segundo lugar. A maioria dos poetas e a platéia ficam se divertindo no Café depois do show. Descemos para o restaurante, que agora está quase vazio, e juntamos algumas mesas. Conversamos sobre cinema, livros, política, o melhor lugar para se tomar uma xícara de café em Denver, coisas assim. Algumas pessoas param para dizer a Owen que ele é um poeta muito talentoso. Umas poucas o incentivam a competir no festival de poesia de Taos, no final do ano, e lhe lembram que ele não deve se esquecer de marcar o tempo antes de subir ao palco.

Ninguém fala de carrões caros, ninguém fala de onde "inverneia" e "veraneia", como se essas palavras fossem verbos. Ninguém fala de roupas de estilistas ou de quem é o decorador de sua casa. E não consigo me lembrar da última vez em que me diverti tanto assim.

São duas horas da madrugada quando vamos embora do Café, e de repente percebo que estou exausta. Essa idiotice de ter emprego está realmente atrapalhando minha vida social. Ter que acordar às sete da manhã é uma besteira sádica.

— Me diverti tanto essa noite... — digo a Owen.

— Que bom, eu também.

— Estou tão feliz de ter ouvido um poema seu. Foi incrível mesmo.

— Foi a primeira vez que apresentei esse. Ele nem passou pela oficina ainda.

— Com "passar pela oficina" você quer dizer passar pela linha de fogo dos seus colegas na oficina de poesia?

Ele assente.

— Alunos e professores. Às vezes eles são muito cruéis, mas aprendi bastante com as opiniões deles.

— É verdade? O poema? É sobre sua ex?

Ele faz que sim mas nada diz.

Quero saber tudo: quantos anos ela tinha quando aquilo aconteceu, onde ela estava, se ela ligou para a polícia depois, se houve julgamento. Em vez disso, falo:

— Ela não podia fazer uma plástica para apagar as iniciais?

Ele fecha os olhos por um instante, sorri com tristeza.

— Quando estávamos juntos, não tínhamos muito dinheiro. Uma noite, eu saí com meus amigos, ela ficou em casa, encheu a cara e cortou um pedaço da coxa, onde estavam as iniciais. Então ela ainda tem uma cicatriz horrível, mas, mesmo se ela se livrasse da cicatriz, não conseguiria esquecer o que aconteceu. Talvez um dia ela faça uma plástica, não sei. Às vezes penso nisso. Fico imaginando o que ela deve dizer quando tem um namorado novo e ele pergunta sobre a cicatriz. Tenho quase certeza de que ela inventa uma história, que ela foi mordida por um tubarão ou que caiu do barco quando estava num pântano na Austrália e lutou contra um crocodilo ou coisa assim. Você também acreditaria nela. Ela tem um jeito especial de contar as histórias.

Chegamos em casa e fazemos amor com lentidão e delicadeza. Pensamentos sobre a ex dele tardam em minha mente. Quanto ódio ela deve ter guardado.

O que aconteceu à minha mãe foi outro tipo de traição. Quando a traição vem de estranhos é mais ou menos doloroso do que quando vem de pessoas que você conhece e com as quais você se preocupa?

É tarde demais para que eu possa ajudar minha mãe, mas juro que farei algo por sua memória para mostrar a ela que, embora meu amor fosse imperfeito, ele era profundo e intenso e muito, muito real.

Capítulo 20

Denver Post
NEGÓCIOS
20 de julho, 2006

Na quinta-feira, a Able Technologies fez cortes em sua projeção financeira para este ano e o próximo, esboçando uma postura conservadora que inclui 7.000 demissões em uma equipe mundial de 50.000 empregados e um freio nos serviços de expansão de internet banda larga. Além disso, irão negociar a divisão de hospedagem de sites na web.

— Como você está lidando com isso? — Owen me pergunta, de sua cadeira em frente à minha. Estou fazendo meu ritual matutino de ler os jornais online.

— Não sei bem. Isso tudo é muito estranho. Eu tenho um monte de sentimentos conflitantes. Tipo, ainda estou com raiva do meu pai, mas também estou com medo por ele. Ao mesmo tempo, acho que, se ele tem mentido sobre todas essas coisas, devia ser punido de alguma forma. Você acha que estou sendo do mal?

— Não, mas também acho que, apesar de você estar com raiva do seu pai, ainda se preocupa muito com ele.

É irritante, mas ele está totalmente certo.

Nesta noite, pedimos pizza e comemos no quarto dele, tomando algumas cervejas para ajudar a engolir.

Após o jantar, fazemos amor. Owen saboreia cada toque. Eu sou a impaciente. Não quero carinhos lentos e ternos. Quero sexo, penetração, ficar suada, corpos pressionados um contra o outro, respiração ofegante. Quero esquecer da minha mãe e da minha vida. Coloco Owen de costas na cama e quando subo em cima dele fico enlouquecida de tesão. Uma sensação poderosa cresce dentro de mim. Fico com medo e diminuo o ritmo, mas aí quero a sensação de volta, então começo a ir mais rápido novamente.

Quando gozo, quase grito. Parece que meu corpo explodiu — ou talvez implodiu, não sei qual dos dois. Só sei que meu ritmo cardíaco subiu aos céus e que minha respiração ficou irregular e que meu corpo inteiro treme.

Owen sorri. Deito-me de costas, aturdida, e puxo Owen para cima de mim. Ele não demora muito.

Aninha-se ao meu lado e me olha com o mesmo sorriso satisfeito.

— Não me olha assim. Fico sem graça!

— Foi mal mas... você é uma mulher linda e sexy, e fica especialmente linda e sexy depois de ter um orgasmo.

Escondo o rosto com as mãos.

— Pára, vou ficar encabulada.

— Não precisa. Foi maravilhoso.

Espio por trás de minhas mãos.

— Sabe o que é esquisito? Eu senti que ia acontecer e fiquei com medo e diminuí o ritmo. Não é uma idiotice? Por que ficar com medo?

— Isso é normal. Tudo que é novo dá medo. Mas você sabe que a gente não pode ficar se vangloriando por causa do que aconteceu, não sabe? Temos que praticar. Temos que garantir que isso não aconteça só dessa vez. A prática leva à perfeição.

Simulo uma expressão pensativa.

— Bom, acho que se a gente *tem que*... — Ele faz cócegas em mim. — Aiií! — Rio, tentando me desviar de seus dedos incontroláveis. — Pára! Pára com isso!

— Eu te amo. — Ele beija meus lábios, meu pescoço, a curva do meu seio direito.

Sorrio para ele. Percebo o que acabou de falar, mas decido encarar isso como se ele tivesse dito uma coisa do tipo "cara, eu *amo* batata frita".

— Estou com sede — digo.

Ele dá um sorriso amarelo. Ambos sabemos o que foi dito e ambos sabemos que estou ignorando isso.

— Vou pegar água pra gente.

— Vai meu herói!

No decorrer das duas semanas seguintes, Owen e eu praticamos e praticamos e praticamos. Owen não diz aquela palavra que começa com "a" novamente, e é óbvio que eu não puxo o assunto.

Há horas em que acho que estou conseguindo seguir com a minha vida. Outras horas, do nada, a tristeza ameaça tomar conta de mim. Não importa quantas pessoas haja na minha vida que eu ame e que sei que me amam, tenho a sensação de estar completamente sozinha no mundo. Em momentos como esse, sinto necessidade de estender a mão para os meus amigos como se para confirmar que eles não são frutos de minha imaginação.

Tento ligar para meu pai para que ele saiba que estou preocupada e que estou pensando nele, mas ele não retorna os telefonemas. Aí penso, *quer saber, foda-se. Por mim, você pode apodrecer na cadeia.*

Na maioria das vezes não chego ao orgasmo. Acho que ambos nos sentimos frustrados, mas Owen parece levar isso para o lado pessoal muito mais do que eu.

A gente se deita na cama, nus; Owen parece dolorosamente decepcionado.

— Owen, não fica preocupado com isso, sério. Eu só preciso entender meu corpo. Não é culpa sua.

Ele suspira e me abraça. Sinto-me aconchegada — não exatamente presa, mas confinada. Dominada.

— Eu sei. Só quero que você fique feliz.

— Eu sei.

— Você sabe por que eu quero que você fique feliz?
— Porque você se preocupa comigo.
— Eu mais do que me preocupo contigo.
De novo, não falo nada.
— Então, o que vai acontecer no final das férias? — ele pergunta.
— Como assim?
— O que vai acontecer com nós dois?
— Não sei, o que você quer que aconteça com nós dois?
— Eu queria que nós continuássemos juntos.
— Você está querendo dizer pra gente fazer aquela coisa a distância? Namorar com exclusividade?
— Será só por nove meses. Vou me formar em maio, e eu já estava planejando me mudar pra Nova York mesmo...
— Tipo, ir morar junto comigo?
— Talvez, quer dizer, sei lá, a gente pode ir vendo como faz.
— Não sei. Não sei se consigo manter um relacionamento sério agora.
— Como assim? Você não percebeu que você *está* num relacionamento sério agora? Você está praticamente morando na minha casa há mais de um mês. A gente passa todos os segundos juntos. — Sua voz derrama uma raiva que nunca ouvi vindo dele.
— Nós nunca dissemos que isso era uma coisa compromissada...
— Helaina, você não me ama? Eu te amo.
— Eu não sei. Não sei como me sinto a respeito de nada.
— Como você pode fazer amor com uma pessoa que você não ama?
— Meu Deus, Owen, é rala-e-rola, tesão, sacanagem, não leve tudo tão a sério assim.
— Não acredito que estou ouvindo isso. Helaina, e os poemas que escrevi pra você? Eles não significaram nada?
— Eles são lindos. São bem escritos.
— "Bem escritos." Meu Deus, por que você não deixa sua crítica literária antes de ir embora? O que importa não é *a técnica*, é o coração, eles foram de coração. Eu realmente me importo com você.
— Eu não quis dizer...

— Helaina, eu não estava de brincadeira. Quero que você vá embora.

— Como assim?

— Assim, se você não quer que esse namoro vá adiante, qual o objetivo disso? Como posso olhar pra você todo santo dia sabendo que você não sente por mim a mesma coisa que eu sinto por você?

— E pra onde eu vou?

— Não sei, pra casa, talvez. Pra casa de um dos seus oito milhões de amigos. Prum hotel. Não estou nem aí.

— Não acredito que você esteja me expulsando.

— Preciso de um tempo pra pensar. Não consigo olhar pra você, no momento.

Owen veste shorts e sai pela porta de seu quarto, deixando-me sozinha. Ele não pode estar falando sério. Meu Deus, quinze minutos atrás estávamos fazendo um sexo animal, suado, barulhento, que animaria qualquer tela de cinema e agora estamos terminando? Isso é uma maluquice!

Não tenho culpa por meus sentimentos estarem confusos.

Visto-me, junto minhas coisas e vou passar a noite num hotel. O Owen vai superar isso. Tudo vai voltar ao normal de manhã.

Exceto que, na manhã seguinte, Owen não está à sua mesa e, pouco antes de meio-dia, Jill vem à minha mesa e me pergunta se eu sei o que está acontecendo, por que o Owen deixaria o trabalho tão abruptamente.

— Achei que ele fosse um garoto responsável.

— O Owen pediu demissão? Você tá brincando.

— Ele está chateado por causa da Polly? Quer dizer, acho que entendo...

— Não sei. É, provavelmente é isso mesmo. — A mim parece bobo demais dizer que brigamos ontem à noite. É melhor que ela pense que isso tem a ver com Polly.

— Imaginei que se ele fosse pedir pra sair, em protesto, teria feito isso logo depois da demissão dela.

— É de se imaginar que sim.

— Bem, daqui a umas poucas semanas ele ia embora por causa da faculdade mesmo. Como está indo a matéria sobre a banda de clássicos?

— Ah, bem, vou acabar hoje. Eu levo a primeira versão pra você no começo da tarde.

— Ótimo.

Assim que Jill sai, pego o telefone para ligar para Owen, depois concluo que talvez ele precise de algum tempo para se acalmar. De qualquer forma, não faço idéia do que quero falar para ele.

Capítulo 21

Denver Post
NEGÓCIOS
3 de agosto, 2006

Depois de a Able Technologies reduzir drasticamente suas projeções de faturamento e depois que um analista de telecom disse à *Fortune* que as práticas contábeis da Able poderiam corresponder a uma simples "maquiagem", as ações da empresa caíram a $23.10 na sexta-feira — a Able era negociada por valores entre $30 e $40 no começo deste ano.

A Able Technologies tem vivido um pesadelo em matéria de dívidas crescentes e preocupações com créditos desde a aquisição da Avec Communications, enfurecendo os investidores e provocando medo de falência entre os funcionários.

Uma das principais preocupações da Able é o volume de dívidas, que cresceu vertiginosamente em 42%, chegando aos $27 bilhões desde a fusão.

Grande parte dessa dívida foi levantada para apoiar iniciativas que ainda não produziram retorno monetário. Somada ao custo corrente da rede de comunicações por fibra óptica, a conta foi colossal.

Capítulo 22

Owen não me telefona nem hoje, nem no dia seguinte. Eu simplesmente vou para meu quarto de hotel e fico pensando. Penso no quanto sinto falta de seus abraços, beijos, carinhos e de seu sorriso. Sinto falta de conversar e de estar com ele. Mas fico me perguntando o tempo todo: "É ele o homem sem o qual não consigo viver? Consigo imaginar minha vida sem ele?" Se as respostas fossem "sim" e "não", respectivamente, então eu saberia que amava Owen. O problema é que não estou bem certa de *quais* são minhas respostas.

Mas não importa quantas vezes eu repense tudo isso, não me sinto mais perto de compreender coisa nenhuma. Parte de mim quase sente alívio por termos terminado. Como isso poderia funcionar sendo um namoro a distância?

E é claro que penso em papai. Isso também é assustador. Independentemente de qualquer coisa, meu pai é meu pai. Achava que, se ele sofresse uma perda financeira, um baque em sua imagem e prestígio, talvez de algum modo isso o fizesse perceber que as coisas realmente importantes na vida são as pessoas que amamos. Se papai está aprendendo algo com isso, aposto que é como evitar ser pego maquiando ilegalmente os balanços da empresa. Ainda assim, há uma parte de mim que se apega à esperança de que vai chegar a hora em que ele vai perceber que o que fez com a mamãe foi errado e virá a mim — o último vestígio dela — querendo reparar seus atos.

Fortune
Steve Tyson
14 de agosto, 2006

> Rumores de transações baseadas em informações privilegiadas e uma possível investigação criminal pela Comissão Federal de Comércio (FTC) fizeram com que as ações da Able caíssem para $6.40, a maior baixa em quatro anos. Há boatos de falência. Consultores independentes da Consultoria Erickson agora têm a tarefa de rever os balanços da Able. Segundo Laura Kirkland, funcionária da Erickson...

Laura Kirkland? Que nem a Laura Kirkland irmã de Owen? Devem ter mandado a Laura voltar do trabalho de consultoria que estava fazendo na Europa.

Termino de ler o artigo e a citação de Laura, mas não apreendo mais nenhuma informação. O que Laura diz é evasivo demais para explicar alguma coisa.

> Segundo Laura Kirkland, funcionária da Erickson, "estamos investigando o caso sob todos os ângulos e esperamos ter uma resposta antes do final do trimestre fiscal".

Tento ligar para papai. Deve ser a vigésima ou trigésima vez que telefono para ele nos últimos dias.

Alterno entre deixar recado com a assistente, o telefone celular pessoal dele e Maria. Faço diferentes combinações dos números que vou ligar em seguida, como se fosse tropeçar miraculosamente na combinação secreta que me permita descobrir um jeito de falar com meu pai.

Não posso ir para casa. Estou seriamente preocupada com a possibilidade de Claudia explodir comigo e me atacar com uma faca de cozinha ou com um desses pequeninos revólveres perolados feitos especificamente para caber nas bolsas das mulheres.

O escritório parece muito silencioso sem Owen. Não consigo me concentrar no trabalho, então pego o telefone e ligo para Maria.

— Oi, M. Sou eu de novo.

— Não tenho visto seu pai, então não pude dar seus recados a ele, eu juro. Os repórteres estão enxameando a casa há alguns dias, por isso ele está ficando num hotel, e nem eu sei onde. É tudo supersecreto.

— E a Claudia? Está por aí?

— Não a vejo há uns dias. Não sei onde ela está.

— E você?

— Os repórteres são um saco. Alguns deles conseguiram pular a cerca e acabaram com o jardim de gardênias. Eles estão pisando no gramado todo, são um perigo, mas nós vamos sair vivos dessa.

— Sinto muito, M. Falo com você depois, ok? Agüenta o tranco.

Desligo o telefone, e o Barba de Bode chega perto de mim e diz:

— Eu soube do seu pai. Que coisa terrível! Está tudo legal? Ele não vai tipo ir pra cadeia ou algo assim, não vai?

— Tento me manter fora dos negócios do meu pai o máximo que posso. Eu realmente não sei nada a respeito. — Tudo isso, fico triste em dizer, é verdade.

Fico aliviada quando o telefone toca.

— Tenho que atender — digo a ele. Ele assente e vai embora. — Alô?

— Eu gostaria de falar com Helaina Denner.

— Sou eu.

— Meu nome é Lucy Randall. Sou do *Denver Post*. Eu queria te fazer umas perguntas sobre a situação do seu pai...

— Caralho! Como você conseguiu meu telefone? — Será que Maria ou alguma outra pessoa que trabalha lá em casa deu meu número a ela? Claro, os jornalistas da área vigiam os acontecimentos da vida da elite rica. Tenho assinado meus artigos na *Cores Locais* com o sobrenome de solteira de minha mãe. Todo mundo sabe que Gary tem uma filha chamada Helaina. Helaina não é exatamente um nome comum. Droga. — Não tenho nada a dizer. Tchau.

Bato o telefone, meu coração acelerado. Deixo todas as ligações do resto do dia caírem na secretária eletrônica. Nas horas seguintes, todos os meus colegas de trabalho dão uma passada em minha mesa para saber se tenho alguma novidade das internas. Eu só ia deixar o emprego na revista no dia 20 de agosto, umas duas semanas antes das aulas começarem, mas acabo decidindo que não sou capaz de agüentar isso e vou até Amanda e peço-lhe desculpas por avisar tão em cima da hora, mas com tudo o que está acontecendo não dá mais para continuar trabalhando ali.

— Desculpa por te deixar na mão. E se eu fizesse as coisas como freelancer? Não quero que você fique numa roubada porque eu e Owen saímos.

— Tudo bem. A gente tem entrevistado estagiários novos pro fim das férias. Talvez um deles possa começar mais cedo. Francamente, com tudo que está acontecendo com seu pai, talvez seja melhor assim. Eu sei que você tem passado por umas poucas e boas ultimamente. Você tem que cuidar de si mesma. A gente dá um jeito.

— Tem certeza?

Ela anui.

— Foi uma ótima experiência trabalhar aqui. Aprendi muito. Gostei de trabalhar pra você.

Ela me lança um sorriso carinhoso.

— Você é uma escritora de talento, Helaina. Você é uma garota brilhante. Quando for uma diretora de cinema importante, vai me dar uma entrevista exclusiva, não vai?

— É claro.

— Boa sorte pra você.

— Obrigada. Por tudo.

Junto minhas coisas e arrumo minha mesa. Despeço-me de Amanda e Jill, mas fora isso decido pular as despedidas e faço o máximo possível para sair despercebida. Acho que meus colegas de trabalho vão entender.

Volto ao meu quarto de hotel. Estou ali há poucos minutos quando começo a ficar irrequieta. Tento trabalhar no meu roteiro, mas a verdade é que não estou bem certa do assunto que ele aborda ou o que deve acontecer em seguida. Tento imaginar o filme na minha cabeça. Consigo ver os personagens, mas não o que devem fazer ou dizer ou por qual razão alguém iria querer assistir a essa porcaria. Sei que minha primeira tentativa de fazer um roteiro não vai ser fácil nem brilhante se eu não me empenhar, mas em minha mente imagino um trabalho de gênio. A realidade é ligeiramente humilhante, mas o que surpreende é o fato de pouco fazer para acabar com a fantasia de que todas as palavras de um roteiro no qual na verdade não estou trabalhando é o que há de mais genial.

Talvez o que eu precise seja sair e ver um bom filme. Talvez isso me inspire. Ligo para Hannah.

— Meu Deus, como você está? — ela pergunta.

— Estou bem.

— Você não está com medo?

— Medo?

— Pelo seu pai. Ele pode acabar perdendo tudo. E se ele for preso e você... Você não acha que precisa arrumar um emprego de verdade?

— Hannah, meu pai vendeu $35 milhões de dólares em ações só este ano. Acho que a gente vai dar conta.

— Espero que sim.

— Escuta, você não quer fazer alguma coisa?

— Adoraria, querida, mas já combinei com o Todd. A gente vai fazer um trekking.

— Trekking?

— É quando se anda ao ar livre, numa coisa chamada *natureza*.

— Ha ha. O Dan me arrastava pra fazer trekking toda hora. É que eu nunca achei que você fosse do tipo que gosta de ficar ao ar livre.

— Eu não gostava, mas descobri ultimamente que me exercitar e ficar ao ar livre me repõe as energias.

— Você foi abduzida por forças alienígenas? Com quem eu estou falando?

— As pessoas mudam.

— Acho que sim. Divirta-se.

— Pode deixar.

Em seguida, tento Marni. Quando atende, fica óbvio que ela estava chorando.

— Marni, o que foi?

— Briguei com o Jake.
— Por quê?
— Ele quer ter quatro filhos, mas eu só quero dois. Acho que quatro gestações é pedir demais. Vou ser médica. Só estou preocupada de não ter tempo suficiente pra ser uma boa mãe pra quatro crianças. Sinceramente, não sei nem se vou conseguir ser uma boa mãe de dois filhos.

É esse o assunto da briga dos dois? Inacreditável.

— Tenho certeza de que vocês dois vão se entender. Seus pais te criaram muito bem.
— Mas eu sou filha única, tá vendo?
— Você não quer sair comigo, dar uma espairecida?
— Quero.
— Você está a fim de quê?
— Vamos ao Brendan's curtir um blues.
— Parece uma boa idéia. Te pego daqui a uma hora.

Busco Marni em casa e vamos para o bar. Ainda é cedo, mas já está todo enfumaçado. Pelo menos conseguimos uma mesa perto do palco. Estaremos no melhor lugar quando a música começar. Pedimos um *pitcher* de cerveja e dois copos d'água. Quero ir com calma e não ficar bêbada.

— Ok, me conta tudo — digo. Vejo Marni tomar metade da cerveja de um gole só. Esse não é o *modus operandi* típico dela.

Ela dá de ombros.

— Não sei. A gente estava conversando sobre o nosso futuro. A gente sempre falou dos filhos que vamos ter um dia. Já combinamos que vou esperar até ter terminado minha residência, mas, até hoje, nunca tínhamos falado sobre quantos filhos queremos ter. Sempre presumi que seriam dois. Dois é o número perfeito. Mas aí ele disse que quer quatro. Quatro. Nunca brigamos desse jeito.

— Meu amor, tudo vai dar certo. Vocês ainda têm tempo pra pensar nisso.

— Mas e se ele não quiser casar comigo? O que eu faço?

— Fica fria. Vocês dois precisam de uns dias pra acalmar os ânimos. Talvez vocês possam chegar a um meio-termo e ter três filhos.

Marni se serve de mais cerveja.

— Não. Nós dois concordamos que número ímpar não é uma boa.

— Às vezes não dá para controlar esse tipo de coisa, sabe.

— Não consigo pensar nisso agora. Como estão as coisas entre você e o Owen?

— Nada boas. — Conto a ela o que aconteceu.

— Você não ama o Owen?

— Sinceramente, adoro ele. Sinto muita falta dele. Mas amar? Não tenho certeza.

— Você sempre foi constipada emocionalmente.

— O que você está querendo dizer com isso?

— Quero dizer que você é fechada. Acho que você tem medo de relaxar de verdade e se abrir com alguém. Acho que você tem medo de realmente *sentir* as emoções.

— Hoje em dia tudo o que tenho são emoções.

— Mas você está mesmo encarando elas? Ou está tentando evitar o que está sentindo?

Tenho uma vontade louca de despejar o resto da jarra de cerveja na cabeça dela. Caramba, o que ela quer de mim? Estou fazendo o melhor que posso.

A banda sobe ao palco, livrando-me da necessidade de responder. O cantor é um negão de ombros largos com um rosto tipo lua e a cabeça calva e resplandecente. O bar está com luzes baixas, mas todas as luzes existentes se refletem em círculos luminosos em sua testa lustrosa. A voz dele é grave, suave e rouca. Perco me na música, agradecida.

Marni pede outro *pitcher* de cerveja quando estou só no meu segundo copo. Lanço-lhe um olhar preocupado, mas ela me ignora.

O bar enche mais e mais até que todas as mesas e cadeiras são ocupadas e a pista de dança toma vida com corpos balançando ao som da música.

Sinto-me leve, agradavelmente intoxicada quando a banda faz um intervalo. Viro-me para Marni e percebo que ela está um trapo. Não acredito que ela possa ficar tão chateada com o número de filhos que pode ter ou não daqui a alguns anos. Acho que ela tem muita sorte de saber com tanta clareza como vai ser seu futuro. Mas me sinto uma merda de amiga porque obviamente não fui muito competente ao tentar animá-la.

— Você está legal? — pergunto.

— Tenho que ir ao banheiro.

— Você quer que eu vá junto?

Ela me olha com fúria.

— Vou ficar bem.

— Está bem, desculpa.

Marni anda trôpega até o banheiro.

Ela havia deixado a mesa há apenas um minuto quando ouço uma voz perguntar:

— Posso te pagar um drinque?

Ergo o olhar e vejo um homem lindo de cabelos escuros e cacheados. Ele parece ser latino. Está vestindo uma camiseta creme com uma manchinha e um jeans desbotado.

— Obrigada. Não precisa.

— A música é ótima, não é?

Faço que sim.

— Você tem um pouquinho de sotaque. De onde você é?

— De Roma.

— Você está aqui a passeio?

— Escrevo sobre viagens.

— Sério? Que trabalho legal! Pra quem você escreve?

— Já ouviu falar dos guias do *Lonely Planet*?

— Claro. Você escreve pra eles? Uau! Quanto tempo você vai passar em Denver?

— Só fico até a semana que vem. Passei o verão todo aqui. Mal posso esperar pra ir embora.

Eu rio.

— Denver certamente não é nenhuma Roma. Para onde você vai depois?

— Vou passar umas duas semanas na Colúmbia Britânica, no Canadá, depois vou pra Tailândia e Indonésia.

— Maravilha.

Examino a porta do banheiro. Nem sinal de Marni. É cedo demais para ir procurá-la, mas já faz tempo suficiente para que eu comece a ficar preocupada.

— Nunca fui a esses lugares — comento. — Mas já fui à Europa. — Depois que as palavras saem de minha boca, percebo o quanto esse pouquinho de informação soa sem graça para um europeu, principalmente para um europeu que ganha a vida viajando.

— Você passou quanto tempo lá?

— As férias. Bem, uns dois meses.

— É preciso uns dois meses só pra explorar Roma.

— Com certeza você está certo. Infelizmente, não tive dois meses para Roma. Tive uns três dias. Mas gostei. Olha — digo, olhando de novo em direção ao banheiro —, queria conversar mais com você, mas estou um pouco preocupada com uma amiga. Ela está no banheiro há muito tempo. Quero ver se está tudo bem. Não quer se sentar?

Ele assente.

— Meu nome é Matteo. — Ele estende a mão e eu a aperto.

— Prazer em conhecê-lo. Meu nome é Helaina. Já volto.

Entro no banheiro e espio por baixo das portas das cabines os pés tamanho 34 de Marni.

— Marni, você está bem? Marni? Posso abrir a porta?

A porta se abre e vejo Marni caída contra a lateral, seus shorts em volta dos tornozelos.

— Você está bem?

— Estou só descansando.

— Anda. Vamos levantar.

Ajudo-a a ficar de pé. Ela tateia em busca dos shorts.

— Você pode me ajudar?

Humm, não, se veste logo, caramba.

— Se apóia em mim. Não vou deixar você cair.

Com muito esforço e tateando bastante, ela obtém êxito em se vestir. Ajudo-a a lavar as mãos e tento ajudar a levá-la de volta à mesa. Vou só me despedir de Matteo e depois levar Marni para casa.

— Eu posso andar sozinha! — insiste ela quando saímos do banheiro.

— Tem certeza?

— Tenhooo!

— Tá bom. — Solto Marni e ela cambaleia um pouco. Enquanto ando, noto que tem papel higiênico grudado na sola do meu sapato. Estou tentando tirá-lo disfarçadamente quando Marni me dá um tapa nas costas com tanta força que ambas quase caímos no chão enquanto ela grita:

— Tem papel higiênico no seu sapato!

Obrigada. Muito sutil. Sorrio para Matteo, que está rindo de nossas bobeiras.

— Matteo, foi muito legal conversar contigo, mas tenho que levar minha amiga pra casa.

— Claro. Foi bom te conhecer.

Levo Marni até o carro. Ela entra e instantaneamente cai no sono, a cabeça escorada na porta do passageiro, roncando alto. Ponho o cinto de segurança em volta dela e a levo para casa.

Após deixar Marni em casa, ajudando-a a chegar ao quarto, retorno ao meu hotel, sentindo-me ainda mais triste do que quando saí para "me divertir".

Tiro a roupa, lavo o rosto e escovo os dentes, depois me enfio embaixo das cobertas com o coração aflito.

Preciso sair desse pânico. Tenho que conseguir pensar com clareza sobre Owen e minha mãe e meu pai e minha vida. Para me sentir feliz de novo, só preciso focar nas coisas boas de minha vida: estou saudável. Sou jovem. Tenho bons amigos. Tenho uma cama confortável e quente. É muito bom me aconchegar nesses lençóis novos e limpos. Embora sinta falta do meu próprio edredom de penas, tão gostoso que é como se eu estivesse envolta em uma nuvem densa...

Ai, meu Deus, já estou focando o que não tenho. Tenho que me concentrar nas coisas positivas.

Ah, dane-se! Ficar feliz dá trabalho demais. É mais fácil ficar triste mesmo. Não tenho que fazer nada para sentir tristeza. Ela vem naturalmente.

* * *

De manhã, tento trabalhar no roteiro, mas não chego a lugar nenhum. Minha concentração está abalada. Pensamentos relativos ao Owen ficam me interrompendo. Sinto saudades dele. Sinto muitas saudades mesmo. É um bom sinal, não é? Isso significa que não sou um freezer ambulante que nem meu pai.

A verdade é que estou chateada com Owen. Ele está agindo de uma forma tão imatura. Por que ele não me liga?

Acho que eu o amo. Mas estou tão confusa. Em relação a tudo. Será que o amor tem de ser tão difícil assim, ou quando o amor chega depois de um evento traumático ele fica mais difícil do que deveria ser?

Vou com meu laptop a uma cafeteria. Trata-se de um lugar caseiro, cheio de estudantes e escritores. É o tipo de lugar que anima as pessoas a ficarem por lá. Ao contrário das cadeias de cafeterias, onde querem que você entre e saia o mais rápido possível, esta tem uma prateleira coberta de livros para serem lidos e jogos de xadrez e tabuleiros para quem quiser jogar. Há tomadas por todos os lados para que as pessoas liguem seus computadores e trabalhem por horas e horas.

Peço um moca com chantilly. Ainda está difícil manter comidas sólidas no meu estômago e, apesar de admitir que chantilly e cafeína com gosto de chocolate não são a forma mais saudável de engolir calorias, eles evitarão que eu suma por completo. Tento realmente degustar o chocolate e a doçura do chantilly, mas é como se minhas papilas gustativas tivessem sido fechadas com tábuas e fazendo greve durante as férias. Nada tem gosto de nada.

Sento-me, abro o Final Draft e fito o irritante cursor piscando zombeteiramente para mim.

Estou planejando meu enredo (isto é, olhando fixamente para o nada) quando um homem de quarenta e muitos anos pára diante de minha mesa.

— No que você está trabalhando? — pergunta.

— Humm? Ah, estou tentando escrever um roteiro.

— Uma escritora! Que maravilha. — Ele anui para mim. Eu sorrio. — A guerra é uma coisa terrível, não é?

Fico olhando para ele, confusa. Isso foi uma transição lógica dentro de nossa conversa?

— Humm, sim.

— Tenho um artigo sobre a importância da paz no meu carro. Vou buscar.

Pedi a ele para fazer isso? É como se ele tivesse pensado que estamos tendo uma conversa que não estamos de fato tendo. Ele parece o Woody Allen — um homem magro, aparentemente neurótico, de óculos e cabelos ralos.

Volto minha atenção para o computador, fazendo força para me concentrar, como se isso fosse deter o esquisitinho que, por alguma razão, ficou de olho em mim.

Não funciona. Ele volta com uma xerox de um artigo que imagino ser de alguma revista. Olho rapidamente uma única folha de papel. O título é "A Árvore da Paz" e o artigo é assinado por um homem com um nome indiano que não reconheço.

— Vou escrever meu nome e meu telefone — diz o esquisitinho. Ele pega a folha e escreve o nome e o telefone na parte de baixo. — Me liga uma hora dessas. A gente podia ir ao cinema.

Ele está me chamando para um encontro? Será que ele não percebe que é pelo menos vinte anos mais velho que eu e que não é nem um pouco atraente? Como isso lhe passou despercebido? Os homens são umas criaturas fascinantes.

— Humm, obrigada — agradeço, porque não sei o que mais poderia dizer. — Tenho que voltar ao trabalho.

— Claro, claro. — Ele fica de pé, mas não faz qualquer menção de sair. Ele só fica me encarando. — Qual é o seu nome?

— Helaina.

— Lindo nome. Bem diferente.

Dou de ombros.

— Me liga — repete ele.

Sorrio sem convicção e ele sai. Volto minha atenção para o roteiro novamente, mas não consigo me perder em uma história inventada porque não faço a menor idéia de que história desejo contar. Todo mundo ao meu redor parece concentrado e imerso em pensamentos. Mato todo tempo que posso fingindo estar ocupada.

— Ei, Helaina!

— Meu Deus! Matteo! Tudo bem? Sente-se. — Aponto para uma cadeira vazia diante de mim.

— Obrigado. — Ele puxa a cadeira e se senta. — Como está a sua amiga?

— Tenho certeza de que ela vai sobreviver.

— No que você está trabalhando?

— Quero escrever um roteiro. Na minha cabeça ele é muito emocionante, divertido e belo. Infelizmente, na vida real só escrevi umas vinte páginas e são as piores vinte páginas da história dos roteiros.

— É sobre o quê?

— Bom, na verdade é esse o meu problema. Não faço a menor idéia.

Ele ri.

— Isso vai te atrasar.

— Sabe, que bom que encontrei contigo. Você é uma ótima distração. Me conta de Roma.

Falamos sobre a Itália e os Estados Unidos, e as diferenças entre nossas culturas por mais ou menos meia hora. Então ele diz:

— Você acha que um dia vai voltar a Roma?

— Ah, pretendo, é claro.

— Se você quiser ouvir minhas sugestões dos melhores lugares para visitar, vou ficar muito contente de te falar durante o jantar.

Matteo é lindo até não poder mais. Sei que ele vai partir para o Canadá a qualquer momento, mas mesmo um jantar casto parece uma traição a Owen. Entretanto, nem sei o que está acontecendo com Owen.

— Tem alguma coisa errada? — Matteo pergunta com um sorriso sexy e galanteador.

Percebo que, apesar do que está rolando entre mim e Owen, não posso sair com mais ninguém até que eu chegue a uma conclusão.

— Bem... humm, na verdade eu estou meio que saindo com uma pessoa.

— Entendo. Vou deixar você voltar ao trabalho. Boa sorte com o roteiro, minha *bella* Helaina.

— Obrigada. Divirta-se na viagem.

— Sempre. Caso contrário, qual é a graça?

Depois que Matteo vai embora, eu me pergunto por que recusei o convite. Ele é um gato e teria sido fascinante passar a noite conversando sobre o mundo com um cara que viu boa parte dele em primeira mão. Recusar o convite dele significa que eu realmente gosto de Owen. Certo?

Por que meus sentimentos são tão misteriosos para mim mesma? Quem dera fizessem um manual do usuário para os corações humanos! Um guia me seria muito útil.

Capítulo 23

Acordo às sete horas na manhã seguinte. Tento heroicamente voltar a dormir, não por estar cansada — não estou, fui dormir às dez na noite anterior —, mas sim porque não sei o que fazer com todas as horas do dia. São muitas. Não sei como preenchê-las.

De repente, sem trabalho e sem Owen, somente com esses dias longuíssimos em que não tenho nada para fazer além de pensar, minha depressão se torna mais profunda. Ela me engole. Tenho estado num estado de fuga sombrio desde que mamãe morreu, mas neste momento, neste quarto de hotel, ela atinge outra intensidade. O que fazer quando a sua mente te trai tanto que você deseja desafiar todas as leis da sobrevivência e se matar? É insanidade.

Não era para o tempo fazer com que as coisas melhorassem? Mas estou me sentindo pior.

Olho o quarto ao meu redor — a cor das paredes é creme, o carpete vinho, as poltronas confortáveis com flores marfim contra o fundo vinho. Deixo a grossa cortina aberta para a luz do sol entrar, na esperança de que a luz melhore meu estado de espírito. Aqui no meu quarto posso fingir que o mundo lá fora não existe. Não me importo se os negócios de meu pai estão indo por água abaixo. Não ligo para o que está acontecendo no mundo.

Resolvo que preciso sair ou vou enlouquecer, então vou ao parque de diversões, pensando que algum divertimento me fará bem. Aí atino que parques de diversão na verdade são lugares muito tristes quando se está sozinho. Não há ninguém com quem conversar enquanto se espera na fila para entrar em um brinquedo e quase todos eles são preparados para duas pessoas sentarem-se juntas. Entretanto, é divertido para observar as pessoas — os adolescentes tomados por uma febre de testosterona; as adolescentes magrinhas de aparelho nos dentes e shorts que mais parecem cintos, seus acessórios numa profusão de rosa-choque e brilhos, fazendo com que o movimento feminista regrida uns trinta anos: as fofíssimas menininhas bem brancas com rabos-de-cavalo curtos saltando do meio de suas cabeças como uma palha em um espantalho; as fofíssimas menininhas negras com os cabelos cheios de bolinhas de plástico e pregadores de plástico em formato de patos e borboletas, o que faz com que pareçam arvorezinhas de Natal.

Espero na fila da montanha-russa e vejo um casal mais à frente que não se desgruda. Beijam-se e estão com os braços nas costas um do outro e os corpos grudados. De vez em quando se viram e se abraçam e beijam com intensidade e paixão, uma pélvis apertada contra a outra. São jovens — mais ou menos da minha idade. Pergunto-me se é o primeiro amor de ambos. Ela tem uma juba impressionante de cabelos vermelhos. Ele me lembra Owen, e corta meu coração vê-lo com outra mulher, embora eu saiba que não é Owen.

Pergunto-me o que ele andará fazendo. Penso se estará bem.

Amo Owen? Sei que sinto falta dele. Penso nele constantemente. Se eu fosse me apaixonar por alguém, com certeza faria sentido ser por Owen. Ele é gentil, inteligente e sexy...

— Uui!!! — Acontece num lampejo. No início, tudo que sei é que um corpo colide contra mim provocando uma dor lancinante, jogando-me esparramada no chão, onde me seguro com as mãos. A pele da palma da minha mão direita é incendiada por uma cor vermelho-sangue quando raspa o asfalto áspero.

— Você está bem? — alguém pergunta.

Sento-me de bunda e me viro para examinar minha mão, que está coberta de sangue. Pedacinhos de pele triturada se enroscam como fitas. Ergo o olhar e vejo um grupo de adolescentes que parecem envergonhados, e aí entendo o que aconteceu. Um deles empurrou outro contra mim, mas fui eu quem mergulhou no chão.

Por que saí daquele nojento quarto de hotel?
— Mil desculpas — diz um dos garotos.
— A culpa foi dele — diz o outro.
— Você está bem? — a voz pergunta de novo. É uma garota que tem minha idade, talvez um pouco mais. Há uma criança pequena com ela.
— Humm, tenho certeza de que vou ficar bem. Só preciso me limpar.
— Olha, tenho um frasquinho de álcool em gel na minha bolsa. Me dá sua mão.
— Você carrega álcool em gel na bolsa? Você é escoteira em período de treinamento?
— Não, eu sou mãe. Mas seguimos o mesmo lema de estarmos sempre preparados.
Levanto-me e estendo a mão. Ela derrama álcool nela, e isso causa fagulhas incandescentes de agonia por todo o meu braço. Felizmente, a parte pior da dor passa rapidamente.
— Acho que você vai ficar bem. Não parece que os cortes foram muito profundos. Aliás, meu nome é Abby.
— O meu é Helaina.
Abby pega três band-aids de tamanho normal na bolsa e cobre com eles os três piores cortes da minha mão.
— Eu tenho uma amiga que estava bebendo e ela tropeçou nos trilhos de trem e cortou a mão — conta Abby. — Parece que nos trilhos tem um monte de substâncias químicas e algumas entraram na corrente sanguínea. Ela teve uma espécie de envenenamento sanguíneo e teve que parar de trabalhar durante um mês e meio.
— Tá brincando.
Ela faz que não.
— Há mais ou menos um ano, subi num banquinho de cerca de quinze centímetros de altura, caí, mas consegui colocar a mão na frente, exatamente assim, e quebrei o pulso. Tive que fazer uma cirurgia. Passei seis meses sem trabalhar. Tiveram que raspar o osso do meu pulso.
— Aaai!
— O que estou querendo dizer é que acho que você teve muita sorte. Mas vai ficar bem.

— Espero que sim. — Apesar de que agora fico pensando se há substâncias químicas invisíveis rastejando lentamente pelas minhas veias e amanhã, a essa hora, estarei em meu leito de morte, agitada por um suor febril enquanto meus órgãos param de funcionar, um por um. Ela me contou aquelas piadinhas com a intenção de me animar? Porque, se foi, não funcionou.

— Bom, obrigada pelo imediato tratamento de enfermagem estilo Florence Nightingale. Posso convidar você e sua filha para tomar um S-O-R-V-E-T-E, sei lá?

A filha de Abby começa a pular para cima e para baixo, batendo palmas.

— Sorvete, sorvete, sorvete!

— Ai, meu Deus, me desculpa. Não sabia que crianças tão pequenas sabiam soletrar. Você está criando uma espécie de prodígio? — pergunto.

— As crianças aprendem a soletrar expressões vitais muito cedo. É tipo cachorro, que só entende palavras como "passear", "comida" e "rua". — Ela ri. — Bom, obrigada pelo convite. É muito gentil de sua parte, mas não precisa. Sério, não foi trabalho algum.

— Sorvete! — berra a menininha.

— Me desculpa mesmo — repito.

— Não tem problema. A gente pode tomar um sorvete.

— Tá!

Saímos da fila da montanha-russa e vamos em direção à barraquinha de sorvete mais próxima.

— Qual o nome da pequenininha?

— Não sou pequenininha! — declara a menina num fervor de indignação.

Abby riu.

— Essa é a Morgan, minha anjinha. Você estuda?

— Estudo cinema na NYU. E você?

Abby fez que sim.

— Estudo em meio período. Não é fácil com a Morgan e um emprego em tempo integral, mas acabo a faculdade no ano que vem e terá valido a pena.

— Posso te perguntar quantos anos você tem?
— Vinte e três.
— Quantos anos tem a Morgan?
— Ela tem quatro.

Peço três casquinhas e me esforço para tirar dinheiro da carteira usando só uma mão.

— Você pode me ajudar? — indago. Abby me ajuda a colocar o troco de volta na carteira, a carteira de volta na bolsa e a bolsa de volta em meu ombro.

— Vi uma mesa!!! Mamãe, eu vi uma mesa!
— Está bem, por que você não corre e guarda pra nós, a gente já vai pra lá.

Quando Abby tinha minha idade, vinte, ela estava cuidando de um bebê de um ano. Isso para mim é espantoso. Num mundo em que é possível tropeçar e ter uma espécie de envenenamento sanguíneo que deixe a pessoa de cama por seis semanas ou cair e precisar de cirurgia para que o pulso seja raspado, a tarefa de manter um ser humano tão pequenino vivo e saudável parece quase insuperável.

Abby e eu nos sentamos à mesa com Morgan, cujo rosto e blusa ficam quase instantaneamente cobertos de sorvete. Enquanto observo Abby enxugando o rosto de Morgan com um quadradinho de guardanapo, relembro minha própria mãe fazendo o mesmo comigo. A lembrança é tão nítida e aguda que parece um soco no estômago. A tristeza ameaça me dominar.

— Bom, obrigada por me ajudar com a mão — agradeço. — Eu tenho que ir. — Limpo a garganta, numa tentativa de segurar o choro.

— Tem certeza de que você está bem? Você nem terminou o sorvete.

— É, eu sei, na verdade não estou com fome. Obrigada. Obrigada de novo. Morgan, foi um prazer conhecer você.

— Obrigada pelo sorvete. Morgan, como se diz?
— Brigada.
— Não há de quê. Divirtam-se, viu?

Apesar de estar no parque há uma hora e não ter ido a brinquedo algum, retorno ao hotel.

Deito-me na cama e a dor me dilacera. Sinto como se minha pele tivesse sido esfolada e todos os nervos estão tão hipersensíveis que até a brisa fria do ar-condicionado é excruciante. Sinto-me como aqueles personagens de *Arquivo X*, quando são envenenados por criaturas alienígenas e seus olhos e corpos ficam cheios daquela substância oleosa preta. Tenho a sensação de que esse veneno preto está atacando todas as células de meu corpo.

Começo a chorar e há momentos em que o choro explode em soluços torturantes. Choro e choro, e nem tenho tanta certeza assim do motivo pelo qual estou chorando.

Penso em mamãe quando eu era pequena e penso nas festas, casamentos e em outros eventos que vão acontecer sem sua presença. Penso em meu pai e em como ele ignorou meu filme e o fato de ele sequer ter escutado minha versão na história do carro, simplesmente ameaçando me mandar para uma clínica de reabilitação. Penso em Owen, em seus poemas, em seu semblante quando está dormindo, em seu sorriso. Não posso perdê-lo. Não posso.

Olho para o diário de minha mãe e folheio as páginas. Seus últimos pensamentos, presos no papel, porque ela não tinha a coragem ou a força necessária para dizê-los em voz alta.

Todos esses pensamentos. Eles não vão parar de me atormentar. Eles passam por minha cabeça e, assim que afasto um deles, outro toma o lugar.

Gostaria de ter sido uma filha melhor. Queria poder dizer que era uma expert no piano. Uma criança prodígio em matemática. Uma concorrente à medalha de ouro em ginástica olímpica.

Sofri no decorrer de horas incontáveis de aulas de piano e de balé, mas nunca mostrei nem um pouco de potencial. Mamãe fez o melhor que pôde para que eu tivesse uma educação de primeira e, apesar de ter todas as oportunidades, eu me tornei irremediavelmente mediana.

Não sei há quanto tempo estou chorando, mas, quando finalmente paro, sinto-me totalmente exausta. Adormeço com os olhos úmidos e lágrimas espremidas nos cílios.

Sonho que Owen e eu estamos na Nova Zelândia, nas elegantes florestas verdes iluminadas por flores e pássaros exóticos de cores vivas. As famílias dos dois estão lá. Mamãe e papai estão lá. O pai e a mãe de Owen também. (Nunca conheci os pais dele, é óbvio, e não os vejo em meu sonho, simplesmente sei que estão lá.) Não faço idéia do motivo pelo qual nossas famílias estão ali, alguns deles viajaram do mundo dos mortos para irem até o outro lado do globo, na Nova Zelândia. Todos nós estamos num Jeep, passeando, vendo a beleza do país. Depois voltamos ao hotel. Owen e eu vamos para nosso quarto, fechamos a porta e, através de um acordo não-dito, vamos direto para a cama e fazemos amor. Em geral não sou uma pessoa de sonhos eróticos. Acho que já tive uns dois sonhos picantes na vida, mas neles nunca fiz mais do que beijar um cara — pelo menos não me lembro de algo mais. Mas neste sonho o sexo é explícito — cuidadoso, sensual, maravilhoso.

Quando acordo, tenho uma deliciosa sensação de calma, algo que não sinto há meses.

Deito-me na cama num estupor antes de despertar e repito o sonho em minha mente. Pergunto-me o que será que ele significa. Hannah deve saber. Sento-me e pego meu celular.

— Alô? — atende ela.
— Oi, querida, sou eu.
— E aí?
— Tive um sonho.
— Aham. Me conte os detalhes.

Recosto-me na almofada, ajeitando-me para ficar confortável.

— Sonhei que o Owen e a minha família toda foram pra Nova Zelândia. Tanto minha mãe quanto meu pai estavam lá, e os pais do Owen também estavam, apesar de estarem mortos. Passeamos de carro juntos, curtindo as belezas do país, depois voltamos ao hotel. Owen e eu fomos pro nosso quarto e fizemos amor, e foi maravilhoso. Nunca tive um sonho erótico, e esse foi bem detalhado e longo. Não é estranho? Que as famílias dos dois nos levem pro outro lado do mundo só pra que Owen e eu possamos transar? Que nossos pais voltem do mundo dos mortos só pra nós fazermos isso? Então, o que isso significa?

— Tem algo de errado entre você e o Owen?

— Como você sabe disso? Na verdade, estou morando num hotel.

— Tá brincando. O que foi que aconteceu?

— O Owen estava falando em namoro, que ele queria um compromisso sério, mesmo a distância até que ele se mudasse pra Nova York depois de se formar, o que ele já planejava fazer, de qualquer jeito. Eu disse que não estava pronta pra assumir um compromisso, e ele meio que brigou comigo e praticamente me expulsou, dizendo que precisava de espaço para pensar.

— Por que você não está pronta pra se comprometer? Nunca te vi tão apaixonada por um cara quanto você está pelo Owen. Ele é bonitinho, é legal, qual o problema?

— Hanninha, minha mãe acabou de morrer, não consigo pensar direito, não sou capaz de planejar o que vou almoçar hoje, imagina saber o que vou estar sentindo daqui a dez meses, quando ele se formar.

— Não me convence.

— Como assim, não te convence? — digo, tomada por um repentino lampejo de raiva por ter que me defender.

— Acho que você está com medo. Você nunca ficou assim por causa de um cara e agora está apavorada. É aquela coisa dos homens e de compromisso, só que você é uma garota.

— Você está falando um monte de merda. E o Dan?

— Você não amava o Dan. Não há dúvida de que você nunca olhou o Dan da mesma forma que olha o Owen. Eu acho é que no seu sonho seus pais estão tentando te dizer que você está colocando um monte de barreiras pra sua felicidade. A beleza e a felicidade estão ao seu redor. Seus pais querem que você veja o mundo, querem que você ame e seja amada, querem que você pare de ficar triste o tempo todo.

Acho a leitura que ela fez do sonho uma forçação de barra, mas gosto da idéia de que minha mãe ainda pode me visitar, mesmo que em sonhos, e me dar conselhos, me mostrar o caminho a seguir.

Nada falo durante alguns segundos.

— Você acha mesmo? Talvez seja melhor você consultar um dos seus livros.

— Minha querida, seu sonho não foi tão estranho quanto você pensa. É bastante comum. Viagem é uma metáfora óbvia para liberdade e mudanças, não só mudança de ambiente, mas também nas suas atitudes. E sexo é obviamente um sinal de amor e de que você quer ficar perto de uma pessoa. E quanto à sua mãe voltar? Você sente saudades dela. Você a quer de volta. Não é nenhum mistério.

— É. Pode ser — digo, a idéia crescendo dentro de mim. — Obrigada, Hanninha.

— Você sabe, estou sempre aqui quando precisar.

Ela estava certa. Sabia mesmo que ela sempre estaria ali quando eu precisasse.

— Vamos nos encontrar logo — diz ela. — Esse seu truque de desaparecer está ficando manjado.

— Claro. Até logo!

Desligo o telefone e me deito novamente. Olho para o diário de minha mãe.

Neste exato instante, queria que minha mãe tivesse sido enterrada, assim eu teria um lugar real para visitar seu túmulo. Preciso muuuito conversar com ela.

Espera aí. *Há* um lugar onde eu posso conversar com ela.

Visto uma roupa qualquer e levo o diário dela comigo. Vou ao estacionamento, pego o Viper e dirijo durante uma hora e meia até chegar ao Rocky Mountain National Park. No caminho, tenho uma sensação de urgência e propósito, apesar de não saber o que desejo falar para minha mãe ou o que vou ganhar indo até as montanhas onde as cinzas dela foram jogadas.

Na estrada a ventania fica cada vez mais forte à medida que subo a serra e tenho que diminuir para cinqüenta quilômetros por hora, tão lento que parece que nem estou me mexendo.

Finalmente chego à beira do parque. Meu ex, Dan, fazia muito trekking e sabia de todas as trilhas dali que não estão nos mapas. Embora eu não seja muito de trilhas, lembro que esse caminho era especialmente bonito.

A primeira parte da trilha é fácil e eu começo a caminhar rapidamente, ouvindo as folhas crepitando embaixo dos meus pés. Vou cada vez mais rápido até correr a toda velocidade. Do nada, começo a chorar. As lágrimas turvam minha visão e não consigo ver as árvores e a vista das montanhas.

Corro ainda mais rápido, como se de alguma forma pudesse fugir de toda essa dor e pesar, de todos os erros e decepções, dessa tristeza que domina tudo.

A trilha torna-se gradualmente mais íngreme e meus pulmões doem, então diminuo o passo a uma caminhada rápida, lutando para tomar fôlego. As palmas das mãos estão tão suadas que quase deixo o diário cair.

Demora cerca de uma hora para que eu chegue à cachoeira, mas, embora meus pulmões doam e os músculos de minhas pernas queimem de exaustão, é agradável me sentir esgotada fisicamente. Estou esgotada mentalmente há tanto tempo que isso me dá uma sensação estranhamente boa.

As lágrimas começam a cair de novo, fluindo para fora de mim como a cachoeira. Tento falar, a voz rouca graças às lágrimas e à fadiga.

"Mãe. Isso. Dói." Com as costas da mão tento enxugar o véu de muco e lágrimas. "Mas sabe, mãe, não posso fazer o que você fez. Não posso parar de viver e de sentir as coisas. Tem um garoto, mãe. Você ia gostar dele. Ele é ótimo, mas, mas eu... Estou com medo de amá-lo." Solto um riso abafado. Rio porque é tão óbvio. É. Porra. Tão. Óbvio. "É assustador amar, porque as pessoas que amamos podem morrer de repente sem nenhum aviso prévio."

"Queria poder voltar no tempo. Queria ter passado mais tempo com você. Sinto tanto sua falta. Tanto." Minha voz falha com a intensidade de minha dor; sinto falta de minha mãe e a quero de volta. Sinto o peso de tantos erros, tantas oportunidades jogadas fora. É tão injusto — tão injusto ela ter sido arrancada de mim quando ainda era tão nova. Quando eu sou tão nova e ainda preciso de tanta proteção materna, tanta orientação, tanto amor.

"O negócio é, mãe, eu nunca vou te esquecer, mas preciso... Preciso te deixar ir embora." Por reflexo, tapo a boca com a mão quando solto um gemido sufocado, depois aspiro as lágrimas de volta e jogo o diário no lago. Observo a água ondulando no lugar onde ele caiu, afundando nas profundezas da água, levando embora as últimas dores e os sonhos mutilados de mamãe.

Finalmente retomo o controle de minha voz.

"Eu nunca vou te esquecer, mãe. Mas preciso te deixar ir embora."

Capítulo 24

— Alô? — atende Owen.

— Oi, estranho.

Ele fica mudo por um momento, mas também não desliga o telefone.

— O que você quer? — ele finalmente pergunta.

— Ando refletindo. — Mordo meu lábio inferior por um instante, tentando pensar nas palavras certas que desejo dizer. — Nos últimos dias tenho ficado escondida nesse quarto de hotel. Estou me escondendo, que nem meu pai se escondeu a vida inteira no trabalho e minha mãe se escondia atrás da farsa de que vivia uma vida perfeita. Mas ninguém foi enganado. Veja o que permanecer num casamento de fachada fez com ela? Fez com que ela fosse infeliz, só isso. O negócio é o seguinte. Não sei muito sobre amor. Não, isso não é exatamente verdade. Sei que amo minha mãe a Hannah a Marni a Kendra e a Lynne. — Pauso, tentando juntar uma coragem que não vem. Forço-me a ir em frente de qualquer forma. — Eu sei que te amo — digo com serenidade. Percebo que estou prendendo a respiração, como se estivesse esperando o chão me engolir por dizer essas palavras. — Tenho certeza de que vou acabar estragando esse namoro de alguma forma, mas, quer dizer, se você estiver disposto, eu gostaria de tentar. Parece besteira não tentar.

— Parece sim — diz ele, de modo simples e tranqüilo.

— Parece o quê? Parece besteira não tentar?

— É absolutamente ridículo.
— É?
— Eu senti muita sua falta. Estava esperando você cair na real. O que eu sinto por você... Isso não acontece todo dia.
— Tem um pequeno probleminha.
— Qual?
— Se eu namorar um garoto que é o extremo oposto do meu pai, como vou resolver todos os meus problemas da relação pai e filha? Eu teria que encontrar um cara igual ao meu pai e tentar mudá-lo e é claro que não dá pra mudar uma pessoa, então sempre vou ficar decepcionada e vou passar a vida inteira tentando. Então, o que eu faço?
— Acho que a saída vai ser você ter um relacionamento saudável e satisfatório.
— Chame a imprensa! Isso é notícia para manchetes! — Sorrio.
— Eu te amo, Helaina.
— Eu também te amo. Quero te ver. Posso te convidar pra sair pra jantar esta noite?
— Nada me daria mais prazer neste mundo.

Quando vejo Owen, uma emoção leve e delicada me preenche. Sinto-me feliz como não me sentia há meses. Ele está tão lindo. Os olhos, o sorriso — ele é maravilhoso. Eu o abraço e ele me abraça forte, por um longo tempo, apertando seu corpo másculo contra o meu. É tão bom que não consigo deixar de sorrir. É tão bom sorrir!

Levo Owen a um dos meus restaurantes preferidos.

— Você já veio aqui? — indago enquanto o garçom nos entrega os cardápios.

Owen faz que não com a cabeça.

— Você vai se deliciar.
— Parece ótimo!
— Quer dividir a salada de queijo de cabra?
— Claro!

O garçom põe uma cesta de pães e uma pasta de azeitona na mesa, e pego um pãozinho e começo a devorá-lo. Não fica parado na minha garganta. Percebo que estou vorazmente faminta.

Como um pãozinho atrás do outro e, quando nossa salada chega, Owen tem que lutar por sua parte. Só o que posso fazer é não engolir tudo de uma vez.

— Com fome? — pergunta Owen, sorrindo.
— Morrendo.
— Ótimo. Você precisa dar uma engordada.
Assinto, engolindo uma enorme garfada de salada.
— Eu sei.
— Como você tem passado?
Faço uma pausa entre garfadas.
— Bom, as últimas semanas foram horrorosas. Mas acho que agora estou melhor.
— Que bom!
— E você?
— As últimas semanas foram horrorosas — concorda ele. — Mas agora estou melhor.
— A sua irmã voltou pra cá?
Ele anui.
— Ela é funcionária da empresa de consultoria que supostamente vai descobrir se a Able cometeu uma fraude contábil. Mal a vi. Ela está trabalhando noite e dia.
— Ela gostou do tempo que passou na Europa?
— Ao que me parece, trabalhou o tempo inteiro que passou lá. Ela ama o trabalho dela. Eu meio que fiquei com a idéia de que ela está adorando trabalhar na Able. Todos os jornais estão de olho no caso.
— Hummm — concordo.

Meu prato chega. Vegetais grelhados com molho de queijo, polenta e arroz. Raspo o prato e limpo a garganta com duas taças de vinho. Estou satisfeita. Dolorosamente. Mas é bom ser capaz de comer de novo, ser capaz de sentir gostos de novo.

Estendo o braço e pego na mão de Owen. Olhamos nos olhos um do outro e sorrimos.

Capítulo 25

Depois do jantar, Owen e eu vamos para a casa dele.

— Esqueci de te contar — diz ele enquanto destranca a porta. — A Polly vendeu a casa. Ela vai fechar a casa uns dias antes de eu ir embora pra faculdade. Vou viajar com ela num caminhãozinho de mudanças até Nova York.

— Nooossa, será uma longa viagem.

— Comprei uns audio-books pra nos distrair. A gente se arranja. Você está convidada para ir com a gente.

— Prefiro injeção na testa, mas obrigada. Você é um bom enteado, Owen.

Há caixas por todos os lados. Os quadros e as fotos foram todos retirados.

Owen e eu fazemos amor lentamente. Não consegui gozar. Realmente não entendo os caprichos imprevisíveis dos orgasmos por enquanto, mas com a prática imagino que entenderei melhor, e quero mesmo praticar o quanto for necessário.

Sinto-me extremamente feliz e em paz deitada nos braços de Owen. Sinto-me abençoada.

O toque de meu celular me acorda na manhã seguinte. Atendo rapidamente. Owen se vira na cama, mas não acorda.

— Alô? — atendo baixinho enquanto corro para o corredor a fim de evitar acordá-lo.

— Ei, como você está? — pergunta Marni.

— Bem. Estou na casa do Owen.

— Que bom! Então está tudo bem entre vocês dois?

— Está tudo ótimo.

— Vem fazer compras comigo e com a Hannah hoje.

— Não sei...

— Por favor! Você tem que comprar roupas pra volta às aulas. A gente só vai comprar roupas, sapatos, maquiagem e umas *cositas* mais. Só o essencial. Bom, de qualquer forma nós três só vamos poder sair juntas de novo daqui a alguns meses.

— É, tá certo, você tem razão.

Algumas horas depois, Hannah, Marni e eu vamos ao Park Meadows Mall. As pessoas não deveriam me reconhecer — fotos minhas raramente saíram nos jornais —, mas ainda assim sinto que estão me encarando e dizendo coisas pelas minhas costas. Sei que estou sendo paranóica, mas não consigo me controlar.

Estamos ali há cerca de uma hora e Hannah já gastou $2.000 em um punhado de itens, número impressionante, considerando-se que nenhuma das roupas e sapatos comprados por ela cobre mais que alguns centímetros de pele. Esse dinheiro todo faria com que Kendra e Lynne tivessem comida, diversão e um teto sobre as cabeças por um mês inteiro, e Hannah o desembolsou em uma única hora.

Marni gastou uns $800 em artigos mais razoáveis.

Ainda não consegui comprar nada para mim, e isso está deixando Hannah enlouquecida. Fito uma blusa preta e Hannah me incentiva a comprá-la.

— Mas já tenho tipo vinte blusas pretas — reajo.

— Mas não tem essa.

— Acho que não estou mesmo com espírito consumista.

— Por que não tenta essa blusa em outra cor? Você usa preto demais, caramba!

— Não sei.

— Vermelho cairia bem em você.
— Pode ser, mas agora estou magra demais. Vou comprar mais roupas quando recuperar uns quilinhos.
— Você promete?
— Eu prometo.
— Por falar em ganhar uns quilinhos, vamos dar uma parada e comer alguma coisa? Estou morta de fome — sugere Marni.
Vamos à praça de alimentação e compramos sanduíches e batatas fritas num fast-food qualquer.
— E então, Hannah, você e o Todd vão continuar se vendo? — indago.
— Não. A verdade é que eu já estava ficando entediada com ele. Estou feliz porque ele vai voltar pra Chicago e eu vou voltar pra faculdade. Assim a gente pode terminar bem, em vez de ter que passar por todo aquele terrível processo de terminar namoro.
— Bem, acho que é bom que não tenha nenhuma lágrima.
Enquanto batemos papo, olhamos em volta e observamos as pessoas. Um shopping junta uma mistura de gente tão intrigante, e nós três almoçamos e contemplamos as mães com os filhos e os namorados e as namoradas como se estivéssemos assistindo a um desfile de macacos num zoológico.
— Meu Deus! Nunca houve um exemplo melhor de por que os dentistas são importantes — comenta Hannah, inclinando a cabeça para seu lado direito. Olhamos em direção ao que ela está "apontando" e ali, como era de se esperar, há uma mulher com grave prognatismo e os dentes mais tortos que já vi na vida.
Estou prestes a falar algo malicioso quando me seguro e me lembro que *esse não é o tipo de pessoa que quero ser. Não é assim que quero viver a minha vida.*
— Vou embora na quinta — digo no lugar do comentário.
Hannah assente.
— Vou no sábado.
— Pego meu vôo na próxima terça.
— Vou sentir saudades de vocês.
— Eu também vou sentir saudades de vocês — afirma Marni.

— Por favor, sem essa de ficar piegas — diz Hannah e depois, revirando os olhos, acrescenta: — Eu também vou sentir saudades de vocês.

Owen e eu passamos juntos cada segundo livre que temos em nossos últimos dias. Vou embora na manhã anterior à viagem de carro para Nova York de Owen e Polly. O plano dele é levá-la até o outro lado do país e fazer sua mudança e depois ir de avião para Chicago, onde um amigo vai buscá-lo e dirigir durante as quatro horas de viagem até Iowa City. Owen me leva de carro até o aeroporto. Ele me acompanha até a área de embarque, abre o porta-malas e tira minha mala. Então ficamos parados ali, eu estudando o chão, incerta do que exatamente desejo falar.

— Você pode pegar um avião e ir pra Nova York qualquer fim de semana que puder dar uma escapadinha — sugiro. — Tenho que usar bem minha herança. De qualquer forma você devia conhecer Nova York antes de decidir com certeza se quer viver lá.

— Se você estiver lá, tenho certeza de que vou amar.

— Vou sentir saudades de você desesperadamente.

— Vou te mandar e-mail o tempo todo e te ligar sempre que eu puder.

— Ah! Isso me lembra. — Tiro minha mochila dos ombros e a abro, sacando uma caixinha que embalei em papel vermelho brilhante e uma fita vermelha.

— Estou me sentindo péssimo — diz Owen, contraindo os músculos. — Não tenho nada pra te dar.

— Esse presente, na verdade, é mais pra mim do que pra você.

Ele me lança um olhar curioso e desembrulha o presente.

— Um celular?!?

— Tem tipo um zilhão de minutos para qualquer horário e ligações de graça depois das sete e nos finais de semana.

— Não tenho como aceitar.

— Owen, simplesmente faz sentido. Assim a gente pode ligar um pro outro o tempo todo e dificilmente vai custar alguma coisa. Mais uma vez: herança. Não se preocupe com isso.

— Obrigado, Helaina.
— Eu te amo, Owen.
— Eu te amo.

Abraçamo-nos com força. Sinto as lágrimas se amontoando, então me afasto e limpo a garganta pigarreando.

— Faça uma boa viagem a Nova York. Me liga assim que você chegar.

— Pode deixar. Bom vôo pra você.

Olho para ele uma última vez, depois me viro e vou embora.

Capítulo 26

É uma delícia estar de volta a Nova York e rever Kendra e Lynne, mas no instante em que chego à cidade perambulo com uma dor constante no coração. Soa clichê, mas é assim que me sinto — uma manifestação física do quanto sinto falta de Owen.

Embora Owen e eu troquemos e-mails com freqüência e liguemos um para o outro dia sim, dia não, simplesmente não é a mesma coisa de poder vê-lo em carne e osso.

Começo a trabalhar no meu roteiro novamente. Ele está tomando uma direção que eu não esperava. Em vez de "Clare" e "Gaven" serem monstros diabólicos, o filme será sobre "Elaine". No início do filme, ela está deprimida. Está presa a um casamento infeliz e a uma vida infeliz. Ela começa a pintar quadros como uma forma de preencher as muitas horas longas de seu dia. Uma tela retrata uma mulher dançando no carnaval do Rio, com um sorriso largo; noutra, uma mulher caminha nas montanhas; uma outra mostra uma mulher tomando um cappuccino numa cafeteria ao ar livre na França enquanto ela pinta. Quando Elaine termina o último, finalmente vê que todas as três mulheres pintadas são ela. Isso lhe dá a força que precisa para deixar o marido e tornar-se a mulher que retratou.

Todas as manhãs começo meu dia lendo a seção de economia do jornal. É engraçado, passei a vida inteira torcendo o nariz para os negócios, pensando que o mundo corporativo é algo onde uma pessoa entraria somente se não pudesse fazer nada que valesse a pena, como ser ator, ou escritor, ou fotógrafo ou artista. Mas sei lá, essas coisas são melhores do que novelas. Todos esses comportamentos marginais e as fraudes execráveis, estou meio que me envolvendo nisso.

Denver Post
DISSOLUÇÃO DA ABLE TECHNOLOGIES
Alison Peterson
1º de outubro, 2006

A Able Technologies, que outrora era exibida para estudantes de MBA como o modelo quintessencial de como montar uma empresa de sucesso, agora pode voltar aos livros didáticos — dessa vez como história com lição de moral no fim.

Nos últimos cinco anos, a Able gastou $15 bilhões para construir uma rede mundial de internet em banda larga e linhas telefônicas e ainda não encontrou clientes suficientes para tornar a rede lucrativa.

Para encobrir as perdas, parece que a Able utilizou-se de técnicas criativas de contabilidade. Segundo a senadora Tina Simon (democrata de Vermont), "os balanços da Able foram tão maquiados que há pouco além de sujeira e cinzas".

The New York Times
18 de outubro, 2006

A Able Technologies decretou falência ontem, no que pode ser o maior colapso da história da América corporativa.

Milhares de empregados perderam os empregos e grande parte do fundo de pensão. A Able, assim como muitas empresas, tinha um programa de compra de ações para o fundo de pensão. Os empregados tinham, digamos, $50 por mês deduzidos do salário para comprar ações da Able, e a Able acrescentava o mesmo valor. Já que todo o dinheiro era investido em ações da Able, em vez de diversificar os fundos, toda a quantia foi perdida.

Alguns empregados estão tratando a queda da gigante das telecomunicações como algo pouco importante, vendendo camisetas que dizem "Able... Isn't"* e zoando o slogan da Able, "Veja até onde você pode ir" com os dizeres "Veja você indo até a fila de emprego".

Outros funcionários estão achando difícil ver a situação com bom humor.

"Eu me sinto traída", disse Sheila Wheeler, programadora de Aurora, Colorado. "Trabalhei cinqüenta, sessenta horas por semana para eles, e agora não tenho emprego, seguro-saúde, nem fundo de pensão. Tenho dois filhos para alimentar. Não sei o que vou fazer."

Fortune
A DECADÊNCIA DE UM GIGANTE DAS COMUNICAÇÕES
Steve Tyson
18 de outubro, 2006

Quando comecei a trabalhar na história que acabou colocando em dúvida a cotação da Able, entrevistei seu presidente, Gary Denner, por telefone, fazendo o que pensei ser perguntas-padrão. Eu simplesmente queria entender a complexa declaração de faturamento da empresa, mas Denner me disse que eu estava sendo beligerante e briguento e desligou o telefone na minha cara.

Na esteira do chocante colapso da Able, parece que não fui desconfiado o suficiente. Nenhum de nós foi. Ninguém estava questionando a prestidigitação financeira que deixou acionistas com ações sem valor e empregados sem poupança, emprego ou pensão.

A senadora Tina Simon (democrata de Vermont) não aceitará a versão dos executivos da Able para a história. Aos seus olhos, a hora de confiar já passou. Ela vai pedir uma CPI.

---

* *Able* em inglês significa: apto, capaz, idôneo, competente, talentoso, hábil etc. Algo como: *capaz... nem um pouco.*

"A Able não precisava mentir abertamente, eles simplesmente ofuscaram a verdade com balanços extremamente complexos. Mas é provável que tenham mentido também. É isso que nós vamos descobrir."

BusinessWeek
18 de outubro, 2006

A falência da Able pode ter destruído grande parte do fundo de pensão da maioria de seus empregados. Mas, se há algo que não destruiu, foram as pensões de quase todos os altos executivos. Arquivos financeiros revelam que o presidente Gary Denner usou uma parceria privada para proteger os benefícios dos executivos, que valem milhões de dólares...

The New York Citizen
A Trama se Complica
Gilda Lee

Com as notícias de que a Able Technologies foi dilapidada, graças em parte à aquisição, no ano passado, da superendividada companhia Avec Communications, estão surgindo especulações sobre o papel que Claudia Merrill pode ter tido ao convencer o marido da irmã, seu suposto amante, Gary Denner, a comprar a companhia de um de seus antigos amigos de Hollywood, Hayden van Horn.

O dom de persuasão de Claudia é enorme. Apesar de não ter nenhuma formação jornalística ou experiência como escritora, Claudia conseguiu arrumar um bico como colunista da sofisticada revista *Cores Locais*, publicada no Colorado. De acordo com um editor que trabalhou com ela, "ela é praticamente analfabeta. Todo mês ela ligava com algumas idéias roubadas diretamente das páginas da *Vogue* ou da *Mademoiselle,* e nós, da equipe, é que tínhamos de construir uma coluna convincente. Mesmo assim, era o rostinho bonito dela na folha, com a assinatura dela e a biografia cafetinando sua suposta empresa. Não posso dizer que estou triste porque a verdade sobre Claudia Merrill finalmente veio à tona".

Claudia tinha uma boa quantidade de ações da Avec Communications, e isso, por algum tempo, teria realmente tornado sua vida mais confortável. Agora, essas ações não valem nada.

People
FOX CANCELA *STAYING POWER* DEPOIS DO COLAPSO DA ABLE

À luz da derrocada da Able Technologies, os estúdios Fox decidiram cancelar o piloto de *Staying Power*, sitcom cuja protagonista seria a ex-estrela de filmes campeões de bilheteria Claudia Merrill. O programa trataria de uma atriz decadente lutando para continuar fundamental para uma indústria que tem pouco espaço para atrizes com mais de trinta anos.

A assessora de imprensa da Fox, Karen Regan, disse: "A queda da Able Technologies representou a ruína financeira de milhares de empregados da empresa. Isso destruiu o fundo de pensão, deixando-os desempregados e sem destino. Os indícios parecem sugerir que Claudia Merrill estava ligada de alguma forma à farsa que ajudou os executivos da corporação e os membros do conselho diretor como ela própria a lucrar à custa dos funcionários."

Newsweek
A CULTURA DA GANÂNCIA
22 de outubro, 2006

Até pouco tempo atrás, nem era preciso dizer que homens ricos e poderosos tendiam a flertar com secretárias jovens e estagiárias louras determinadas a subir na carreira. Fato frustrante para as esposas dos executivos, sem dúvida, mas dificilmente uma preocupação nacional. Mas, quando as decisões dos executivos roubam acionistas e deixam milhares de funcionários sem pensão e poupança, talvez a hora de esmiuçar a vida pessoal de executivos como o bilionário Gary Denner tenha chegado.

Há alguns meses, parecia que Gary Denner tinha tudo. Uma das pessoas mais ricas do mundo, presidente de uma das empresas que entraram para a lista das 100 mais da *Fortune*, Denner era o tipo de pessoa que víamos como ícone, alguém em quem esperávamos que nossos filhos se espelhassem, alguém que nós mesmos gostaríamos de poder ser.

Quando ouvimos os rumores sobre a estranha morte de sua esposa, balançamos a cabeça e dissemos "que pena". Quando ouvimos que sua cunhada, uma ex-atriz chamada Claudia Merrill, com fama de festeira, estava morando com ele após a morte da esposa, pensamos: "todos os homens são iguais" e "executivos muito poderosos podem fazer o que querem — não é por isso que queremos ser eles?". Mas talvez agora tenhamos de examinar se essa cultura da ganância que celebra a possibilidade de termos o que quisermos quando quisermos e deixar de lado valores éticos e familiares realmente é algo que vale a pena ser imitado.

O suposto namoro de Denner e Merrill poderia não ter servido para outra coisa além de alimentar a fábrica de fofocas se não fosse por um detalhe: a nomeação de Merrill para integrar o conselho diretor da Able no último verão, logo depois da aquisição da Avec Communications. Merrill era muito ligada a Hayden van Horn, principal acionista e presidente do conselho administrativo da Avec. A aquisição foi muito vantajosa para os três. Denner, Merrill e Van Horn venderam porções significativas de suas ações nos meses anteriores à derrocada da Able, levantando a questão de um possível delito criminoso.

Criminosos ou não, a cultura da ganância que trouxe lucros sempre crescentes agora está sob escrutínio.

A ganância era evidente, mesmo no início. "Seu principal assunto era a quantidade de dinheiro que iríamos ganhar", disse uma pessoa que trabalhou para Denner. Planos de indenização pareciam mais ser conduzidos de modo a enriquecer executivos do que gerar lucros para os acionistas. Os executivos eram recompensados segundo uma fórmula de valor de

> mercado que dependia de estimativas internas. Como resultado, diz um ex-executivo, havia pressão para inflacionar o valor dos contratos — embora isso não tivesse qualquer impacto sobre a quantia real gerada...

Suponho que minha reputação como Helaina Denner tenha ido para o buraco junto com a do meu pai. Sinto-me afortunada por ter adotado a identidade de Helaina Merrill quando vim para a faculdade. Para meus amigos artistas, pouco importa se meu pai e a Able Technologies fizeram um pacto com o diabo.

Estou sentada de robe à mesa da cozinha, bebericando meu café e lendo a seção de economia do jornal, quando Kendra sai de seu quarto vestida com uma samba-canção e uma blusinha canelada que deixa sua barriga reta e perfeita de fora. Embora ela esteja com o cabelo louro todo bagunçado, está linda como sempre.

— Sobrou café? — pergunta.

— Ã-hã.

Ela se serve e se junta a mim à mesa. Ponho a seção de economia na mesa — hoje em dia vou direto para essa parte — e estendo o braço para pegar o primeiro caderno.

— É bom mesmo que esses executivos passem um tempo na cadeia — diz Kendra, olhando de relance a seção que acabei de deixar sobre a mesa. — Eles roubaram a poupança de um monte de gente. Centenas, não, *milhares* de pessoas tiveram que adiar a aposentadoria. Se esses executivos escaparem... ah! Fico p da vida só de pensar nisso. Eles prendem um pretinho que rouba de alguém uma carteira recheada de centenas de dólares, mas nunca punem os criminosos de colarinho-branco que roubam milhares de dólares e o futuro de um monte de gente.

Não quero que meu pai vá para a cadeia, mas ao mesmo tempo concordo com ela e lhe digo isso. Quando desdobro a primeira página, focalizo imediatamente uma foto de meu pai. Fico boquiaberta quando leio a manchete.

— O quê? O que foi? — indaga Kendra.

Não creio que tenho que *ler* — não recebi um telefonema de Maria, de Claudia, nem de alguma das assistentes de papai — que Rick Harwell atirou em meu pai. Tenho que ler no jornal que meu pai está no hospital, em estado grave, e que provavelmente nunca mais voltará a andar.

The New York Times
ÓDIO POR CAUSA DE DESEMPREGO LEVA À VIOLÊNCIA
Kevin Keller

Um programador de computadores desempregado atirou no co-fundador e presidente da Able Technologies, sediada em Denver, ontem de manhã.

Testemunhas relataram que Rick Harwell, de 24 anos, atirou em Denner quando este trafegava em seu carro até a sede da Able Technologies.

A polícia capturou Harwell minutos depois dos disparos. A polícia disse que Harwell se afastava sem pressa da cena do crime, berrando epítetos e ameaças, aparentemente contra Gary Denner, em particular, e contra a América corporativa em geral.

Denner já saiu da UTI, porém os médicos temem que ele tenha ficado paralisado da cintura para baixo e nunca mais possa andar.

Harwell contou à polícia que odeia Denner desde que a Able despediu seu pai, James P. Harwell, medida que fez parte da redução de custos da empresa há dez anos. James Harwell se suicidou dez meses depois da demissão. Ele não conseguira arrumar outro emprego.

A namorada de Harwell, Marie Muñoz, está entre os milhares de funcionários da Able que perderam o emprego — assim como milhões de dólares em ações e planos de aposentadoria — no rastro da falência da empresa. Nas últimas semanas, escândalos têm abalado a Able...

— Helaina, o que aconteceu? — Kendra pergunta novamente. Calada, entrego o jornal a ela e aponto a matéria.

— Gary Denner é meu pai.

— O Gary Denner da Able Technologies? — Ela passa os olhos pela matéria. — Caramba Helaina, eu sinto muito.

Suponho que eu deva me sentir grata por ela não me perguntar por que mantive segredo sobre meu pai por tanto tempo. Algum dia explicarei tudo, mas agora, com pernas vacilantes, eu me levanto e pego meu celular. Ligo primeiro para Owen e digo-lhe o que aconteceu e que vou pegar o próximo vôo para Denver. Logo depois ligo para Maria.

— Eu não acredito que ninguém me ligou pra contar o que aconteceu! — grito assim que ela atende o telefone.

— Me desculpe, mas não achei o caderninho de telefones da sua mãe. Liguei pro auxílio à lista telefônica, mas não tinha nenhuma Helaina Denner. Não consegui me lembrar do sobrenome das suas amigas.

Nem me ocorreu que nosso número de telefone está em nome de Kendra. De qualquer forma, todo mundo aqui me conhece pelo nome Helaina Merrill. E é óbvio que meu pai não teria meu telefone. Ele nunca me ligou.

— Desculpa, Maria. Fiquei em estado de choque... Como ele está?

Ela hesita.

— Eu não sei.

— Vou para aí no próximo vôo. Vou direto para o hospital. Em qual hospital ele está? — Se o jornal mencionou essa informação, já me esqueci.

Anoto os dados, agradeço e desligo. Jogo algumas roupas numa mala. Estou de mala pronta e dentro de um táxi correndo em direção ao aeroporto em tempo recorde.

Fico em lista de espera durante quatro horas, mas parecem anos.

Passo outras quatro horas no avião. Tenho tempo demais para pensar em meu pai. Pergunto-me — e assim que isso passa por minha cabeça fico brava comigo mesma por possivelmente estar atraindo coisas ruins — se ele vai mudar em decorrência disso. É como aconteceria nos filmes. Ele ficaria tão grato por me ver; ele perceberia que a família e os amigos são mais importantes do que qualquer quantia de dinheiro.

Não paro de imaginar nosso encontro. Ele estará sonolento, os olhos abrindo e fechando, como se, ainda grogue, tentasse decidir se quer dormir ou despertar. Os bipes das máquinas nos cercarão. Ele abrirá os olhos e irá me ver, e seus olhos irão se iluminar. Sorrirá e esticará os braços. Irá se desculpar por tudo e me pedir perdão, e eu o perdoarei.

Quando meu avião aterrissa, são quase cinco horas. Corro em disparada pelo aeroporto, celular na mão, ligando para Maria.

— A que horas termina o horário de visitas? — Sete, informa ela. — Em que quarto ele está? — Quarto 317. — Obrigada. — Desligo o telefone, o jogo na bolsa e corro até um táxi.

Chegamos ao hospital uma hora depois. Pago o taxista ridiculamente acima do preço da corrida e corro para dentro do hospital, quase caindo em cima de um velho de cadeira de rodas.

— Desculpa, desculpa — digo ao homem e à enfermeira carrancuda atrás dele. Reduzo o passo a um caminhar veloz e aperto o botão do elevador cinco vezes, como se isso fosse fazer com que a porta se abrisse mais rápido.

Assim que a porta do elevador abre, atravesso o corredor, minha bolsa golpeando minha perna, arrastando minha mala atrás de mim. A verdade é que estou sorrindo. Estou com um humor ótimo, como se o enredo do encontro que imaginei já tivesse acontecido.

— Pai! — exclamo, irrompendo no quarto.

Ele está deitado de barriga para cima, ligado a várias máquinas bipantes e aparelhos que parecem coisa de quarto de torturas, falando ao celular. Ele só me olha tempo suficiente para me lançar um olhar austero por eu tê-lo interrompido e faz o gesto de "um minuto" com o indicador levantado. De uma vez só meu bom humor esvai-se e eu me sinto uma intrometida de nove anos novamente, sendo repreendida por tentar obter um pouco de atenção do papai.

Fico em pé ao lado de minha mala, transferindo o peso do corpo de uma perna para a outra, observando o quarto. Ele tem um quarto individual, e tenho certeza de que é bem melhor do que a maioria dos quartos de hospital, mas ainda assim parece bastante modesto. Simples e comum demais para meu pai.

Cinco minutos se passam e ouço meu pai dizer:

— Bob, espere aí, tenho que atender essa, é o Byron.

Ouço sua conversa frenética, mas não entendo sobre o que estão falando. Passei o dia inteiro sentada, mas já sinto os pés doendo. Há uma cadeira encostada na parede. Penso na possibilidade de me sentar, mas não quero que papai esqueça que estou ali. Resolvo colocar a cadeira mais perto dele.

A cadeira faz um terrível som metálico contra o chão quando eu a arrasto. De novo, meu pai me fuzila com os olhos como se eu fosse uma criança inoportuna.

Dez minutos se passam, vinte. Consulto meu relógio a cada dois minutos. O horário de visitas acaba em meia hora. Será que ele poderia terminar as conversas depois? Sei que a empresa dele está passando por problemas graves. Caramba, sei que a vida dele está com problemas graves, levando-se em consideração que ele pode ir ao tribunal sob a acusação de assinar documentos falsificados conscientemente. Mesmo assim, abandonei tudo e viajei até aqui para ficar com ele. Será que ele não podia me receber com algo mais amigável do que um olhar furioso? Ele foi baleado ontem. Podia ter morrido. Mas nada mudou. Ele não reavaliou suas prioridades nem um bocadinho.

Ergo-me, aponto para meu relógio e digo:

— O horário de visitas está quase acabando. — Repito o que disse, mas ele não está olhando para mim, está apenas gritando ao telefone e me apontando aquele dedo de "espera só um minutinho".

Sento-me de novo. Talvez a bateria do celular acabe e ele seja forçado a conversar comigo.

É neste momento que as lágrimas chegam. Lágrimas de vergonha e tristeza. Pisco os olhos para contê-las, mas eles se enchem de novo imediatamente.

Que idiota eu sou por pensar que meu pai mudaria! Olho para meu relógio. Quinze minutos.

Dez minutos. Não posso mais fazer isso comigo. Não posso continuar esperançosa, continuar vindo para casa ávida por um pouquinho que seja de atenção ou afeto. Tenho que aceitar que meu pai simplesmente não tem capacidade de amar. Não sou eu. Não é culpa minha.

Uma enfermeira passa no quarto e avisa que o horário de visitas termina daqui a dez minutos. Espero uma reação de meu pai, mas ele continua falando ao telefone, como se não tivesse reparado nela.

6:59.

7:00.

7:01.

7:02. A enfermeira abre a porta e diz que o horário de visitas está encerrado. Levanto-me e olho para meu pai. Ele não me olha de volta. Arrasto minha mala porta afora, percorro o corredor. Pego o elevador para descer, atravesso as portas automáticas e faço sinal para um táxi. Peço ao taxista para me levar a um hotel perto do aeroporto.

Parece demorar milhões de anos para dar entrada no Hilton. Só o que posso fazer é segurar as lágrimas até chegar ao meu quarto.

O elevador sobe com lentidão até meu andar.

Finalmente, finalmente, chego ao quarto, caio na cama e choro. Quando enfim consigo me recompor, ligo para Owen.

— Como ele está?

— Não sei. Ele ficou falando no telefone o tempo todo que eu estive lá, e aí o horário de visitas acabou e eu tive que sair. Quer dizer, ele está ligado em várias máquinas assustadoras, mas acho que se ele pode falar de negócios, não deve estar tão mal assim.

— Ele estava falando de negócios? Mas o acidente não foi ontem mesmo?

— É, mas acho que, como ficou inativo por algumas horas, ele tinha que compensar o tempo perdido. Ele sequer me deu dois minutinhos do tempo dele, Owen.

— Sinto muito, meu amor. Eu vou praí amanhã. Já reservei...

— Não se dê a esse trabalho. Vou voltar para Nova York de manhã cedo. Vou te reembolsar a passagem.

— Como assim? Por que você já vai voltar pra casa?

— Porque estou de saco cheio de virar de ponta-cabeça e dar cambalhotas para o meu pai reparar em mim. Fiquei ali sentada durante a hora mais longa da minha vida, só esperando que ele me desse um sorriso, e tudo o que ele fez foi me fuzilar com os olhos por ousar interrompê-lo enquanto ele estava trabalhando. Eu simplesmente... eu acho que devia esquecer que Gary Denner é meu pai. Você não acha que seria mais saudável eu deixar de armar essa decepção constante pra mim mesma?

— Helaina... Você não tem que decidir isso agora. Não importa o quanto doa, família é família. Você pode mudar de idéia daqui a alguns meses.

— Não podemos escolher nossa família. Tive sorte com a minha mãe; não posso ter tudo. Só porque você nasceu em um lugar, isso não quer dizer que seja o seu lugar. Quando a gente cresce, é possível descobrir uma cidade onde a gente realmente se sinta em casa. Fazemos amigos; eles se tornam nossa família. Só porque tenho os genes do meu pai não significa que ele seja minha família.

Pego um vôo para casa assim que amanhece. O avião treme quando aterrissamos. O lamento mecânico das asas se reposicionando enche meus ouvidos. Enquanto taxiamos na pista, penso no poema de Owen:

Você sabe que está indo pelo caminho errado
Vivendo a vida como uma sonâmbula
A mão pairando sobre a tarântula
Considerando, buscando coragem

Devagar, devagar
Reviravolta
Ainda há tempo
De um outro caminho buscar

Acho que dei uma reviravolta em minha vida nesses últimos tumultuados meses. Parei de beber, comecei a me alimentar bem e a dormir, conheci um garoto digno de ser amado.

Ainda estou de luto, mas estou melhor.

De certo modo não me sinto vitoriosa pelas carreiras de Claudia e de papai estarem desmoronando. A vingança realmente é um impulso bastante tolo. Pensamos que isso nos compensará por nossa dor, mas só serve para nos distrair das feridas por um tempinho. Nada pode compensar a morte de mamãe.

Ando pelo aeroporto, ouvindo os murmúrios e a agitação da multidão. Do lado de fora, sou recebida pelo som de trompas buzinando, sirenes retumbando e gente berrando. Sorrio.

Estou em casa.

Impresso no Brasil pelo
Sistema Cameron da Divisão Gráfica da
DISTRIBUIDORA RECORD DE SERVIÇOS DE IMPRENSA S.A.
Rua Argentina 171 – Rio de Janeiro, RJ – 20921-380 – Tel.: 2585-2000